櫻笋年光

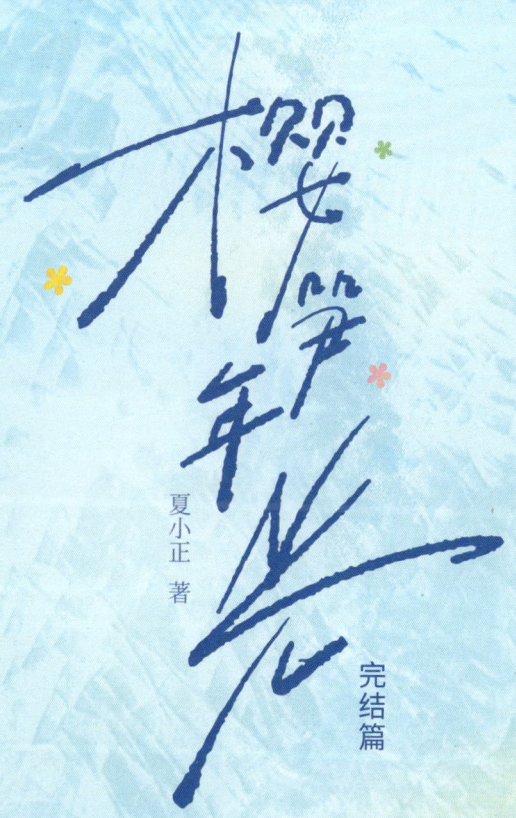

夏小正 著

完结篇

长江出版社 漫娱图书

"男生哪有收花的?"
"会觉得丢脸吗?"
"不会,好看。"
"你也好看。"

目录
Contents

| 009 | **第一章** 祝你年年有余

| 036 | **第二章** 狐狸的窗户

| 064 | **第三章** 我们不能落后

| 095 | **第四章** 局促的海豹

| 119 | **第五章** 一万颗草莓

| 147 | **第六章** 普通男生

| 177 | **第七章** 我叫傅骥

| 211 | **第八章** 做你的虎鲸

| 251 | **第九章** 毕业快乐,祝满满

窗外柔风甘雨,
绿意满枝,
葱茏春色中有把突兀的雨伞。

CHAPTER 01

第一章

祝你年年有余

01

六点半闹钟一响,梁阁就醒了,一直等到七点半不得不起了,他才小心地挪动了一下,谁承想才挪一丁点儿,祝余就醒了。

房间暖气足,祝余睡得脸颊泛红,半梦半醒地问:"你去哪儿?"

"竞赛。"

祝余一下就清醒了。NOIP提高组的复赛有两天,分一试二试,每天早上八点半开始。梁阁昨天才考第一天。

"没事,你接着睡。"时间紧,梁阁下了床就去洗漱了。

祝余茫然地坐在床上,很快梁阁就整理好出来了,嘱咐他:"我先走了,你继续睡,醒了叫他们给你送早餐。"

祝余过了好一会儿才愣愣地点了点头。

梁阁背上书包转身出门,祝余看着他一步步走远,不知怎么心里突然变得空落落,涌起些不合时宜的不安,他叫住他:"梁阁!"

梁阁一顿,回身看他:"嗯?"

他一时却拙嘴笨舌,有些支吾:"你……你昨天怎么会在那里?"

为什么那么晚还在他家楼下？

梁阁似乎也难以说清，稍作思忖："感觉你还会下来。"

梁阁走了，祝余呆呆坐了会儿，又颓然地仰倒回床上，目光涣散地看着天花板。

真软，再次睡过去前祝余想。

他没吃酒店的早餐，从没吃过的他怕露怯。回到家时林爱贞已经出门了，桌上有做好的饭菜，是今早刚做的。早餐算是煎饼摊收入的大头，林爱贞每天六点出头就会出门，要做这桌菜五点不到就要起来。

他回到房里，拿到手机才看见微信上他妈发的消息：满满放假多睡一会儿，起来自己热热菜，吃饱了再学习。

祝余坐在桌前吃排骨，吃到第三块时牙关颤动起来，他把骨头吐出来，一动不动地坐在桌前。

再去学校时方杳安找他谈了次话，这算很高的待遇了，因为方杳安极少找人谈话。他照例没说太多，只简单开解了几句，却又叫他一起吃了饭。几层高的大食匾，摆出来的菜品丰盛奢侈各有珍奇，竟然还有药膳："家里人送的，一起吃吧。"

期中考结束，鹿鸣今年的元旦晚会就提上了日程，晚自习钟清宁去年级组开会，回来就给大家做动员。这次学校预留的时间不多，明显是不再准备大操大办。

钟清宁说学校有意搞一个民乐串烧的节目，问班上有没有会民族乐器的同学，有几个女生举了手，但都谦虚地说："上高中后很久没练了。"

原本大家对这事没太大兴趣，直到方杳安说："梁阁，听你妈妈说，你会弹琵琶是吗？"

平地惊雷,所有人齐刷刷看向梁阁,霍青山和简希已经看好戏般地笑起来。

许多人对琵琶的印象还肤浅地停留在电视剧里青楼花魁弹的靡靡之音,诚然有许多男性琵琶大家,但在大众认知里琵琶仍然偏向女性乐器,女孩子弹起来当然显气质,但男生弹琵琶怎么想怎么不伦不类。

尤其梁阁来弹,那违和感直接升到极点,他气质太冷峭,和琵琶称得上格格不入。

敢死队艾山第一个拍着大腿乐起来:"真的假的?梁阁,你是我们班花魁吗?"

全班哄堂大笑,祝余都跟着笑起来。

正在写题的梁阁抬起黑漆漆的一双眼,阴鸷地觑着他们,笑声十分识时务地平息下去了,祝余也不再笑了。

梁阁支着脸看他:"笑吧,让你笑。"

祝余不着痕迹地移开视线,他握着笔,觉得耳后一点点烧起来。

梁阁最后还是被选上了,可能学校也认为男生弹琵琶有噱头,梁阁的关注度又极高,长相也优越出挑,是个上上选。

冬天越来越冷,十二月寒意最料峭时A市下了场大雪,夜里从窗外看过去白茫茫一片。祝余戴着厚重的围巾帽子和手套下楼时,路上的雪还没清扫完毕,绿化带的树丛上全是积雪,吸进一口气肺里都凉沁沁的。走出小区大门时,梁阁已经等在那里了,他骑在公路车上,斜背着一个黑色琴盒,跟吉他盒差不太多,都不怎么能瞧出装的是琵琶,冰天雪地里梁阁就这么懒散地背着琴盒等他。

NOIP的成绩是在两周后出的,集会时广播里报了获奖名单,从成绩来看梁阁丝毫没有受到干扰。诚然鹿鸣在NOIP上从来强势,但他仍然以一个优秀得骇人的高分压过了附中，引得带队教练大夸了他。

散会后，人群里有人朝梁阁吆喝，祝余看过去，是这学期常和梁阁同行的那个戴眼镜皮肤黝黑的男孩子，叫孟访，他远远地朝梁阁竖了个大拇指，咧着嘴笑出牙："梁神，厉害！"

所有人跟着看过来，祝余站在梁阁身边，体会到一种难言的酸涩，仿佛自惭形秽。

项曼青预产期临近，某个周日祝余去医院看她。

项曼青很喜欢孩子，也很希望能有自己的孩子，高一刚开学那段时间她常不在学校，频繁跑医院调理身体，也是盼望再度怀孕。

祝余之前也去医院看过她。因为流过产，家里对她很是呵护，稍有动静就来医院。祝余那时在修改新概念的征文，何进归极度不靠谱，于是他去问项曼青能不能当他的指导老师，项曼青正被养得无所事事，欣然应允。

当时项曼青笑他："《橘子辉煌》？你到底多爱橘子，上次'雕心杯'那篇是不是叫《给橘子的摇篮曲》？"祝余给她拎的水果里头还真就有橘子，"但这题目和内容都不错，视角新奇，也挺青春疼痛、虚幻文艺的，评委组就爱这口，再稍微改改，我看可以了。"

祝余也见到了她丈夫，脸看着小巧俊秀，身量却高，可能因为行军习惯身形非常板正，祝余看着他就油然感到一股浩然正气。他不太喜欢讲话，只对项曼青话多一些，几乎有求必应。

项曼青很高兴祝余来，她离了学校就半点也不严厉，笑着说："真想你多来，听说怀孕的时候多看看好看的人，宝宝也会更漂亮。"

"那您照镜子就行了。"

他似乎说错了话，项曼青的笑淡下去："我看镜子里就只有一个又黄又丑的肥婆。大数据真烦,好不容易玩会儿手机,成天给我推怀孕相关。怎么有些人怀了孕还又白又瘦的,看着跟没怀一样漂亮?"

项曼青怀孕胖了许多,四肢水肿,也没有化妆,远不像以前一样美艳。

祝余急忙说:"没有的,您也很漂亮,是那种很健康很有生气的漂亮。"

"还挺会说,其实我不在乎这个。"她低下头抚摸自己上隆的腹部,"我只希望这是个健康的孩子。上一次孩子没的时候,我真的……好难受,感觉心都被剜去一块。你师爹抱住我说,没事的,以后还会有的,不要孩子也没关系的。怎么会没关系?"带着些轻微哽咽,她叹息道:"我喜欢孩子啊,都四个月了,胎儿都成形了,是被我害死的。"

祝余之前听人说起这件事,大家话里话外都是在夸她认真负责,让家长放心,是个绝对的狠人。她看起来那么干练美丽,好像所有事都能兜住,可她现在这样脆弱痛苦,对失去的孩子充满愧疚。

可能因为孕期情绪波动大,祝余见她眼底泛起些温柔的泪意,脸上却是笑着的:"其实孩子好不好看都没关系,我只希望能是个健康的宝宝。"

祝余从病房出来,走在医院走廊上,他想起初中答思政题,有个题是:天下无不是之父母,你觉得是对的吗?

当然是错的,既然人有好坏之分,父母又怎么可能没有好坏之分呢,世上有多少种人,就有多少种父母。

但无论如何,林爱贞都绝不是一个坏母亲。

他犹记得孩童时期,林爱贞最喜欢亲昵地蹭他的脸蛋:"香满满,臭满满,妈妈最爱满满。"像如今的项曼青一样,只希望孩子能平安健康。她当时年轻又漂亮,扎一个高马尾,像小姑娘一样喜欢可爱鲜艳的东西,

/013/ 祝你年年有余

丈夫说句什么,她还会羞涩地笑。

后来呢?后来祝成礼病了,病得太重,连下床都困难,工作也丢了,于是她用一个摊子撑起了这个家。

她变得忙碌、苍老、世俗、卑微却又坚忍。丈夫生病她可以离开,丈夫去世她也可以改嫁,可是她没有。她失去了深爱的丈夫,却还要日复一日地继续这种操劳,她只是在这种无望的日子盼望着"寒门出贵子"罢了,又有什么错呢?

02

鹿鸣的一轮复习课上得比新课还要扎实,浸没在学习里的日子快得不真实,元旦晚会当天方杳安又给每个人发了小礼物,价格并不便宜。众人一致认定,方老师的老婆是个富婆——以方老师的外貌条件来看,极有可能是真的。祝余深以为然。

祝余今年再进礼堂明显能感觉出设备简陋许多,但节目质量仍然不错,主持人是夏岚和高三的一个学长。

去年因为彩排时早把节目看过了,没什么惊喜感,又因为要上台,全程都在紧张。今年的体验倒不错,和同学坐在一起,互相分享零食,一起吐槽节目。

十班的节目仍然是舞蹈,不过不再是柔美的古典舞,而是热辣奔放吸人眼球的现代舞,下面频频有人吹口哨。喻彤给新班级又写了个剧本,照旧包袱多又有趣,高中生本就是很容易被逗笑的一批人,热情又有活力,很给面子。还有个高一的学弟抱着吉他唱民谣,是一首传唱度很高的民谣,引得全场大半跟着合唱,观众席还有人说"好帅啊"。

祝余看了一眼,在心里嘀咕:这也叫帅?

艾山在后头吃着腰果问:"怎么还没到梁阁?"

祝余又把节目单翻出来，对啊，怎么还不到梁阁？

他起身去厕所，出来时过道里全是乱窜的人。他只好绕路上三楼，三楼黑魆魆的没有人，过道上架着台摄影机，正对着舞台。祝余还想，这么朴素一晚会要安置多少机位啊？

摄影机后的人此时转过头来，柔亮的女声响起："哟，班长。"

祝余借着不甚明亮的舞台光，端详眼前清丽妩媚的女人，竟然是梁阁的妈妈："阿……阿姨？"

唐棠穿着黑色运动服，高挑英气，她回头看了下舞台，惊喜地说："上来了！"

祝余立刻跟着望过去，这厢穿汉服弹古筝的女孩子窈窕美丽地下台去，另一边梁阁穿着校服，高高挺挺抱着琵琶就"潦草"地上来了。他朝台下躬了躬身，随即坐下。

祝余站在三楼，听到下面观众席中频繁有人提起"男的""梁阁""琵琶"，还夹杂着起哄的笑声。十班和高二的一些人在疯狂吹口哨，鼓掌，吆喝梁阁的名字。

纵然台下躁动纷纷，梁阁也没什么表情，只稍稍垂着眼看弦，腰杆笔直，端肃沉静。祝余听见唐棠在耳边说："挺有样子的。"

祝余也是第一次见他弹琵琶，既新奇又不真实，他之前看梁阁背着琴盒来来回回，也问过他要弹什么曲子。梁阁只说"学校定的"，又说"晚会那天，我弹给你听"。

我弹给你听——

他遥遥看着梁阁猛地一击弦，乐声扩出来，铮铮有力，真正是一声可见风雷，喧嚣的起哄声顷刻就止住了。

祝余都跟着全身一麻，不自觉握紧了栏杆，眼前已然千军沙场、十面埋伏。梁阁击弦的手越来越快，逐渐快得看不清影子，祝余感觉脏器都叫人紧紧勒住，喘不过气来。

男孩子腕劲强，很适合弹武曲，坐在那里就是一场恢宏壮阔、杀机四伏的战争，全然是"铁骑突出刀枪鸣"。

祝余并不懂梁阁的水平如何，也没空再去观察台下的反应，他像所有人一样一瞬不瞬地热切凝望着。后面的大屏幕给了梁阁一个特写镜头——半垂着眼的梁阁忽然应着喑哑却危险的乐声抬起眼来。他眼部线条锐利，眼神漆黑，视线一掠，鸷戾的肃杀之气简直扑面而来，可渐渐又散了，视线在台下晃了一圈，里面是男孩子茫然而急切的顾盼。

有人问："他在看什么？"

祝余不知道梁阁在看哪里，但他觉得梁阁是在找自己。祝余心里暖暖的。

唐棠环着手笑着，得意道："我就说吧，大帅哥就该弹琵琶！"

祝余怔怔点了头，方才台下喧闹的起哄都成了此刻静谧的震撼。

少年当此，风光真是殊绝。

唐棠利索地收好摄影机和三脚架，嘱咐祝余："别告诉梁阁我来过。"

祝余眼睁睁瞧着她离开，直到被台下雷动的掌声和哄闹唤回神思，他才反应过来梁阁的演奏结束了。

祝余看见他又稍稍躬了身，抱着琵琶在簇拥与欢呼中下台。

晚会散场后，艾山再次招呼全班去吃东西，他请客。时间还早，散场时刚过九点，出校门不到九点半，霍青山带了新认识的妹妹，是个高一的女生，很娇小可爱。

今天人员照旧没有到齐，有些同学家教严格不让晚上在外逗留，去的人中也有一部分说要几点前回去，却也还是风风火火的一个大部队。

祝余在校门口和他妈报备，他妈欲言又止，最后也只说："注意安全。"

梁阁还背着琴盒，大家一路上都在闹腾他。

梁阁从小对琵琶没有表现出任何偏好和天赋，但他妈非要他学，学也就学吧，他是跟他大伯的一个同门师哥学的，对方是个相当有名的大家。梁阁刚学琵琶的时候，听人说民乐有"千日琵琶百日筝"的说法，说是古筝入门三个月，琵琶入门要三年，结果人家学古筝的说法是"千年琵琶万年筝"。到底哪个难梁阁不清楚，但学琵琶是真的枯燥，他这样闷的人，也觉得每天练那几个小时苦得堪比孙悟空被压在五指山下，只盼着赶紧考完级。

这还是梁阁学琵琶这么多年第一次当众演奏。

他走到祝余身边，低声问："我弹得还行吗？"

祝余只垂着眼，点了点头："嗯。"

本以为这次又会是撸串，没想到进了个大得离谱的包间，应该娱乐方式更多，唱歌、桌上足球、扑克、飞行棋……小吧台上一应俱全。艾山阔绰地叫了许多吃食，自助一样摆在那儿供人拿取："祝观音，想吃什么就说，我做东！"

气氛很快热起来，包间里的光线迷离下去，经过一场晚会，大家的情绪都高涨起来，被起哄的可不止梁阁。简希和钟清宁一起跳了舞，简希从入学就是清爽干净的短发，她个子又高，五官白皙英气，两个人站在舞台上台下都叫疯了。

有个性格开朗、大大咧咧的女孩子借着游戏问："简希，你觉得钟清宁怎么样？"

大家不约而同看向了她们，包间里充满探寻的目光，显得难以捉摸。

钟清宁明显滞愣了一下，紧接着又慌乱起来，她妆还没卸，较之平常更加明眸善睐，风采动人。

简希似乎有点感冒，微微地咳嗽，坦然应了："很好啊。"

正在逗学妹开心的霍青山瞬间匿了笑，目光直直射过来，包厢里光线昏暗，看不分明神色。

简希又浅浅一笑："如果这里有我讨厌的人，我根本不会来。"

换言之，这里所有人她都觉得很好。

这是个不落任何人面子的回答，众人反应过来也十分受用，包厢里又恢复了嬉笑，她们兴致勃勃地投入下一场游戏，只有钟清宁在散开的人群里有些不知所措，简希为难地朝她笑了笑。

祝余在和艾山还有梁阁他们吃东西，艾山正是岁末年关惆怅时，叫了两箱无酒精的饮料，但喝起来有气泡在口中炸开，是祝余没有尝试过的滋味。他有点迷上这种感觉，有种缥缈的快乐，足以排遣他被压抑在埋头苦读下的焦躁。

祝余喝多了饮料，问过艾山后起身去找洗手间，听到艾山迷糊地在后面喊："喂！梁阁你去哪儿？"

祝余一回头，就见梁阁无声无息地站在他身后，差点吓一跳，茫然地仰起头："梁阁，你去哪儿？"

梁阁不说话，只沉默地看他。

祝余狐疑地拧起眉，继续拨开人群，没走几步，发现梁阁还跟在后面，他又回过身问："你也要去洗手间吗？"

梁阁还是不说话。祝余几乎以为这是个恶作剧，径直打开门出去，梁阁仍然亦步亦趋地跟着他，他往左梁阁就跟着往左，他往右梁阁就跟着往右，小尾巴似的。

祝余真不明白他要干什么，电光石火间，他猛然回过身，退着往后走,眼梢斜斜上挑,是个促狭的笑:"怎么,你喝饮料也能喝醉?原来你醉了会跟着人到处走啊。你这样会被人拐走的。"

梁阁还是不言语。

自说自话得不到反馈,祝余若有所思地点点头,转身拔腿就跑,梁阁立刻就追上来了。祝余上次运动会五千米还跑了全校第四,竟然被他轻易捉住,可见短跑还是看爆发力。他呼吸稍有些急促:"你放开我,我要去上厕所。"

他说着顺势往下一蹲,要从梁阁腰侧闪过去,却被梁阁眼疾手快地一把抓住。走廊的光线并不明亮,间或能听到两侧包间内的歌声和大笑。他对上梁阁看似清明的眼睛,幽邃又执拗,不自在地移开,视线落在走廊尽头:"你又不让我走,那你跟我说话吧,你还能说话吗?"

梁阁闷闷地应了一声:"嗯。"

"你今天在台上看到我了吗?"

"嗯。"

我就知道。祝余的心情明亮起来,又有了些直视梁阁的底气,他的眼神和语气都柔软起来:"你琵琶弹得真好,我特别喜欢,这是我第一次听到这样好听的琵琶。"事实上这也是他第一次听人弹琵琶。

他低下头,又喃喃重复了一遍:"我特别喜欢,你知道吗?"

"嗯。"

梁阁醉了以后,似乎只会"嗯"了,祝余又笑起来。

梁阁突然开口,声音低而清晰:"祝满满。"

祝余吓了一跳,他对上梁阁的眼神,梁阁小孩子似的皱眉道:"我要倒了。"他说完脑袋就垂下来,磕在了祝余肩膀上,却没有真正倒下,估计只是开始发晕,站不稳了。

祝余一时间都不知道该不该扶他,手伸出去又收回来。

03

祝余是最会装样子的，顶着个温润柔和的笑模样，对周围的一切视而不见，不管是对梁阁还是对其他人，看不出半点失常。

他把所有的精力都投进学习里去，学得很扎实刻苦，他不一定有林爱贞那种对感情的疯狂，但他一定有遗传到林爱贞的好强和坚忍。

但刻苦之余，他总会忍不住望向梁阁，或者在教室嘈杂的说笑声中辨听梁阁的声音，对梁阁他们的世界充满了憧憬。

一旦发觉自己有点心不在焉，他就会惩戒似的狠狠掐自己。他皮肤薄，是天生容易留印子的体质，有天晚上回去洗澡，他看见自己腿根和小臂上连成一片的青紫掐痕，在浴室昏黄的灯光下像某种病症。

但他不在乎，他希望慢慢地能成为一种反射。但并没有，他只是掐得越来越狠，好在这个学期快要结束了，期末考该来了。

上次期中考后方杳安开导他说："这两次学校是有意出难一些的，是想让你们一轮复习用心一些，你没发现单科高分的多是竞赛生吗？不要急，复习起来你是有优势的。"

期末考果然难度适中，连着两天祝余都考得非常顺。

考完第二天就放寒假，鹿鸣期末考的批改效率一贯要比平时的考试慢许多，大约一周后成绩才出来。虽然对这次成绩比较放心，但点开群里的文件时还是忐忑——班级第二，年级第九。看到成绩的那一刻，祝余想总算能过个好年了。

第一还是姚郡，群里已经开始排着队恭维祝贺她了，一长串的"郡哥（抱拳）""郡姐（抱拳）"，郡哥是姚郡以前在辜申班的称呼，因为她当时留的是短头发，看起来像个男生。

后来大家也开始吹捧祝余了，他不能像姚郡一样不理会，毕竟姚郡从来就跟上仙一样不理这些凡尘杂事，就发了个表情包。

他也看了梁阁的成绩，第二十四名，照旧是语文拖了后腿，梁阁一放寒假就去集训了，他们从寒假开始就没有见过。

鹿鸣高三上课到农历腊月二十六，林爱贞买了二十七的票回祝成礼老家，她对祝成礼的任何事都是上心的。坐车途中她看着窗外的群山说："以后等你长大成家了，也要带着老婆孩子回来看看你爸爸。"

祝余像被蛰了一下，坐立难安起来，也不搭腔。

林爱贞大包小包买了许多东西回来，他大伯开面包车来车站接他们，老家和半年前又有些不同了，路重新修过，路边还竖了几个路牌，看着很清洁整齐。

农村的年很热闹，临近新年每天都有人家杀猪，猪叫得很吓人。大伯家的堂姐已经上大学了，明显变漂亮许多，睡觉时堂弟悄悄和他说："姐姐谈恋爱了。"

除夕那天霍青山卡着零点给他打电话送生日祝福，祝余问他这时候在哪儿。放假前他一直央着简希去国外某个海岛过年："霍律师应该有空，我们去关岛过年嘛。"

当时简希不解地望着他："你们想去就去，问我干什么？"那种不解像一种无意识的冷漠。

霍青山脸上还是挂着那种讨喜迷人的笑："我们要一起去啊。"

"为什么？"简希说，"我想一个人。"

霍青山的笑淡下来一些："过年怎么能一个人？"

简希毫无情绪地看着他："我一直和爸爸奶奶过，我不习惯和别人过。"

别人。

电话里霍青山笑意盈盈："在家呢。"

艾山简希王洋还有班群里的同学都给他发了热烈的生日祝福，方杳安还单独给他发了红包。

晚上九点多，春晚早就开始了，方杳安在班级群里连发了八个两百的红包，群里抢疯了。

祝余看着手机，点开对话框，没有动静，他又退出去，把手机从静音改成了振动，又从振动改成了来电响铃，反复几次后烦躁地把手机塞进了口袋。

除夕这天下了雨，从醒来一直下到晚上，连绵不尽的冷雨将祝余生日的意兴淋得寥落又阑珊。他仰头看着雨落下来，那种冰冷的湿气仿佛渗进他身体里，对面坐着的堂姐也一直在看手机，看了一会儿，就支着脸失落地看晚会，快到十点的时候，她接了个电话，笑着进房间了。

祝余目不转睛地盯着电视，面上还笑着和堂弟说话，手却伸进兜里长按住了关机键，就在这一秒，手机响起来，声音巨大。

他妈吓了一跳："满满手机音量怎么这么大？"

祝余讪讪低下头，脸上有惊慌的红，他看到屏幕上梁阁的名字，起身往外走："不小心按着了。"

他走到檐下，外面家家户户都亮着灯，冷雨已经疏了，有小孩子在扔爆竹，他接通了电话。那边稍微有些嘈杂，梁阁声音低沉："喂。"

那一瞬间，祝余狠狠掐住了自己，疼得搐搦了一下，然后平静回复："喂。"

梁阁应该是在往静处走，那边渐渐安静下来："生日快乐，祝满满。"

除了梁阁没有人再连着姓叫他的乳名，只有梁阁这样叫他，祝满满。

"谢谢，你也新年快乐。"

梁阁停了一下，是犹嫌不足的语气："这么小气？只祝我快乐？"

祝余觉得好笑："你还想要什么？"

梁阁低低地说："祝我年年有余吧。"

祝余一下噤了声，长久地静默。直到爆竹声把他唤回了神，他才嘴唇翕动，轻声道："祝你年年有余。"

除夕过后，祝余跟着大伯走亲戚，来到这儿后他妈每天都去他爸的坟山，邻里有人说闲话。他大伯都隐晦地和他提及，他妈还年轻，还能找着好归宿，以后孩子大了，一个人也孤单。

祝余没说话，他知道他妈绝不会再找了。

就算今年他爸不在了，林爱贞还是带他在这里住了很久，乡村生活很单调，单调得枯燥。这是祝余第一次品到这种枯燥，他和梁阁虽然每天联系，但也不多，往来只那么十来句话，都是些日常分享，只多问过他一句什么时候回 A 市。

祝余忍不住想去年寒假他们是怎么过的，好像梁阁那时候在陪他打贪吃蛇，还可笑地连着麦。他很久没玩过贪吃蛇了，有天想起来登上去，他那个小粉丝竟然立刻就邀请他组队，祝余没有理。

其实梁阁一贯话少，除却国庆干扰他复习那次，平时发消息也不多。他却突然难以忍受起来，他都觉得自己矛盾又无聊，梁阁给他发消息，他回复得平淡简略，但他又无比盼望梁阁给他发消息。这种纠结的盼望一点点啃合着他。

04

他们十一早上到的 A 市的家，今天舅舅一家要来拜年，林爱贞刚到家就去买菜了。半个月没住人的房子有股又潮又闷的尘味，祝余刚要做清洁，门就敲响了。

他厌恶地拧起眉，怎么这么早就来了，应着声开门："舅舅舅妈，这么早？"

他猛地一拉开门，沉寂的心就怦怦跳起来。快一个月没见，梁阁的头发短了一些，五官轮廓更凌厉，他穿了一件稍厚的运动外套，笔直地站着，垂着眼看他，还是那副清峻模样。

楼道的冷风呼呼地灌进来，冻得人一激灵，祝余连忙把他拉进来："你怎么来了？"

"你说今天回来。"梁阁带着一身寒气，把什么东西塞进他怀里，"生日礼物。"

祝余这才注意到他手里有个大盒子，抱着挺重，不知道是什么，他在梁阁的眼神催促下机械地打开来——是一台哈苏的相机。

祝余一度痴迷于文学社的单反，偶有闲暇就拍着玩，想着上大学了一定要自己买一台。以前的社长对哈苏又羡又讽："哈苏有什么牛的，几十万的东西不就卖给土豪吗？"

祝余拿在手里都觉得烫："我不能要！"

梁阁蹙起眉来："他们的你都要了。"

其他人的礼物之前已经收到了，霍青山送了一把据说暗藏无数玄机的伞，简希送了本英文原版书，艾山送了球鞋，还勒令他一定要穿。

祝余辩驳说："那是他们的心意。"

"这也是我的心意。"

"你的心意太重了。"

梁阁执拗地看着他："我的心意重，你就更应该珍惜地收下，怎么能因为我的心意重，就不收了呢？"

祝余从来不知道梁阁这样会说话："我们现在花的都是家里的钱……"

"这是我自己的钱。"梁阁说,"程序卖了。"

祝余想起每年高考填志愿,新闻里都说计算机不再是热门高薪专业,骗人的吗?

他低下头,继续苍白地拒绝:"我不能要,太贵重了。"这么贵的东西,他真要了算什么呢?

他能感觉到梁阁的视线落在他身上,不知道是不忿还是落寞,焦灼在空气中蔓延,他听见梁阁说:"那这个该要了吧?"

他霍然抬起头来,只见梁阁从裤兜拿出一副怪异的眼镜,问道:"这是什么?"

"AR眼镜。"

AR眼镜?祝余仔细瞧了瞧,确实很有科幻感,外形看起来也跟电影里的差不了太多。

他还没问,梁阁就说:"不贵,之前做的小玩意儿。来吧,我教你怎么用。"梁阁自顾自往里走,"做得糙,可能不太好用。"

祝余站在原地:"你自己做的吗?"

梁阁"嗯"了一声。

祝余看着他的背影,清晰地感觉到自己花了两个月竖起的高墙,这五分钟就被灭了个干净。

祝余房间里的摆设都齐整规矩,十分干净的样子,梁阁将手撑在书桌上,准备要他把电脑打开,顿了顿,再抬手时满手的灰。祝余登时窘迫又赧然,房子半个多月没住人,他原本要打扫,梁阁一来他就忘了个干净:"刚回来,还没来得及擦。"

"没事,我去洗手。"

他们刚出房间门,就听见开门的动静和祝余舅妈的声音:"大姐,不是我说，都说长姐如母，爱国现在也没个爹妈了，你就是妈啊。大过年的，你这一去婆家半个月，合着爱国不是你亲弟弟了？"她带着儿子先来，林爱国还在快递点忙，只晚上来吃饭。

几个人正对上面，梁阁先对林爱贞说了声"阿姨好"，又朝祝余舅妈点点头："您好。"

林爱贞认识梁阁，并且很喜欢他，见到梁阁很高兴，热情地招呼他留下来吃饭。

梁阁穿着气质都贵气，祝余舅妈也笑了笑，对他说："满满带弟弟玩啊，我和你妈妈说说话。"

祝余厌恶他舅舅全家，这个表弟一两岁时肉乎乎的挺可爱，祝余还喂他吃过饭，后来胖过了头，性子也被惯得跋扈霸道，非常惹人厌。

偏偏林爱贞像溺爱弟弟一样溺爱这个侄子，他在家是宝贝，来了姑姑这儿也是霸王。但他其实很怕祝余，这个哥哥总给他一种绵里藏针的感觉，阴恻恻的，每次来他都是哭着走的。有回他哭着被他妈拖回去，回头看见祝余笑着盯着他，吓得晚上直做噩梦。

但他时常好了伤疤忘了痛，只要他妈和林爱贞在，他就什么也不怕，今天照旧如此，他快活地跑进祝余房里。

梁阁说："我去洗手。"

小胖子一下爬上祝余的椅子，桌上那副 AR 眼镜立刻映入眼帘，他伸手就去抓："这是什么？我要这个！"

祝余转过身，心都悬起来："不要碰，这是哥哥的眼镜。"

他把手往后藏："我要这个，我要这个眼镜！"

祝余笑容冷冷的，生怕他抓坏了，捉住他的手："不行哦，还给哥哥。"

小孩子不依不饶，用脚胡乱地踹，脏兮兮的黑指甲掐进祝余的肉里。祝余痛得抽气，握着他的手腕暗暗用劲，小胖子正要号哭，就被人拎着后领扔垃圾一样扔到床上。

小胖子都被摔蒙了,又痛又委屈,看见梁阁站在床前面无表情地觑着他。他怕极了,但更气恼,一骨碌爬起来蛮牛似的直直往梁阁身上撞,撞得桌上装哈苏的盒子都掉下去了,祝余连忙弯身去捡。

梁阁直接又把这肉墩子拎起来,让他两脚不着地,吓得他又乱踢乱踹,梁阁身上都被他踢出两个印子。他利落地把 AR 眼镜从小胖子手里抽走,沉声说:"你再动。"

他真就不敢动了,但是吓得眼睛一鼓,哇哇哭起来。祝余舅妈听见哭声连忙跑过来,看见孩子被拎在手里,心疼得脸上的疤都在颤:"哎哟,怎么了怎么了?!"伸手去抱他,"来妈妈这儿,跟妈妈说!"

梁阁随手把他丢下地,他号着往他妈怀里扑:"他扔我!他打我!"

梁阁还试图说理:"他抢东西,还打人。"

"他只是一个小孩子,小孩子跟你闹着玩,打一下能有多痛啊?"她扯着哭得满脸眼泪鼻涕的儿子,"你跟孩子较什么真,他还这么小,他打了你,你还真要打回去啊?"她瞪着梁阁,拿出当时在公交车公司要赔偿的泼皮劲来,"小孩子跟小孩子打架就算了,你这么大的人了,我让你还手你敢吗?"

她不到一米六,几乎差梁阁两个头,梁阁五官本就沉肃,眼神一冷就通身戾气。他往前一步,她连忙牵着孩子往后躲。

梁阁掏出手机,拨通了一个电话:"梁榭,鹿角园二期 A 栋 201,过来打架!"

祝余舅妈吓坏了,惶惶看向林爱贞:"这,什么人啊这是?!大姐!他叫了什么社会打手来吗?满满这交的什么朋友?"

祝余检查了一下相机,确认没什么大事,才懊丧地闭了闭眼睛,压着心火出去。

林爱贞都不知如何是好了，一见祝余出来，立刻问："这怎么回事啊满满？"

祝余不想让梁阁看见这些一地鸡毛的糟心事，更不想把他牵扯进来，他郁恨又难堪："他要抢梁阁送我的生日礼物。"

他舅妈立刻说："梵梵只是玩一下，小孩子好奇，他又不会拿走你的。"表弟的名字是祝成礼取的，叫林朝梵，是个寓意极好的名字，结果被教成了这么一个讨嫌跋扈的熊孩子。

祝余想起被撞到地上的哈苏："玩一下？他把相机撞到地上，几十万的东西，玩坏了他赔吗？"

他舅妈又惊骇又不信，支吾起来："什……什么就几十万了？"

祝余冷漠地看她："舅妈，孩子这么大了就教教吧，见着什么都抢，抢不过就打，非要以后惹出大祸吗？"祝余从没说过这种出格的话，还把讥诮和不耐摆在脸上，但他现在很生气，家里这样的不堪被梁阁看到让他觉得羞耻。

他舅妈气得眼珠都往外突："你说的这是什么话？！"

祝余的舅舅懦弱无能，娶了个泼辣强势的老婆，在家里任打任骂，一遇事就找林爱贞来哭。他一直在想如果没有他舅妈介绍的江湖郎中，他爸会不会活得更久一些。

林爱贞当然也这么想过，她很懊悔，在最茫然无助的时候听信了那些骗子天花乱坠的空谈，花了好几万，还让祝成礼快速地耗竭了生命。当时祝成礼丧宴，他们不怎么帮忙就算了，还一直嫌运回祝成礼老家办白事麻烦，真的很难不寒心。她对弟弟一家都冷落许多，但这种局面她只能训斥儿子："满满怎么说话呢！"

祝余无波无澜地站在那里，侧过脸去，他鼻子直挺，侧面有痣，天生是副清高的模样，显得又拧巴又倔强。

林朝梵还在撒泼打滚地号，门突然被敲响了，传来极有规律的咚，咚咚，咚咚咚……

祝余舅妈登时慌得六神无主，以为梁阁叫的打手到了，正不知该往哪儿藏，梁阁就径自去开门了："这么快？"

所有人的目光都聚了过去，没看见门外有人，直到顺着梁阁的视线往下落。那是一个不过五六岁的小孩子，穿得厚鼓鼓的，小女孩似的留着长发，贵气又漂亮，粉装玉琢，一张小脸蛋红彤彤的，像还在散着热气，他亲热地一把搂住梁阁的腿："哥哥！"

屋里两个大人瞠目结舌，怎么也没想到来了这么个小娃娃。

梁榭走进来，他也不怕生，把手背到身后像个傲慢的小国王，有种稚声稚气的凶恶："谁欺负我哥哥？"他环视一圈，眼神最终停在哭脸的林朝梵身上。

林朝梵被他这么一瞅，不知是碰到同龄人的尴尬还是梁榭生得太好看，忽然就不哭了，没干的眼泪还在黑黑的胖脸蛋上滚，却仿佛羞怯似的低下了头。

祝余舅妈眼见着这么一小孩横行霸道地进来，问道："干什么这是？哪来的小孩儿？"

梁阁觑着她："你说小孩可以还手。"

梁阁托起祝余的左手，把他的衣袖往上一捋，原本是想让她看看祝余手背和腕子上被抠出血的指甲印，但袖子捋高了，小臂上青色的掐痕也跟着一并暴露，触目惊心。

祝余眼都睁圆了，后悔没穿他妈用紧毛线给他打的毛衣——这是他自己掐的。

一个六岁的小孩子掐出这种印子来不太可能，但林朝梵太胖也太壮了，又横冲直撞，蛮牛一样有劲儿，也没人会想到是祝余自己掐的。

林爱贞的脸登时就垮下来了,就算她再疼爱弟弟的孩子,也不可能让儿子受这么大的委屈:"梵梵,你怎么能这么掐哥哥?"

林朝梵刚要哭着否认,梁榭就阴着脸说:"你好意思哭?"

梁榭乌黑的圆眼珠倨傲地睇着林朝梵:"你这种欺负人还爱哭的小胖子,我在幼儿园见得多了!想打架找我呀!"

林朝梵不太敢看他,却又忍不住小声辩驳:"你怎么可能打得过我?"这样白白嫩嫩的。

"我很爱运动的!"梁榭大声表示,继而看着林朝梵,粉嫩嫩的小脸盘扬起来,"你敢跟我打吗?不准躲在这个胖阿姨背后!快出来!"

一群大人都没反应过来,他冲过去抓住林朝梵的肩膀,腿往他下盘一扫,小胖墩直接倒地。祝余舅妈急得要去阻止,被梁阁一挡。梁榭顺势坐上小胖子的胸口,骄傲地举起两只手,自己喜滋滋地宣布:"梁榭!胜利!"

林朝梵从没受过这种委屈,又疼又晕,倒在地上哇哇地哭。他妈心疼得去扶他,他被硬拽着拖起来,看见梁榭像被他的囧相取悦了似的,咯咯笑起来,还任性又狡黠地说他是"爱哭鬼",顿时哭得更厉害了。

祝余舅妈气得不干不净地大骂起来,祝余立刻捂住了梁榭的耳朵,梁榭仰起头来看他,眼睫弯翘:"小哥哥。"

眼见闹得不可开交,林爱贞压下心火,和祝余说:"满满,家里太乱了,你和梁阁出去玩吧。"

出门时梁阁低下头和她道歉:"对不起阿姨。"

愁容满面的林爱贞先是看着他,又看着梁榭,忽然笑起来,笑得很开怀,小姑娘一样。自从祝成礼死后,祝余再没见她这样笑过,一时间都有些失神。

林爱贞说:"有什么对不起的,阿姨才是让你看笑话了,也让满满受委屈了。"她神色低落下去，又笑起来，"阿姨都没想到，你怎么会把弟弟叫过来？"

"哎呀对了，你看大过年的来一趟都没给你们拿点东西吃。"她匆匆进去抓了一把过年时称的散装奶糖，蹲在地上，把奶糖装进梁榭衣前的两个小兜兜里，温柔含笑地注视他，"以后再来玩好吗？小宝贝。"

梁榭捂着两个鼓鼓的小兜兜，乖乖点了头。

05

出了楼，凛冽的寒气迎过来，绿化带上结着一层薄霜，他们往小区外走，祝余问梁榭是怎么来的。

"爸爸在家，我让司机伯伯送过来的。"他又抬起头看梁阁，"哥哥，你一打电话，我就过来了，我好不好？"

梁阁说："你不是要做保安吗？这都是保安应该做的。"

梁榭泄气地噘嘴："那好吧。"又犯懒地拖住梁阁的手，"哥哥抱抱。"

梁阁不耐烦地说："什么保安，还要抱？"却还是弯下身把他端抱起来了。

梁榭被哥哥搂在怀里，借着高度四处瞧了瞧："因为我是小朋友保安。"

祝余觉得实在可爱，笑着问他："我来抱你好吗？"

梁榭想了想，大方地朝他张开双手："好吧。"

小孩子抱在怀里香香软软的，祝余看着他雪白泛红的小脸蛋："你好可爱呀，你哥哥小时候也和你一样可爱吗？"

梁榭咯咯笑起来："没有的，他小时候……"

梁阁低声喝止："喂！"

"小哥哥，你来我们家玩吧！"他亲昵地圈住祝余的脖子，嫩脸蛋贴在他侧颈，软乎乎地说，"我给你翻哥哥的照片，我们家还有好多好玩的，你可以睡在那儿，来吧！"

祝余正要笑，就对上梁阁灼亮清澈的眼睛："要来吗？"

祝余坐上车，听着梁榭和司机说话，眼看离梁阁家越来越近，才猛然醒悟过来，竟然真就来了，但已经骑虎难下。等下了车，他斟酌着说："我去买点水果吧。"毕竟现在还是过年期间。

梁阁说："不用，我爸妈不在家。"

梁阁家祝余来过许多次，但都没进去过，倒是进过简希的家，他隐隐有些好奇。之前玩游戏有人问梁阁家是不是很有钱，梁阁当时说："普通家庭。"

梁阁家是个大平层，一打开门，就看见一条毛发丰厚的古牧，头上扎了个揪揪，露出一蓝一黑的鸳鸯眼，憨憨地坐着，从卧室门口就那么凭空移了过来。

祝余正费解，就见梁榭两下把靴子蹬掉，大声地指责它："梁发财！起来，又要压坏了！"

发财被他轰得站起来，祝余才看到下面的扫地机器人。声称"很爱运动"的梁榭即刻懒懒地倒在发财背上，两只脚都翘起来："快把我运到榻榻上去。"然后虚弱又焦急地说，"快点，只有三十秒了，我不到榻榻上就会枯萎，快跑发财！"

怎么突然只有三十秒就要枯萎了？

发财显然已经对这个把戏熟得不能再熟，当即载着他朝软榻飞奔而去，祝余一进来，"三十秒就会枯萎"的梁榭又复活了，颠颠跑过来牵着祝余在家里到处跑。

发财又吐着舌头毛绒玩具一样跟在他们后面，他们家的大平层比一般大平层的面积还大许多，客厅全是落地窗，采光、视野和景观都极佳，可能因为有小孩子，装修风格要柔软可爱一些。

祝余根本来不及多看，就被梁榭牵走了，家里来了客人让他觉得兴奋，他炫耀似的展示自己的零食储备，全是他买的——占据了两扇非常夸张的储物格，几乎是一整面墙，分门别类整整齐齐，这里大半的零食梁阁都带给他吃过，但祝余还是觉得十分震撼。当时他妈给梁榭塞糖，祝余就想梁榭的零食那么好吃，肯定是要嫌弃这些散装糖果的。

梁榭低着头从兜里捡出一颗奶糖，撕开吃进嘴里，左边的腮帮子鼓起来，口齿不清地夸赞："这个奶糖很好吃，谢谢阿姨。"他又想了想，谨慎地把兜里的奶糖全拿出来放进祝余手心，"我每天只可以吃两颗糖，小哥哥你先帮我收着藏起来，我哥哥问，你就说你吃掉了好吗？"

祝余正要笑，抬头就看见梁阁斜倚着门框，不动声色地看着他们。

梁榭浑然不知，人小鬼大地赖在祝余怀里和他告小状："你知道我哥哥多凶吗？我之前吃了他一颗棒棒糖，他好凶，他那么看着我，要我吐出来。"他眼睛都变得沮丧无光，"他天天拿好多我的零食，我都不生气，他一点也不爱我，我也不要爱他了，梁阁是大魔王。"

祝余谴责地望过去，梁阁竟然倚着门笑了。

唐棠和梁译元是下午四点多回来的，当时祝余正在梁阁房里陪梁榭戳羊毛毡，梁阁的卧室风格很男孩子气，有电脑、篮球、天体模型，以及摆了一整面墙的乐高，还有许多奖状和奖杯。

他跟着梁阁他们一起出来，拘谨而腼腆地笑道："叔叔阿姨新年好。"

唐棠刚换好鞋，转身看见他就笑了，颇有些惊喜："班长来玩啊，梁阁还从没叫人来家里玩过呢。"

这是祝余第一次见到梁阁的爸爸。梁译元看起来非常年轻英挺，面部轮廓和梁阁很像，线条利落干净，大衣里穿着西装，有种上位者惯带的威严，拿着把黑伞站在玄关一动不动地审视祝余。

祝余被他看得都心虚起来，背后几乎要渗汗，他才说："嗯，你好。"

梁榭突然想起什么："啊！妈妈相册在哪里？"

没过多久梁榭就抱来一本相册，他趴在沙发上，祝余梁阁围在旁边，他翻开相册，指着一张照片，唇角上翘："这个就是我哥哥！"

祝余探过头，定神一看，照片上的小孩虽然神情未变，却完全看不出梁阁现在的模样，只让人觉得——多么忧国忧民的小胖子啊。梁阁小时候不说话，他妈对他又爱又愧疚，每次喂饭都生怕他受委屈没吃饱，一个劲儿地塞，梁阁胖得十分情有可原。

祝余一笑，唐棠也饶有兴致地凑过来了："看这个，我自己给他拍了一组他和十二生肖的照片呢，特别麻烦。"

除龙之外，其他动物都是真的，地点也不同，看得出确实费了心思，但从神情上来看，梁阁十分不领情。他看着小胖子梁阁面无表情地抱着鸡，抱着兔子，抱着羊……竟然还有抱着真蛇和老虎的，虽然老虎是只幼崽，祝余还是诧异："老虎是怎么抱到的？"

唐棠陷入回忆："不记得了，那个时候是不是可以抱来着？还是在国外？反正抱了。"她再继续翻下去，夹层里掉出一张有些年头的老照片，上面是个非常年轻俊美的男人，穿着军装，剑眉星目，身姿挺拔，抱着琵琶端坐在台上，已见铮铮风骨。

梁阁第一次见这张照片，霍然看向唐棠："我爸会弹琵琶？"

唐棠看着别处，不太自然地说："我又没说他不会。"

所以那句"我在台下看他，就觉得这辈子都是他"，说的是他爸，不是他大伯？呵。

祝余原本看完照片就要走，被唐棠以外面下雨很冷为由强留下来住一晚再走。晚饭是梁译元做的，六菜一汤很丰盛，饭桌上氛围很好，祝余也没有觉得局促，直到唐棠兴致勃勃地问他们："我今天打扮得漂不漂亮？"

祝余愕然地看见梁阁不疾不徐地说："漂亮，口红颜色和衣服很搭。"

梁榭也灵慧又踊跃："衣服很好看，我最喜欢妈妈这件衣服！"

梁译元也说："发型也好，衬脸型。"

祝余第一次在家庭饭桌上听见这种问题和这样整齐划一的吹捧。他坐在那里，像个没做作业的小学生，唐棠的视线望过来，梁译元也似有似无地看了他一眼，他乖巧地笑着："阿姨的脖子又白又细，配这条项链真好看。"

祝余很早就觉得梁阁一定是在那种非常有爱的家庭里长大的，他一定拥有很多爱，所以才敢那样热烈地去爱其他人，毫无顾忌也不怕受伤，真挚而赤忱。

度过这样的一天，祝余也觉得新奇温暖。

梁阁敲门进客房时，祝余穿着梁阁初中时的睡衣，坐在客房的床上，感慨又歆羡地笑着："你们家真好，我好喜欢你们家。"

梁阁无意识地说："你可以经常过来住啊。"说完又侧过脸去咳了一声，"不是，那你今晚做个好梦。"

CHAPTER 02
/// 第二章 ///

狐狸的窗户

01

开学报到那天又下了雨,今年立春来得早,细雨里春寒更显料峭。

祝余撑着伞在人群里来来回回跑了几趟办公楼,第三趟出来时抱了一大摞安全手册,又厚又重,他没想到会这么多,就没叫人来帮忙。他两手托着这摞没人会看的厚册子,偏着脖子夹住伞,局促地走进雨幕。大概是没有夹稳,刚走几步伞就开始左右滚动,他狼狈地立在雨里,正权衡着是要扔了伞还是扔了安全手册,伞就被人从肩上抽了出来,撑在了头顶,他如释重负地抬起眼:"简希?"

他一时间甚至不确定是不是简希,因为简希把头发留长了,不再是男生那样清爽的短发,但也没有很长,刚过耳际,却是十足的少女发型,在身高气质的加持下,是个高挑白皙的大美人。

简希撑着伞,大方问他:"怎么样?"

"你好漂亮。"

简希笑了:"谢谢。"

"你怎么把头发留长了?"

简希举着伞和他一起回教学楼,雨错落地敲着伞面,简希说:"短发容易造成误会。"

误会什么?误会她是男生吗?

一个寒假没见,班上本就热闹,好多人到处窜来窜去联络感情,简希进来时不知谁先惊呼了一声,全班的注意力马上被吸引过去了。

班上着实闹腾了一阵,祝余回座位时撞落了钟清宁的书,弯腰捡起来说:"对不起。"

钟清宁好半晌才怔怔回过神,脸色稍显苍白:"没事的。"

这学期项曼青回来了,她生下了一个健康可爱的女儿,十班的同学大半都是高一直升上来的,兴奋又热情,上课时止不住地问东问西。

"你们别问我了,我来问问你们,一轮复习都开始了,语文学得怎么样?"她的目光在教室绕了一圈,精准落到后排靠窗的位置上,"梁阁。"

项曼青站在讲台上,似是寒暄又是调侃:"一学期没见,人看着又精神不少啊,更帅了。"

梁阁说:"谢谢。"

"别谢了,'身登青云梯'的前一句是什么?"

"前一句?"梁阁皱眉,以他的语文水平,说前一句问后一句还有可能顺着答出来,但倒推前一句就为难了,他不确定地低声说,"什么jī?"

祝余后背悄悄挨到他的课桌,项曼青的目光就扫过来:"祝余。"

祝余只好又坐直了。只有霍青山不怕死地拿着本书,摇着椅子后仰,用"腹语"不停地重复:"阁儿,手撕椒麻鸡,手撕椒麻鸡……"

梁阁抬起眼:"手撕椒麻鸡。"

哄堂大笑,项曼青都笑了,祝余也跟着笑,刚笑出声又马上刹住。

四月有 NOI 的省选，梁阁要频繁去机房，课上得比上学期更加零碎。课间也偶尔会有其他信竞生来找梁阁，三五个人聚在走廊，一起吹捧梁阁，讨论几句后发出笑声。

"梁阁，暴力解题的神！"

其中有个女生，也是信竞生，似乎和梁阁很有话题，她有时说些什么，梁阁会点头附和。

祝余不知道以前梁阁在附中有多众星捧月，但自从上学期元旦晚会后，他感觉现在鹿鸣的氛围也差不离了，那个高一学弟到现在都被称为"高一那个弹吉他的男的"，但说到梁阁就是"梁阁还会弹琵琶"！

霍青山说他出尽风头："是不是情书收了一麻袋？"

有时信竞生们站在走廊说话，祝余会从习题里抬起头，状似无意地投去一瞥——学校明明有那么多竞赛生，这些搞 NOI 的，怎么就格外碍眼？

祝余这学期也变得更忙，上任还只半年的文学社社长准备出国，祝余因此被迫升迁，原社长和辜剑都属意他，于是赶鸭子上架让他做社长。

祝余忙不过来，推托了几次也没个结果，剑哥只让他和另一个女生先一起做副社长，社长之位暂时空着，但他还是忙碌了许多，要频繁去文学社，十分苦累。

学生会的活动室也在办公楼，夏岚这学期正式升任了主席，在开学典礼上做了就任演讲，班里同学都开始大大方方喊她"主席"，很有些与有荣焉。

因为目的地和路线一致，祝余不时会和夏岚同行，他们寒假就一起参加了新概念的复赛，熟络了许多。他知道夏岚有个关系很好的青梅竹马，也即将出国留学，两个人的感情变得风雨飘摇——可见出国真的害人。

他和夏岚同行时的话题大多围绕阅读写作，祝余上高中后身边多是纯粹的理科生，和夏岚这样沐浴在春光里走一遭，整个人仿佛都浪漫文艺起来。

白日渐长，碧云低堕，春天的鹿鸣是最漂亮的，草木蔓发，满目葱茏，三月的早樱开满校园。上完第八节课，祝余和夏岚没去吃饭，踩着碎石路相偕往办公楼去。

夏岚今天情绪非常低落，眼下青黑，失意又落寞。春天的风喧嚣扰人，树上的花三三两两地坠下来，落在夏岚头上。

祝余出声提醒她："你头上有朵花。"

夏岚抬手去抚，几次都没能碰到。祝余帮她摘下来，展开手心递给她。

夏岚问："给我干什么？"

祝余笑着说："它一定喜欢你，才落到你身上。"

夏岚怔神了片刻，捏起他手心的花瓣，爽朗地笑起来。她笑完后反而一身轻松，烦恼一扫而空，兴致勃勃地和他说起纳博科夫的《斩首之邀》："我喜欢那段，囚犯夜间最好不要做与自己的处境、地位不相称的梦……"

祝余看着她明艳的侧脸，不知为什么，忽然想起梁阁把"郭沫若"说成"郭若沫"时笨拙的样子。

那天晚上，他们骑过那条挂满小灯的街道时，祝余说："有点像《天上的街市》，远远的街灯明了，好像闪着无数的明星……"

"郭若沫的吗？"

"什么郭若沫？是郭沫若，中考还考过。"

"哦，那我答错了。"

祝余想起来都忍俊不禁。

他们沿着碎石路走到综合楼，综合楼下摆了张桌子，放了台电脑，那群信竞生聚在桌边。他远远就看到梁阁秀颀的身影，NOI省选临近，这些天梁阁几乎是上午一套题，下午一套题，一天全耗在机房，他们见得很少。

他又看到那个女生，正挨着梁阁，她留着一头短发，应该就是图方便随意地剪短了，长得不算漂亮，但笑起来特别爽朗，是那种看上去就很聪明跳脱的女孩子。

祝余看着他们，女孩子不知道说了句什么，周围的人都笑起来，梁阁也笑了。

夏岚忽地听见祝余讥诮地"喊"了一声，这绝不是祝余该发出的声音，她抬起头看他，第一次直观地体会到什么叫"相由心生"。祝余从来是清清淡淡的，温润低调没有攻击性，陡然露出些锋芒，五官立刻明丽起来，眼珠乌亮有神，有种方桃譬李的漂亮。

"怎么了？"

"没什么，走那边吧。"

信竞生中的那个女孩子像觉察到什么，靠着本能的第六感望过去，正对上祝余黑沉沉的眼睛。她收回视线，斟酌着问："梁神，你们班是不是不让窜班啊？"

梁阁不解："什么？"

"怎么每次去你们班，你们班长都那么看着我。"她想了想，"像在瞪人，好凶，现在也是。"

梁阁心神一动，顺着女孩子的视线望去，看见祝余转过身走进西沉的夕阳下，稍稍偏过头，唇角翘起来，是个诮讽的哂笑。

祝余的笑容在夏岚进了学生会活动室的瞬间就消失殆尽，他又忍不住去掐自己了。

不就是笑了一下？梁阁当然会笑。

可信息竞赛省考在即，梁阁甚至一周都难得去一次教室，原以为他正全心备考，居然是跟一群人聚在那儿笑嘻嘻。

今天文学社大扫除，时间太早，其他人还没来，剑哥的办公室也空着，只有桌上的电脑在放一些缠绵的老歌，他去接了桶水。

梁阁赶到文学社时，祝余正在擦窗台，听见声响回过身，见到梁阁也没问他来做什么，神色平淡，挂着他惯用的笑："哇，你怎么来了？好久不见。"

他们今早还是一起来的学校。

梁阁不至于听不出他话里的机锋，都不知道该气还是该笑，于是他笑了。

祝余不知道他笑什么，只觉得他的笑碍眼又轻浮。他别过头去，随手将抹布扔进水桶，抹布沉进桶底，孟春时季水管里的水仍然冰凉，他捋起袖子去洗抹布。

他袖子一挽上去，梁阁立刻又看到了他掩在衣下的掐痕，距离寒假过去很久，不可能现在还没消，而且明显比上次更多更重，几乎没一块好肉。梁阁伸手去捉祝余手腕，刚触到皮肤，就被他闪身一躲，还幼稚地把整个手臂都藏到身后去。

梁阁问："你的手怎么回事？"

祝余满不在乎地笑着："不知道，可能被人打了吧。"

可梁阁看着他："谁打你？"

祝余被他这么一看，理智稍许回笼，猛然意识到自己说了什么，登时惴惴又郁郁起来。

梁阁走近他，眼神漆黑像把他洞悉得彻底："你自己掐的吗？"

他侧过脸，喃喃否认："没有，不是……"

左侧的楼梯有人说笑着上来，是文学社的人，他还以为得救了。谁知道梁阁钳着他就进了隔壁的办公室，在人上来前把门关上了。

办公室的窗帘拉开了一角，春日的夕照投进屋里，暄和又柔软，天色近晚，有些昏暗。梁阁站在门前，却没再问手臂的掐痕，竟然说："我们机房有个女生，她叫王晟颖，很聪明。"

她叫王晟颖，很聪明。

祝余故作轻松，扯出一个浅笑："你特意来告诉我这个，是想让我们文学社写篇稿子刊出来宣扬一下吗？"

梁阁好整以暇地看他："你不开心吗？"

祝余来不及反应，梁阁趁势又问："为什么？"

像是有电从脚底直通发丝，被看破的一瞬间祝余惊慌失措，手都开始抖，却用极度啼笑皆非的语气装傻："哈？你说什么？莫名其妙。"他强自镇定地上前，神色漠然，"走开，我要出去。"他像被逼急了，不管不顾地去掰梁阁拦在门上的手，"走开！"

梁阁反身把他抵在门上，后背碰着门板发出闷闷的一声响，两个人都不再说话。

祝余看见倒映在他瞳孔里的自己惶恐的影子，有几秒钟像被拉进一个真空静音的世界，而后才听到心脏勃然的跃动。他眼睫颤了几下，虚弱地垂下眼，茫然又可怜地张望着，仿佛被抽去了主心骨，几乎要瑟缩成一团，抵在门后的手神经质般在木板上抓挠，又习惯性地去掐腿根，不知道是为了催促反应机制尽快恢复正常，还是在惩戒刚才的愚蠢行为。

梁阁攥着他的腕子抬起来："你又掐自己干什么？"

祝余眼神涣散，他其实并不觉得如何痛，有时候他甚至以为自己在品尝这种痛，但他又厌恶这种痛。这种痛越多，代表他越在意也越压抑，偶尔他看见身上那些青紫斑驳的掐痕，也感到可怕又疯狂。

门外有文学社社员说笑的声音，他们已经开始打扫了，有人高声问祝余来了没有。

祝余渐渐恢复了冷静，他若无其事地说道："让开，我要出去大扫除。"

梁阁正要说什么，外面就响起了辜剑粗哑的嗓门："怎么还拖拖拉拉的，祝余呢？干了点什么呀这都！都先停手，到这儿来，我先安排一下，叫你们大扫除还给我乱搞……"

辜剑安排完就会来办公室，到时候一定会发现他们俩躲在这儿。

麻烦死了，梁阁烦躁地"啧"了一声，仍不放开他，眼神一瞬不瞬地看着他，又说："记得吗？上学期你还欠我一个愿望。"是月考梁阁赢了他，得到的奖励，原本要用在换座位上，祝余给他免了，于是留到了现在。

时日太久，这个约定早被祝余抛到了脑后，默认作废了，现在被提起来，有种自作聪明搬起石头砸自己的脚的懊悔，他决定装作没这回事。

梁阁问："要耍赖吗？"

祝余在他眼里无所遁形，暗自咬牙："你说吧。"

"我们出去玩吧。"

祝余始料未及，惊惶地看他："什么？"

"就这周日，我们出去玩一天。"梁阁不等他拒绝，说完转身就走。

02

祝余也不知道被梁阁拆穿后该怎么面对，所幸梁阁第二天就去别的城市参加省选了，今年 NOI 的省选地点在邻市，很好地避免了他在这种时候和梁阁见面，虽然见面日期的延后更像是死缓。

梁阁参加省选的那天，祝余第二次上台参加了鹿鸣的英语演讲比赛，这次是他主动报的名，自从去年那个耻辱的倒数第二后，他每天都尽量匀出时间来练口语，他是要一雪前耻的。

这次台下没有梁阁，却有他们班其他同学，每届的高二学生都是演讲比赛的固定观众。

他这回没有半点紧张，看着台下乌泱泱的人头，竟然还分神忧心了一下梁阁的省选发挥。这次祝余又是倒数第二，不过是一等奖的倒数第二，一等奖有四个人，他排第三，下面鼓掌喝彩的声音比第一名还夸张热烈，他又听到霍青山说他是"争气机"。

祝余站在台上笑了，晚上回到家却开始焦虑，明天就是周日，梁阁就回来了，他要和梁阁见面了，在被揭穿之后。

算了，随便吧，我又不在乎，见完面和他说清楚好了。

他心无旁骛地坐在书桌前看书，过了五分钟，起身打开衣柜翻了一圈："妈，我那件蓝白色的外套放哪去了？"他是个对外貌挺淡漠的人，但饶是他也觉得自己穿那件衣服很出众。

"啊？什么外套？哪一件？"

"啊……没什么，没事。"

他又坐回去了，特意穿新衣服显得多在乎似的，只是应付一下罢了，不就是出去玩一趟吗？有什么大不了的？

他扭头冲着门喊："蓝白色！蓝白色那件！"喊完就羞愧地把脸埋进了夏岚借他的《斩首之邀》里。

"那件不在你衣柜里吗？欸？那我放哪儿去了？"

"您帮我找找吧。"

祝余坐直了，重新开始看书，看了两分钟，眉头又慢慢皱起来。梁阁那天也只那么提了一句，今天省选才结束，明天还不一定什么时候能回来，应该就是随便见见吧……

"算了，不用找了妈，你早点睡吧！"

"怎么变来变去的？给你找着了，还要不要？"

祝余郁闷地倒在书桌上，声音从指缝里透出来："要……"

周日上午九点，梁阁骑着公路车在林荫道上穿行，太阳才刚探出点头，微风习习，街边的花店摆出的鲜花娇嫩清新。

公路车猛地停住了，他下了车，从花店里抱出来一大束花，单手握着车把，另一只手抱着花，迎风骑着车往医院去。等红灯时身边有个被妈妈用背婴袋背在身前的小娃娃，不过一两岁的样子，眼珠又大又黑，咯咯笑，好奇地伸出小肉手去抓梁阁手里的花。

梁阁抽出一枝小小的带果尤加利放进她肉乎乎的手心，年轻的妈妈不好意思地笑起来："哎呀，谢谢。"又轻轻摇晃着孩子，"囡囡说谢谢，谢谢哥哥，哥哥好帅。"

梁阁抱着花进医院病房时，因为急性肠胃炎住院的唐棠已经起来了，一见他还有些发蒙："你怎么就回来了？几点回来的？"

"早上五点。"

早上五点到的，证明他凌晨两点上的车，她也没问省选发挥得怎么样，只说："这么早？你们教练怎么订的票啊？"

"我自己先回的。"

唐棠靠在床头上下扫视着他，终于察觉出些端倪来："你今天怎么……你是不是做头发了？"

梁阁低下头，含糊地发出一个单音，不知是"啊"还是"嗯"："就随便剪了一下。"

梁阁抱着花到她病床边说："花放哪儿？"

"你来探你妈的病，还买什么花啊？"

"不是探病。"梁阁把花递到她怀里，"因为漂亮，想送给你。"

唐棠看着他，偏过头笑着"喊"了一声："这招存着撩小姑娘去吧。"却还是欢欣地接了过来，看见生机盎然的金色海岸和向日葵，零星点缀着白豆火龙珠和带果尤加利，洋桔梗洁白美丽，"谢谢儿子。"丈夫不能赶回来陪她，儿子带着花来也很好。

"我，"梁阁咳了一声，"我今天怎么样？"

唐棠不解地抬头："什么怎么样？"

"就是看起来。"

唐棠客观地说："很帅。"

事实上，梁阁刚进来时，她甚至感觉有些闪过了头，猛然感悟到梁译元虽然处处不怎么样，但至少长得还是很帅的，儿子才能这么青出于蓝。

梁阁又问："那花呢？"

"也很漂亮。"

梁阁点头："哦，我先走了。"

"啊？你去哪儿？"

梁阁拧着病房的门把手，迟疑片刻才回头，薄唇抿了抿，眼神沉着又忐忑："就，出去玩呗。"

祝余穿着他那件蓝白色外套在镜子前整理了半个多小时，刚要出门又返回去涂了点唇膏，还偷着抹了点他妈的润肤霜，自觉这已经是他打扮的极限了,可下楼看到梁阁后,差点又原路逃回去——怎么穿那么帅?!

祝余杵在那里,生出些自惭形秽来,他焦灼了片刻,还是硬着头皮过去了。

梁阁其实并没有穿得多正式,仍然是很清爽的少年打扮,头发也只稍加设计地剪短了,但不知怎么看起来就格外地神采清俊。手里还攥着个毛绒小兔,看起来跟他的年龄气质一点都不符,梁阁把兔子递给了祝余。

祝余接过小兔,捏在手里说:"可爱。"

没有尴尬太久,就来了一辆公交车,梁阁说:"走吧。"

车上竟然没有乘客,很空旷干净,梁阁带他坐在倒数第二排,他靠窗坐着,车窗开了一条小缝,有凉润的风柔和地灌进来。

"我们去哪儿?"

梁阁居然说:"不知道,就跟着公交走吧。"

祝余也没说什么,他用手指抚摸着兔耳朵,心境也开阔了许多。车在不疾不徐地行驶,斑驳的树影和温煦的日光在车内渐次交替。

梁阁也不说话,手肘撑在祝余的座位后,抵着头假寐似的阖上了眼睛。

车里安安静静的,只有车辆行驶的声音,祝余忽然说:"我第一次看到你的时候……"

梁阁打断他:"你第一次在哪儿看到的我?"

祝余想也没想就说:"就高一报名那天在报告厅外面啊。"

他记得那天,因为要军训一周,鹿鸣高一的开学时间是八月二十五,报告厅里全是人,挤满了家长、学生以及一同前来的弟弟妹妹,又吵又热又闷。祝余提着行李跟在林爱贞身后往分配好的临时宿舍去,还不慎被一个女生踩了脚，梁阁就是在女生道歉时进来的。祝余是跟着其他人望过去的，两人之间其实隔得有些远，但梁阁太高了，祝余还是一抬眼就看到了他。

"我当时想，好想长成这样，好高。"他弯着眼睛笑起来。

梁阁没说什么，只问："然后呢？"

"然后？军训我们好像没讲过话，哦！"祝余想起些什么，"武装带。"

那天午睡他睡过了头，寝室也没人叫醒他。他当时并不合群，宿舍集体生活让这个缺点更加暴露无遗。在李邵东的撺掇下他们宿舍就寝后打牌，祝余没有参加，但第二天被教官知悉，罚他们全寝在外面站了一个半小时。明明祝余也一起站了，李邵东却认定是他告的密，祝余就这样被轻易地打上了告密者的烙印。

他胡乱套好军训服，跑到一半发现没戴帽子，只好又折回去取，所幸没有太晚，他匆匆忙忙地跑进正要列队的队伍里。

烈日当空，太阳烤得人发晕，年轻的教官让他们站半小时军姿，并叫梁阁出列督促和整察军容。梁阁身材高而精瘦，军训服也穿得很精神，之前教官带过来一条军犬，是条毛发油亮肌肉发达的德牧，让梁阁站在一边拉住它，当时祝余前面的喻彤冷静地品评："从人到狗，帅得飞起。"

刚进高中时祝余才一米七出头，军训站第三排第五个，他看着梁阁一排排绕过来，停在了他面前。梁阁对那时的他来说高得有些太过了，平视的话他只能看到梁阁的喉结，于是他就惴惴地盯着梁阁的喉结，然后喉结动了："武装带。"

这就是梁阁和他说的第一句话。

祝余听到他的话才低下头，手在武装带上探了探，来得太急，武装带最少扭了三圈。他有些窘迫，正要重新系好，束在腰上的武装带就被人按了一下，铁片应声松开。梁阁把武装带从他腰上解下来，又弓下身凑近了他，祝余这才发现他要帮自己系武装带，本能地挡住了他的手。

梁阁掀起眼帘看了他一眼，是毫无含义、不带情绪的一眼，冷漠又锋利，祝余讪讪收回了手。梁阁一手在他腰侧，另一只手环到他身后，他不期然闻到梁阁身上清澈的气息，混着一点点汗味，他尴尬又无措，僵得手都不知道放哪儿。

梁阁系好了武装带又站直了身，撂了句："太松了。"

他现在回想起来，都能感受到那股扑面而来的热，他当时绝没有想到会和梁阁有这么深的交集。

"我好像还见过你空气投篮……"这种愚蠢的直男动作。

梁阁突然别过脸剧烈咳嗽起来，耳尖都发红。

祝余无声地笑了："那你第一次注意到我是什么时候？"

梁阁却说："中考时我坐你后面。"

"中考？在附中吗？"祝余完全意想不到，惊得眼睛和嘴同时张圆了，不死心地问，"你那时候就长这样吗？"

梁阁好笑地点了点头。

不过也是，中考那几天祝余都在发高烧，晕得试卷都看不清，哪还有闲心去注意身边有谁。

"所以你是那时候就觉得我人很好吗？"

"也没有。"梁阁定神思忖。

"那是什么时候？"

"军训。"

"系武装带的时候？"

"不是，军训之后。"

祝余想起什么，偏头去看窗外："你不是看到我拧开水瓶底了吗？"这件事做得虽然解气，但在不知情的人看来肯定是卑劣的。

"嗯。"

祝余心中一动，他想起一句话，可能是在哪本地摊鸡汤杂志上看的，大抵意思是真正好的友谊，不是接受你外在保护层的那个假自我，那个面具，而是接受连你自己都不接受的自己。他虽然并没有觉得这话有多正确，但真的有人连他的坏一并接纳，也确实感动得无以复加。

可他还是解释说："那个是我的开水瓶，被人偷走的，上面还有我的名字，我就是想报复一下。"

梁阁注视着他："好厉害。"

祝余不再说话了。

车上不时有乘客上来又下去，祝余很久没有这样细致地观察过这个城市的变迁和人文，他像坐上一辆观光巴士，这样慢悠悠地路过这个城市的四月。

他一直舍不得下去，这趟车绕了半个城市，快十二点才停到了终点站。

这趟车的终点站是十七中，周围是比较败落的老城区，没什么高楼，简陋凋敝，看不出有什么可玩的。

"饿吗？吃点东西吧。"

这附近倒有个大排档，祝余说想吃面，他们就找了家小店吃面。祝余也时常疑惑，他不挑也就算了，梁阁竟然也不怎么挑。他甚至怀疑梁阁除了香菇什么都吃，上回简希做的草莓蛋糕品相那么糟糕，他都面不改色地吃下去了，还能像模像样地点评。

他真就这么问了梁阁。

梁阁说:"简希做的所有东西你都别吃。"

"不能吃吗?"

"能吃。"梁阁严肃地看着他,"可能会中毒。"

祝余被他说得忐忑:"她是刚学做饭吗?"

"不是,从小就喜欢,只有她爸吃。"梁阁低头吃完了面,才说,"霍青山做饭好吃。"

这家的面分量十足,肉丝面味道极佳,祝余吃完两海碗,又稍作歇息,梁阁说:"走,带你去玩。"这周围看起来实在乏善可陈,梁阁应该也没来过,但祝余很有底气地认为,梁阁不会让他觉得无趣。

梁阁说:"本来想带你去附中,他们下周有活动。"

"那怎么不去?"

梁阁低低地说:"等不及了。"

祝余顿时羞窘起来,为了掩饰,拿出手机查附近有什么好玩,就见霍青山正在五人群里疯狂发消息:

"下周春游想吃什么?我来超市了,能提的快提,我全包了!"

"人呢?"

"不回消息是吧?"

"都忙。"

"都忙。"

"【老人独自过年.GIF】"

"退群了。"

"我要退群了,你们都不搭理我?!"

"……"

祝余被逗乐了,正想捧场回复一下,群里就蹦出条新消息,是艾山发的——

"妈呀,我在十七中这边看见俩人,好像梁阁和祝观音!"

祝余当即一口气哽在喉口,不敢打草惊蛇四处张望,只眼珠在眼眶里小幅度转了一圈。

今天鹿鸣校队跟十七中打比赛,十七中主场,他们随便上了辆公交,怎么还偏偏就坐这儿来了,还好死不死被艾山撞见。

梁阁说:"别回头,他在我们后面,走。"

他们故作若无其事地加快了脚步,眼看要出了大排档到安全地带,身后响起了艾山的呼唤:"梁阁!祝观音!我就知道是你俩,背着我们出来玩?!"

祝余后脊一僵:"怎么办?"

梁阁拉着他就狂奔起来。

"站住!跑什么?!"他们一跑,艾山就来了劲,对正在撸串的队员们喊,"伙计们!给我追!"

祝余慌乱中把毛绒小兔都颠掉了,他焦急地回过头:"梁阁,兔子掉了!"说完立刻就惊醒了,不该说的,这时候还在乎兔子干吗。

可梁阁真就停住了,返回去把滚得灰扑扑的兔子捡起来,又带着他继续跑。

"你还敢回来捡东西?"艾山简直被他挑衅了,气定神闲地发号施令,"兄弟们,包抄!抓到了队长有赏!"

校篮球队有十三个人,今天来了九个,一群人高马大的篮球体育生这下得了趣,摩拳擦掌,边追还兴奋地叫,艾山大声指挥:"猎杀时刻!给我抓!"

祝余听到梁阁切齿说道:"明天,等着吧。"

祝余也觉得出师不利得有些滑稽,出来玩搞得像被反动派围剿的地下党特务，天上地下没这么离谱的，他都恨起艾山来了。

这群篮球生都少年心性又体力充沛，真就穷追不舍，一路从十七中周边的大排档出来，追了两个街区。

虽然祝余长跑耐力不错，但架不住他们人多腿长，梁阁牵着他跑进了一个铁门大开的老旧小学，他们也跟着进来了。今天周日，学校里没人，也没看见守校的老师和保安，不敢往空阔处跑，他们直接拐进后楼，祝余看见一扇开了的门："那儿！"

03

晚上是祝余做的饭，他妈今天收摊早，两人一起吃了晚饭。饭桌上林爱贞说她今晚就坐火车回祝成礼老家，清明扫墓。祝余早猜到林爱贞是要回去的，怕惹她伤心一直没提："我也一起回去。"

林爱贞说他："你回去干什么？你们就放一天假，来回多耽误学习。再说了，你们明天不是要去"辜申墓"吗？你多拜拜，我也去跟你爸爸说说，让他保佑你明年高考考出好成绩。"

祝余的筷子稍停——保佑，去年这个时候他爸还和他们在一起吃饭，今年就只能保佑了。

他看着碗，难得固执地犟嘴："我就想回去。"

林爱贞停下筷子看他："满满，妈知道你想爸爸，但你现在还是以学业为重，落下课回来补多麻烦，拜"辜申墓"有用的，你爸爸能理解的，听话啊……"

祝余不再说话了。

第二天早上六点他就从家里出来，直接坐公交去了学校，梁阁直到早自习开始了才姗姗来迟。

祝余听见他拉开椅子坐下，应该是一路跑上来的，还没调整好呼吸，就凑到祝余身后:"怎么没等我?"

……

见祝余没动,梁阁有些急躁了,几次踢他凳子,祝余只低着头没有应声。

"梁阁,祝余。"

他们同时一惊,抬头看见项曼青严厉且警示的眼神,站了起来。

换了平常早自习说个小话,项曼青顶多到座位边敲打一下,但纪律委员和班长说小话,可就不能简单了事:"说什么悄悄话呢?多大的事早自习上说,说出来让大家都听听。"

她斜着眼看着梁阁,好似讥讽:"啊?说啊,说的什么?这会儿不敢说了?"

梁阁偏过头,只能看到他半张清俊的侧脸,较劲似的真就说了:"祝满满,你敢不敢回头看我?"

祝余心里哐当一响,没想到他真敢当着这么多人说,全身血液齐齐涌上脑门,当即反身看他。

项曼青笑了:"吵架了?吵架了非得在早自习掰扯吗?还是班长和纪律委员,出息!给我站着上早读!"

于是他们在众人探寻的视线中站着上了整节早自习。下课后却没人来问,艾山和霍青山早自习都没在,也不知道这茬,简希懒得问,其他人不敢问。

第一节课是周会课,广播里剑哥三令五申了本次研学活动的注意事项,整个高二教学楼都躁动非常。这个活动读作春游,写作研学旅行,实际就是扫墓——是的,给"辜申"的衣冠冢扫墓。鹿鸣历届高二都有这个传统,其实算是鹿鸣高二升高三的仪式,另外也是高考祈福,求"辜申"能保佑这届学子高考大捷,归根结底是个传统活动。

今天方杳安请假,据说病得下不了床,十班由项曼青带班。三十辆大巴载着这群兴奋的高二生从鹿鸣出发,一出了城区他们就下了车,徒步往墓园跋涉。

这里应该算是城乡搭界,空气中有四月特有的湿润的青草汁的气息,走出去两公里,远离尘嚣后视野更加开阔,远见春山流云,绿水柔风,有女生模仿起《动物世界》那句经久不衰的旁白:春天到了,万物复苏,又到了动物……同学们三三两两地聚在一起,吃着零食说说闹闹,像在踏青。

艾山的右腿有点跛,一路上谨小慎微,还是时不时要被梁阁不小心踢到、别到、撞到,梁阁漠然地觑着他:"抱歉,我故意的。"

艾山敢怒不敢言。

已然发觉旅途无趣的男生开始凑做一堆玩猜拳游戏,赢家可以让输家做一件事,几乎就是大冒险,提出了各种奇葩费力的要求,一路爆笑。

艾山勇敢地向梁阁提出挑战,决心逆风翻盘,猜拳这种输赢参半的玄学,他赌上自己的运气,第一次,输了。

梁阁让他跑到后面一家已经过了很远的小超市买瓶水,需要拍照确认。

第二次,又输了。

梁阁又让他跑到前面一家超市买瓶水回来,同样需要拍照。

经过三次四次五次的失败后,艾山面白如纸,气若游丝:"你为什么老让我跑?"

梁阁说:"你不是爱追着人跑吗?"

经过艾山数次的失败,众人也觉出了门道,已经有人开班传授猜拳的技巧了，得出结论，猜拳没有必胜法。于是，本次"猜拳班"的老师学生们依次向梁阁发起挑战，竟然个个都输。

所有人都惊呆了，猜拳这种运气比拼怎么会有常胜将军呢？

直到简希过来："你们跟他猜什么拳，没见过他弹琵琶的手速吗？"快得临场换手势根本看不出来。

天下武功，唯快不破。

早上八点多从学校出发，快十二点了才走到"辜申墓"，许多人怨声载道。

辜申的衣冠冢是个独立陵园，并没有修得非常气派。辜申一生爱湖爱水，陵园周围就有一面湖，叫潮然湖。

霍青山拧开矿泉水倒进湖里，大义凛然地说："潮然湖畔，放生农夫山泉。"有漂亮女孩子看着他笑得花枝乱颤。

陵园后面特意辟了一片竹林，茂林修竹，儒气风雅。他们到了才发现这周围还有个巨大的樱桃园，四月正值花季，漫山遍野的樱桃花。鹿鸣学校里栽满了樱花，但祝余还是第一次看到樱桃树开花，白花绿叶，一簇簇聚在一起，像满天星。

项曼青说："三年前那次来还没有这个园子呢，要是五月份来，搞不好还能摘个樱桃呢。"她不知想到什么，豁然开朗般笑起来："好衬景，阳春三月，樱笋年光。"她又欣羡地注视着他们，"你们也是阳春三月，樱笋年光啊，有意义，回去写篇游记吧！下周交。"

众人也没觉出其中的意义来，只觉得阴霾的心顿时雪上加霜，累死累活还得回去写游记。

祝余驻足在樱桃园边缘，梁阁悄然在他身边站定，霍青山子弹一样冲进他们中间，祝余被他撞得一阵踉跄。霍青山的手搭在他们肩上，一路都被女孩子缠着,终于找着机会质问他们,眯着眼睛左右扫视:"你们俩昨天出去玩了?怎么不叫上我?这么大人了,还带偷着玩的!警告你俩,下回一定得捎上我,咱们三个一起,别想背着我世界第一好!"

他看着这个偌大的樱桃园,突发奇想:"真是天时地利人和啊,他们不在,就剩我们仨。正好了,古有桃园三结义,我们今天就在这樱桃园三结义吧!"

梁阁和祝余都没搭腔,他高高兴兴拿着手里的矿泉水瓶在三人面前挨个儿泼了泼水,自顾自宣布:"在此以茶代酒,礼成!以后我们就是铁三角了。"又嫌弃地琢磨,"铁听起来怪穷的,要不金三角?"

梁阁终于说:"怎么,还想去混缅北?"

霍青山悟过来,连忙呸呸:"那就金刚石三角吧!金刚石够硬够贵了吧,我们三个从此坚不可摧,你们中有我,我中有你们!"

那边扫墓完毕,一个班一个班依次在陵园外缘祭拜,祝余站在樱桃园外,忽然想起小时候祝成礼给他读过的一个日本童话,叫《狐狸的窗户》。

他记得很清楚,里面的小狐狸用桔梗把两只手的大拇指和食指染蓝,四根手指靠在一起,组成一个菱形的窗户,就能看到去世的狐狸妈妈,是个有生死意味的童话。他那时还小小的,什么也不懂,却也从其中品到了哀伤,呜呜哭起来。他爸抱着他轻轻摇晃,哄他说:"不是的满满,是小狐狸最喜欢什么,最想要什么就会从窗户里看到什么。"

他爸也用这个哄骗他,在圣诞节前问他从窗户里看到了什么,圣诞节当晚就会把东西放到他枕头底下,孩童时期他有很长一段时间都傻傻地以为圣诞老人真的存在。

后来他爸病了,他也长大了,他却仍然通过这个窗户看他那些琳琅满目的梦。祝成礼去世后,他又在许多个不为人知的深夜透过这个窗户看他爸。他都没能回去祭拜他爸，却闹剧似的和这么多人一起来到一个不相干的人墓前。

他觉得冷，又觉得可笑。他用四根手指组成一个菱形窗户，手抬到一半，转了个弯，把"窗户"架到梁阁眼前，好笑地问他："你看到了什么？"

梁阁显然没听过这个童话，眉间不明就里地攒了一攒，透过这个古怪的手指窗户和他对视："你啊。"

04

晚上林爱贞不在家，祝余心里那股随着离家门越近而越重的负罪感和心虚陡然松懈了许多。他平静地开了灯，放下书包去洗澡，头洗到一半，才发现用了沐浴乳洗头，连忙冲去沫子重新洗了两遍，脸颊被热气烘得酡红。

睡觉时关了灯躺在床上，想起白天的事都还恍然如梦，但比起之前悬而不决的痛苦，现在已然轻松快意了很多。

不管深海怎么样，他已经跳下去了，虽然惊疑又茫然，却也对明天抱有无限憧憬——因为分别的时候梁阁和他说"明天见"。

明天见。

第二天祝余五点刚过就醒了，怎么也睡不着了，索性起了。洗漱完毕又蒸了八个包子煎了两个蛋吃，机械地练了会儿口语，在屋子里转了十来圈，实在待不住了——时间还没过六点。

祝余冒冒失失背上书包，风一样刮到门口，一拉开门就撞见梁阁漆黑透亮的眼睛。梁阁就站在他们家门外。

昨天春游走得太远，今早起来腿脚酸软，于是他们没有骑车，准备坐公交去学校。

春天的清早凉润润的，空中像有一层清新的薄雾，裹挟着花木张扬的芬芳。他们刚到公交站车就到了，早班公交没有座了，他们只能并排站着，梁阁站在他身侧，上抬的左手没有拉环，直接握住横杆，露出手腕上的两个篮球手环。祝余拉着环立着，微低着头，明明仲春时节，他站在梁阁身边却像有暑气迎面而来，周身潴热难消。

他们都不说话，车开始摇摇晃晃地往前走，又停了两站，上来的人多起来了，鹿鸣的学生也多起来。梁阁在学校名声很响，自从上次元旦晚会的琵琶表演后更是达到顶点，祝余也不差，至少在高二年级人气也是很足的，看上去又是两个矫矫不群的男孩子，因此总有视线在他们身上停驻。

他们并不说话，除了站在一起，都只一瞬不瞬地看着窗外，视线也不相交，好似不相识。

两人一前一后进了教室，熟悉的面孔多起来，祝余心中那种心虚感愈加膨胀，午休时，方杳安把他叫进了办公室。

"你和梁阁……"

祝余面上平静，心里却紧张起来。

"昨天语文早自习的时候，班长和纪律委员在说小话。你认为妥当吗？你们关系好很正常，但你们是班干部。"方杳安的语气里难得有些严厉的意味，"下次再犯，别怪我把你们调开。"

祝余一时间既松了一口气，又觉得难堪："我知道了，谢谢方老师。"

他从办公室出来，梁阁和霍青山也正从走廊那头过来，霍青山上抬着手，笑脸盈盈地喊他："祝观音！"

祝余对他笑了笑，就闷头往教室去。

第五节课是体育课，纵使昨天"春游"数公里导致伤残无数，课上男生们还是打了篮球,虽然打到一半就有人说脚上的血泡被人踩破了,鬼哭狼嚎地被急急忙忙搀回班上。

其他血性未褪的男生开始掰手腕,就在艾山的桌子上,一个个使劲得面红耳赤的,旁边全是鼓劲加油看戏的,闹得热火朝天。

下一节的化学课有小考,祝余原本正在复习,也被吸引过去了,饶有趣味地看他们玩。梁阁正从门外进来,他刚在水龙头下冲了把脸,脸上有水珠顺着眉骨和下颌往下滴。

男生们热情地邀请他加入战争,来和艾山掰一场王者局,梁阁看了眼桌上王洋和黄奇紧握着较量的手,他说:"我和祝余掰一局吧。"

周围的人闹起来:"欺负祝观音干吗?他哪能赢你啊?"

"和艾山掰嘛,有看头!"

在男生里来说,祝余的力气可能并不小,但单从身高和体格来看,梁阁和他比赛着实有些欺负人了。

梁阁走上前问他:"要不要掰?"

祝余嘴唇抿了抿,仰头看他:"要。"

梁阁掩饰笑意地咳了一声,把手撑在桌面上:"来吧。"

外面阳光灿烂,男生们兴致勃勃地围成一圈,惊诧地看见他们的手竟然僵持住了。梁阁没有瞬间就把祝余的手压下去已经够让人大跌眼镜的了,居然还有模有样势均力敌地僵持住了。

一片哗然——

"梁阁,你不是又放海吧?"

"可以啊祝观音,真人不露相!"

"你俩也太拼了吧,这么用力,脖子都红了!"

……

下一节的化学小考很简单,班上出了三十五个九十分以上的,祝余考了七十七，梁阁考了七十九。

　　第一节晚自习快结束，祝余和梁阁又被叫去了办公室，祝余堪称"二进宫"了。

　　一张卷子化学式写错好几个，选择题选了B填了D，错误低级得愚蠢，梁阁也全是类似情况。

　　祝余除了刚进高中和刚分科那阵子再没拿过这种分数，梁阁的理科更是这辈子没栽过跟头。怪只怪考试时机不对，他们刚掰完手腕就小考，还没从那种极端亢奋的情绪中抽出身来，热得题目都看不清，成绩发下来才当头一盆冷水泼下。

　　祝余这会儿也冷静下来了，至少不像白天那么局促。

　　方杳安话不多，也不常叫人去办公室，他坐在办公桌前，透过镜片看他们，眼神像刮鱼鳞的刀，问怎么回事。

　　祝余眼观鼻鼻观心做个乖顺的模样，正要出言解释，梁阁就说："掰手腕，手受伤了。"

　　好一个无稽拙劣的借口。

　　方杳安撩起眼皮看他："什么？"

　　梁阁镇定地说："手受伤，痛，答不好。"

　　"你觉得我会信吗？"

　　梁阁侧过脸："不会有下次了。"

　　出乎意料地，方杳安竟然也没再说什么，就让他们出去了，快要出门时身后传来一句"学习抓紧"，好似敲打。

　　祝余回头一望，方杳安已经埋头批改作业了。

05

进入四月,鹿鸣的运动会又提上日程,班上正在讨论方阵节目,钟清宁站在讲台上记录方案。任晴提了一个汉服主题的设想,她的意思是最少出四个女生,再穿上不同朝代的服饰,在前面领队。对校领导来说,这比跳宅舞要正经多了,而且有传承意义。

十班漂亮的女生不必说,钟清宁、夏岚还有简希,都算年级里数一数二的美丽出众了,任晴也提议了她们三个。

钟清宁站在讲台上,笑着问:"主席,有空吗?"

夏岚大方应允:"可以。"

钟清宁又望向简希,笑容淡下来些:"简希呢?"

霍青山说:"穿什么衣服,我要考虑一下。"

班上哄堂大笑:"你考虑什么?又没叫你穿。"

简希只说:"可以。"

四个人现在还差一个,钟清宁问:"还有没有人想出演的?"

没有人举手了,就算有人起哄叫了交好同学的名字,也会被激烈拒绝。

祝余这时正好进来,大家的注意力一下聚到他身上:"祝观音啊!"

毕竟祝余女装在鹿鸣一战成名,不仅漂亮而且噱头十足,再说班长女装这种热闹……全班迅速达成了共识。

祝余驻足在门口:"怎么了?"

"你运动会方阵穿女装怎么样?"

祝余想也没想就拒绝:"不要!"

班上漂亮女孩那么多,为什么让他去?

全班同学沆瀣一气:"不穿女装的学霸不是好班长!"

"为班上做贡献还推托?该打!"

"班长来嘛来嘛，就缺你一个了。"

祝余负隅顽抗："我都一米七七了。"

前年扮祝英台的时候他才一米七二，还没满十五，现在再穿女装骨架也不合适了。

结果简希说："正好我也一米七七，一起啊。"

其他人又连忙学舌，"一起啊！""一起啊！""一起啊！"

钟清宁说："没关系班长，你现在还是很好看。"

班上已经闹腾到让钟清宁直接把祝余定下来，祝余招架不住，抓住最后一根救命稻草回头求助："梁阁。"

梁阁看着他韶秀红润的脸庞："要不，试试吧？"

晚上回去车上没什么人，他们坐在座位上把书包放到中间，将车窗推开了一半。灌进来的晚风轻柔地吹起额前的碎发，祝余看着车窗里的自己和梁阁，今天一整天对他来说都是十足新奇的一天，紧张、无措、尴尬，热热闹闹的感觉真好。

那么简单的小考竟然只考了七十几分，他也没有失落或者危机感，只觉得自己和梁阁像傻瓜一样。

梁阁皱皱眉头，问："笑什么？"

他不说祝余都没发觉自己笑了，转过头看着他，也不解释，扭头冲着窗户说："傻子。"

梁阁：？

CHAPTER 03
/// 第三章 ///

我们不能落后

01

祝余被迫加入方阵表演后,几乎所有的空余时间都被女孩子们占了。她们一下课就在他座位边自发围成一圈,热情而激烈地讨论他适合哪个朝代的服装,应该戴什么配饰,做哪些动作,偶尔自习课还要被叫出去商量。

周日那天,祝余被钟清宁叫去学校练习,早上八点多就到了。钟清宁联系到学校的一个舞蹈老师,周末空闲可以帮她们指导一下。

舞蹈老师是来实习的,很年轻还没毕业,身材纤细很有气质,看到他们进了舞蹈教室,惊喜地说:"哇,来了三个美人儿!"

她故意用了夸张的儿化音,显得很逗趣。

夏岚拽着祝余,开玩笑说:"老师,是四个美人儿。"

年轻的实习老师看着祝余,笑道:"确实,四个美人儿哈哈。"

祝余窘迫地立在她们中间,这次活动之前他真的只觉得钟清宁清纯漂亮,夏岚张扬美丽,没想到她们那么能开玩笑:偶尔讨论着动作会突然撩起祝余的上衣看看他的腰腹,或者扫视他的小腿,而且特别喜欢摆弄他。

"班长，你会下腰吗？"

祝余惊悚地说："我当然不会，我骨头很硬的！"

"试一下，试一下看看。"

"我们扶着你的腰。"

祝余差点被折成两截。

因为运动会四月底才举行，她们也不是特别着急，边讨论边说笑。老师很年轻，又是实习生，没什么架子，很快和她们打成一片。

上午十点多，外面毫无预兆地下起雨来，空中漫起些朦胧的水雾，千丝万缕斜斜地飘下来。女孩子们开了窗，伸出手去接酥润的绵雨，小声抱怨："怎么下雨了，我没有带伞。"

她们都没带伞，祝余也没有。钟清宁拿起手机，舞蹈老师打趣说："给人发消息来接啊？"

钟清宁腼腆地笑了笑，没有否认。

夏岚也开始发消息，不知道是不是上次说的那个青梅竹马。

简希倒是没什么动作，祝余也没有。

这场雨来得急，却又下得久，临近中午也没停的意思，舞蹈教室外的走廊上有说话走动的声响，应该是有人来接人了。

老师极有眼色地说："差不多了，今天先回吧，我也去吃午饭了。"

舞蹈教室的门开了，走廊上等着三个男生。有个看上去是体育生，高高的有些黑，很精瘦有劲，另一个戴副眼镜，斯斯文文的，很有些书卷气。霍青山竟然也在，他额发有些淋湿了，被拨到后面去，眉眼多情，先跟祝余打了招呼，又看着简希："希希。"

简希怔了怔，没什么情绪地朝他走去："你怎么来了？"

舞蹈老师环着手饶有兴致地看着，心下暗忖，这几个小男生都挺帅的，现在高中生的生活真是多姿多彩。

　　她正想问祝余怎么回去。

　　梁阁的脑袋就斜着从门后探了出来，他穿棒球外套配休闲卫裤，拿着把未干的伞，高高挺挺地站在门口，身上沾了春雨的氤氲，看着祝余说话时有淡淡的笑意："怎么不出来，被留堂了？"

　　祝余一惊，仓皇朝他跑过去。

　　她又听见男生低声说："好可怜，祝满满。"

　　"没有留堂，我不知道你会来。"

　　舞蹈老师暗叹：最后这个尤其帅！

　　祝余有种矛盾的快乐，他明明不想麻烦梁阁来接，可真正有人来了，他又很快活，看什么都明亮。

　　春天下雨时的天色很亮，雨丝暄和明快，是沾衣欲湿的杏花雨，满园的新叶都被洗了一遍，愈发显得碧绿滴翠。

　　他们下了楼，抄高三教学楼和绿化带中间的小径出去，因为落了雨，空气清爽宜人，有湿润的土腥味，酥雨错落地敲着伞面。

　　叮咚——

　　祝余的钥匙从上衣口袋掉出来，地上有汇聚的小水流，转了一圈也没看见钥匙的影子，只好蹲下去找。梁阁也撑着伞在他身边蹲下来，伞朝教室的方向倾着。

　　祝余在两片石板夹缝中找到了钥匙，在小水流里冲了冲，攥着钥匙正想和梁阁说话，笑着一偏头。

　　旁边的高三教室在上课，有神游的学生正撑着脸打哈欠，视线无意间往窗外一投，看见窗外柔风甘雨，绿意满枝，葱茏春色中有把突兀的蓝伞。

看不见伞下的少年。

雨渐渐小了,却还在下,水雾蒙蒙,能听见雨水顺着排水管汇下来的滴答声。

他们打着伞往校外去,小心地避着积水的雨坑。

"排练怎么样?"

祝余看着前路,有些隐隐的不自在:"还就那样,她们一直闹我,但是我们的衣服定下来了。"

"你穿什么?"

当时任晴提的想法很特别,但实际操作起来处处要考量,所幸他们班女孩子对汉服研究颇有心得,钟清宁更是其中佼佼者。原本她们想省事点,直接 cos 四大美人,但简希和祝余身量太高实在不合适,只能挑别的角色。

祝余失望又愤慨:"我本来想扮花木兰,但是简希说她要扮。"

正好简希飒爽又清丽,还会武术,其他人都说简希更适合,但无奈祝余身量高骨架也大,别的汉服穿着不伦不类。

"老师就叫我……"他的声音低下来,难以启齿似的,"穿旗袍。"

虽然大众对旗袍是否是汉服这件事莫衷一是,但好歹也是经典传统服饰,更主要的是,女装。

梁阁适时地静默了片刻,咳了一声:"开衩吗?"

祝余说:"旗袍有不开衩的吗,不开衩不就是包臀裙吗?"

他说得这样义正词严,事实上,这是他在同样问了这个笨蛋问题后,女生们恨铁不成钢地回敬他的原话。

他刚才在其他人面前只温顺地笑着,但其实也很愤然:"哪有人想看男的穿旗袍的?"

学校现在各大活动中男生女装很是普遍，大多是看个乐子，当噱头看笑话，几乎都是刻意在搞怪扮丑博关注。

祝余前年穿女装时还算漂亮合宜，现在估摸着就真的只能当个笑话了，他甚至能想象到以后同学聚会要怎样被提起来嘲笑。

梁阁举着伞不应声，祝余侧过脸看他："怎么了吗？"

梁阁说："没事。"

等他们走到校门口，雨已经停了，祝余没看见他妈，大大松了口气，不然他还真有些担心露怯。

梁阁问他作业做完了没，可不可以去玩。

"可以，我们去玩。"

梁阁于是问："想玩什么？"

他愣了愣，对周末出去玩的想象还贫乏地停留在："吃饭看电影？"祝余说完就觉得格外无趣。

但梁阁说："好，那就吃饭看电影。"

于是他们坐出租车去了附近一条繁华的商业街，祝余在车上不免又想起被简希截和角色，自己要穿旗袍沦为笑柄的事，这么想着居然真就说了："为什么我不能当花木兰？"

他话音刚落，立刻就收到了后视镜里司机露骨的打量，似乎想看看这是不是个男生，眼里还隐隐透露出"现在男的都想着做花木兰了？"的疑惑。

祝余八风不动地坐着，神情肃穆，直到司机的打量收回去了，才郁闷地瘫在后座，生命之能耗竭似的恹恹看着窗外。

好蠢。

梁阁说："我很期待。"

"什么？"祝余思忖几秒，掠了眼司机，谨慎地低声道，"旗袍？"

梁阁颔首看着他:"我不该期待吗?"

"当然。"

梁阁说:"哦,对不起。"

很有"我知错,但我不改"的架势。

午饭吃的西餐,看起来高级得有些过,祝余有些格格不入的局促,但他也没有扫兴地说太贵了我们走吧。又不是第一天知道梁阁的家庭条件,难道两个人出来玩,为了他的自尊,梁阁就只能吃路边六块钱的面吗?

祝余没什么忌口,是梁阁点的菜,祝余还以为自己会吃不惯西餐,结果居然意外地很不错,那道大里脊牛排他怀疑自己一口气能吃三份,龙虾汤和奶油菠菜也风味极佳。

祝余吃的时候一直在暗自算自己存的钱,打工的钱、奖学金还有稿费,不管多贵,足够的话他也请梁阁来吃一次。

吃完两人就去看电影,这个当口儿着实没什么片子可看,刨去闹腾的喜剧片,只有个口碑不怎么样的文艺片,一天就三场排片。

影厅大得有些浪费,他们进去时正在放广告,照得影厅很亮,观众也不多,最佳观影区零星分布着几对年轻观众,没有和他们同龄的,最小也是大学生了。

有对情侣中的女生猛然瞅见他们进来就紧紧盯着,一路盯到他们落座,不知道是因为他们相貌出众,还是纯粹惊奇于两个男高中生一起来看这种三流文艺电影。

他们坐在最后一排,旁边没有人,只三排外坐着个体形肥硕的男人,肩膀一耸一耸的,正在吃汉堡。

片子确实冗长无聊,开场半个多小时不知所云。他们从电影开场就没讲过话,梁阁应该不太喜欢在电影院说话,也不玩手机,从进来就一直沉静地看着屏幕,面无表情,正经又严肃,祝余也只安静地看着。

02

四月的祝余格外分身乏术,原本班务、文学社再加上学习就够他忙活了,又要加上运动会和方阵表演,简直晕头转向。

由于梁阁不时要去机房,时常不在,语文成绩虽然一直不俗但学习态度吊儿郎当的霍青山成了项曼青的"新宠",项曼青时不时就要对他发难找找乐子。

今天梁阁又不在,项曼青再次把矛头对准昏昏欲睡的霍青山,问他昨天作业做得怎么样。

昨天的作业是卷子,上面有屈原《九歌》中的一篇,项曼青叫他们课下查好注释。霍青山直接误以为是背诵全文了,他满口应承着说我当然做了,我特熟,我再看一眼。

他一目十行迅速把整篇诗歌过了一遍,抬起头张口就诵:"君不行兮夷犹,蹇谁留兮中洲?美要眇兮宜修,沛吾乘兮桂舟……"

他真就一字不落朗朗地背下来了,全班包括祝余都愕然地看着他,项曼青也被他弄得没脾气了,每一届总有那么几个顽劣却又聪明得让人没办法的学生。

下课之后艾山兴致勃勃地问霍青山怎么记下来的——他是霍青山的同桌,当然知道霍青山课前根本没看过那篇《九歌》。霍青山故作高深,双手快速结了一个印,艾山以为他要念个什么忍术,结果他双手靠近书页,虚空中捧了一捧"知识",浇到自己脸上,嘴里念念有词:"青山大仙,法力无边……"

艾山笑骂他是假神棍跳大神,霍青山说真的,不信当场试试。艾山随便找了套卷子,让他用这个"邪术"把那篇拗口的说明文节选背下来,霍青山一边捧"知识",一边眼珠飞快地扫过整篇文章,竟真背下来了。

艾山"哇"了一声,真就跟着学起样来,祝余也觉得有趣,笑着捧了把知识浇到自己头上。

简希进教室撞见这幕:"出现人传人了。"

孙沛佳好奇地问:"什么人传人?"

简希侧过脸,竟然笑了一下:"霍青山傻瓜病毒。"

等放学后人潮散尽,梁阁才从机房出来,祝余在综合楼下等他。他们每天也就下晚自习一起回家的时候能多说几句话。

正四下无人,路灯昏暗,身后忽然传来一声:"梁阁!"

祝余闻言率先转过身,饶是他也不禁腹诽,怎么又是你?

"祝观音!"霍青山雀跃地跑上前来,一手搂一个。

祝余强作若无其事:"你怎么一个人?"

霍青山说他本来和隔壁班女生一起,又说,"你们俩走这儿干吗?乌漆墨黑,也不怕摔了。幸亏我来了,天意让我们金刚石三角汇合!"

梁阁终于耐心告罄,阴着脸一横肘把他掀开,霍青山捂着腹部,五官都皱起来:"梁阁你'杀人'啊,我招你惹你了?"

霍青山浑然不觉,又开始和祝余谈起那天春游他在樱桃林后面看见的那个俊俏的和尚,这件事不稀奇,稀奇的是只有他一个人看见了。那天高二去了一千来人,把樱桃园围得水泄不通,如果有陌生帅哥经过女生们肯定当场锁定,更别说还是个和尚,而且连当时和他一起的女生都没看见,大家都说他在辜申墓撞鬼了。

他说着猛然抬头看见月亮,惊叹道:"哇,今天月亮好亮啊!"

梁阁说:"你也挺亮的。"

校内篮球赛也紧张激烈地开始了,第一场是对五班,祝余上了场。五班是个文科班,男生本就不多,凑个篮球队都艰难,水平更是不行,十班赢得毫无悬念。

四月的天开始热起来了,不过就算寒冷也挡不住十几岁的男孩子们为了篮球脱衣服,一到体育课就是球服加件校服外套。他们班篮球队买了球服,祝余自然也有,他这一年身量长高不少,所幸球服宽大耐得住少年抽条,穿着也挺拔合宜。

他们上一节课拖了堂,体育课再下来时篮球场已经被占得满满当当,人太多也不好拼场子,只好去了那个无人问津的老式水泥场。

最近训练频繁,大家都很来劲,自己班里人对打也冲劲十足,横冲直撞,有意无意地想炫技,祝余一个不防头就被人晃倒了。

很多男生都觉得打篮球被晃倒很丢人,祝余不会,他还没站起来,看见那个男生晃过他后准头很稳地投中球筐,也不尴尬,笑着鼓了两下掌:"好球。"

那个男生看着他,挠挠后脑勺:"对不起,班长。"

祝余倒觉得没什么,只是摔下去时膝盖被水泥地刮了一下,没了一大块皮,他捂了一个秋冬没见光,皮肤白得反光,两相映衬,伤口血淋淋的,十分唬人。

众人围上前,意思意思地嘲笑了一下,又问他有没有事。

艾山说:"去年你是不是也在这儿摔了?一年摔一次吗,怎么那么邪门?"

祝余也奇怪,平常在橡胶场上打球他从没被晃倒过,唯二两次碰上这个老式水泥场,都摔了:"有诅咒吧?"

霍青山近来对咒语作法之流颇为迷恋，煞有其事地说要给祝余作个法，结果却吹了吹气："呼呼，痛痛飞走了。"

其他人都笑骂出了声。

祝余配合地做出惊喜的样子，眼珠乌亮："哇，真的，一点也不痛了。"又侧过身和梁阁说："梁阁，我要一个创可贴。"

梁阁搀起他，蹙着眉："去医务室。"

梁阁没让其他人来，毕竟只是个擦伤，不必耽误这么多人打球训练，特意嘱咐霍青山："好好训练，听到没？"

其实祝余都觉得没必要特意来医务室，按他平时的粗糙程度用水冲一冲就行了。

医务室里有人，还不少，但真正受伤的只有被簇在中间的那个高个子，一双稍显圆钝的眼睛，皮肤有些黑，有种天然的野性。祝余这学期好几次见过简希和他一起打球，好像是高三的，姓李，作风很嚣张跋扈。

他们一进医务室，李翅就警惕地瞪着他们，不知从何而来的敌意。

梁阁不予理会，跟医生说了几句，拿了药搀着他进了病房。病房空间不小，有四张病床，最里面靠窗那张躺了个吊水的男生，闭着眼睛睡得很沉，听得见他轻轻的鼾声。

祝余坐在靠门这边的病床上，梁阁坐在椅子上，垂着头专注地给他清理伤口。

梁阁用酒精棉给他消毒："疼吗？"

酒精抹在伤口周围有些烧灼的刺痛，完全在忍受范围内，祝余也远没娇气到这点小痛都受不住，可他脱口而出："疼。"

03

祝余总是懵懵懂懂，又没有太多时间去思虑，他的四月实在太过忙碌。不论其他，单说文学社和校报的活就够他焦头烂额了，要采访要拍图要写稿还要找人做宣传海报，当然这些不是都得他去做，但他要调配人员。

去年这个时候他才刚加入文学社，到今年都还有许多东西尚未涉猎，一知半解，他有时也觉得揽的活太繁重，但他又天生好强上进，不想叫人认为自己庸碌无能，只好暗自下苦功做准备，忙得连轴转。

更不用说还要兼顾学习、班务、方阵表演和篮球赛，累得整个人恹恹的，连跟人说话都有气无力。

篮球赛倒不怎么需要祝余操心，只是他作为队员，时不时也需要上场，当然他也很期盼能上场。他们班今年的实力要比去年更强悍，也更有看头，不管是上场球员的外形还是球技，极有观众缘，赶上公共休息时间，里三层外三层能把球场围得水泄不通。

更别说，艾山还是校篮球队的队长。

梁阁安排得面面俱到，几乎每个队员都有上场机会，一路全胜杀进了半决赛。

三个年级周五的最后两节课都是"放风课"，十班这天没有比赛，高三的十五班找上霍青山，想约他们打友谊赛。鹿鸣的篮球赛是三个年级平行举行的，不同年级不比赛，高三的十五班实力也十分强劲，个个人高马大，虽说不是正式赛，只打着玩，但也一定很有看头。

但祝余去不了。

广播里辜剑叫各班班长下午最后两节课去年级组开会，女孩子们又来找他说开完会能不能一起去运动场主席台实地看看，钟清宁双瞳剪水脉脉地凝望着他："可以吗班长？"

第七节课快下课祝余才从年级组出来，精神困顿得像棵蔫了的小树苗，下午五点多，云慵风懒，漫天都是夕阳。

简希轻快地朝他跑过来，她正和一伙男生打篮球，等祝余出来就一同去运动场，祝余看向球场，在那群男生中看到了李翊。

李翊拿着篮球喊简希的名字，他脸晒得有些红，几句话说得很磕巴。祝余前几天在医务室还见他脚踝肿得老高，今天竟然就来打球了，可见他对篮球十分热爱。

他们一同往运动场去，祝余不经意地问简希那个拿球的男生是谁。

简希不甚在意地说："一个高三的学长。"

"你们经常约着打球吗？"

"没有，碰到了就一起，他打得不错。"

祝余没有再问。

他们和钟清宁夏岚汇合，钟清宁和夏岚意外地合拍，他们到时两个女孩子正聊得火热，夏岚说："所以为什么梁阁身边没什么女孩子？他还挺帅的吧？"

钟清宁略有些难为情："不知道，我高一还给他送过早餐呢。"

"为什么？"

"我和彤彤一致觉得他是我们学校最帅的男生。"彤彤就是喻彤。

夏岚似乎不能苟同："是吗？可他太冷了，我觉得还是班长和霍青山这种爱笑的比较好。"

她很俏皮地眨着右眼对祝余笑了笑，祝余受宠若惊地回了她一个笑。

她们毫不避讳地聊着，也不在乎有祝余和简希两个跟梁阁关系亲密的人在场。

钟清宁为梁阁辩白："他性格挺好的，就是话少。"

"确实，到现在他一共就跟我说过三句话吧，'嗯''好''谢谢'。"夏岚很戏剧性地睁大眼睛表示惊异和荒谬。

简希全程没有说话。

祝余有种怪异的心虚，出声打断："你们怎么突然聊这个？"

"群里在说啊。"钟清宁当着班长和学生会主席的面就把手机拿了出来，看来"严禁携带手机"这条规定经过一学期大致已经名存实亡。

祝余凑过去一看，是他们班的水群，里面没有老师，五点有人发了张室内篮球场的图，内场边站着几个女孩子，配的字是"懂的都懂"。

简希饶有兴致地说："居然没人给梁阁送水。"

祝余的脑子里霎时涌现打完球赛后篮球队几乎所有的队员都有人送水擦汗加油，只有梁阁孤零零被剩下了——俨然忘记了还有同样孤单的艾山。心中警铃大作，某种罪恶感降临在他身上，他这几天忙得晕头转向，都没怎么正经和梁阁说话，有点愧疚。

他若无其事地又跟她们走了一小段，忽然顿住，面带惊愕地恍然道："对了，剑哥叫我五点半去校报定稿。"

钟清宁为难片刻，善解人意地说："没事班长，那你先去吧。"

祝余顺势歉疚道："我去一下就来，你们先走。"

他从运动场出来正要往体育馆去，远远听见有人叫他："社长！祝余！社长！"气喘吁吁地跑到他跟前的是文学社一个男社员，"怎么边叫你还边走啊，剑哥让你去一趟呢，那个海报不行，得重新找人做。"

祝余头都疼了，这是言灵吗？

他敷衍地点点头，脚步不停："嗯，好，我知道了。"

男生看他走得更快了："那我们去活动室啊，剑哥在等。"

再晚一些，那边篮球赛都散场了。

"好的，可以。"

男生看他就要跑起来了，把他拽住了："活动室在那边呢！"

祝余停下来看他，有隐隐的烦躁："我现在有事，你去告诉剑哥，找不到我，不知道我去哪儿了。六点半我会去活动室，骂的话让他骂我。"

他说完把衣服上的手拨开就跑，路过超市又进去买了瓶冰的宝矿力。

体育馆一楼的门锁了，他直接从二楼大门进观众席，所幸比赛还没结束。因为是"放风时间"，来了很多人看球，三个年级的男女生都有，但真正坐在观众席上的人很少，大多挤在栏杆前看球，祝余拿着那瓶宝矿力站在人潮后面的台阶上，气喘不已。

他借着海拔优势看到了球场，虽说不是正式比赛，打得稍微有些散漫，但节奏还是很快，防守进攻都很迅猛。他看见梁阁穿着球衣，修长精瘦，热汗沿着眉骨滴下来，神情淡漠，像块冰一样立着。

霍青山在两面夹击之下传了一个球给他，梁阁迅速破防，起跳，高高跃起，灌！

祝余立刻就被女生们狂热而尖细的喝彩声还有男生们粗犷的吼叫声包围了，他在人群中看着梁阁，仿佛方才那些焦头烂额的疲惫和周围喧嚣的人群通通消弭远去，只剩下梁阁。他也鼓起掌来。

祝余很不安，因为现在比赛已经进入第四节，证明其他人已经被送过三次水了，这么一说他已经落后三次了！他正这么想着，场上就有人把球掷出了场外，临时裁判吹了哨，因为友谊赛也不在乎许多，梁阁就跑去捡球。

梁阁捞起球抬头时无意间往观众席看了一眼，运着球走出两步后又猛然回过头来，定定望着某处，眉梢挑动，神情戏谑又生动。

观众席嘈杂的人群忽地一窒，都不知道他在看哪儿。

场上还在比赛，梁阁也只回头了四五秒就又往球场去，可他把篮球往球场中间一砸，背着观众席抬起双臂，虚虚挥了挥。

"嗯？梁阁在对谁挥手？"

观众席骤然躁动起来，八卦又热闹地左右探看，球场上任何人的小动作都极度引人注目，何况还是梁阁。

梁阁提着球衣领子随意地揩了一下鼻尖的汗，遮掩了脸上隐淡的笑意。

球场上的人也很蒙，霍青山第一个警觉起来："梁阁干吗？怎么突然开屏了一样？"他又一眼望见观众席的祝余，立刻学着梁阁的样子抬起手臂大动作地挥了挥，笑出左侧的虎牙来，俏皮可爱，"祝观音！"

祝余遥遥地站在人群里对他们笑了。

等到比赛结束，祝余从右侧的旋梯下来。

梁阁打完球身上热气腾腾，拧开宝矿力，问他："不是不来吗？"

祝余正经又严肃地说："他们都来了。"

梁阁看着他。

"你才不是被剩下的小朋友！"

"嗯？"

祝余又说："我们不能落后！"

梁阁看着他，侧过脸笑了。梁阁笑起来很好看，唇角往上掀，淡淡的一抹，脸部线条都变得柔和，漆黑的眼里有暖融融的光亮，清湛卓然。

祝余趁势问："你这不是会笑吗，怎么不常笑？"

"不知道。"梁阁思量半秒，说，"装酷吧。"

刚打完球，身上汗涔涔的，体育馆有校篮球队的休息室，配备浴室，除去两个争分夺秒去吃晚饭的男生,都去冲了个澡。

男生冲澡很快,三五分钟就清清爽爽地出来了,休息室另一侧的出口原本没有门,只是个通道,后来装的卷闸门,卷帘有些卡锈,升不上最顶端,两米的门硬生生缩了一截,艾山撞过好几次头。

出去时,艾山在前头提醒:"这地方忒矮,都当心点儿,别磕脑门儿!"

于是艾山偏着头过去了,霍青山偏着头过去了,梁阁偏着头过去了。

祝余没跟出来,他们回过头去——

祝余看着比他高出近十厘米的卷闸,也倔强地偏着头过去了。

霍青山笑得打战,艾山不遑多让,梁阁也笑了。

祝余这下一点也不觉得梁阁笑得好看了,但也不免有些后知后觉的害臊,杵在那儿佯作淡然。

霍青山蹲在地上笑吟吟地问他:"祝观音这学期怎么这么活泼?上学期还老不搭理人。"

祝余并不很有底气地搪塞:"没有吧。"

艾山问:"祝观音你现在多高?"

"一米七七啊。"

霍青山和艾山都很震惊,像祝余多不努力似的:"还没一米八呢?"

还没一米八呢?!你们以为长到一米八很容易吗?多吃几口饭就能长到一米八吗?活像你们生下来就一米八似的?何不食肉糜?

祝余很郁闷,他怏怏不乐地陪女生们在主席台前排练到六点半,到文学社时剑哥正怒气冲冲候着他。辜剑五十多岁,算个小老头了,平头有些花白,但并不显老态,干瘦又结实,平时笑眯眯的挺和蔼可亲,但毕竟是纪律老师,脸一阴下来很能唬人。

祝余一点也不怵他，他从高一开始每逢开会就被剑哥拎出来喷唾沫星子，早习惯了。他低眉垂目，做出一贯恭顺谦逊的姿态，除了关键信息通通左耳进右耳出，主要就是海报没做好，关键时刻还找不着人。

祝余不算一个特别精益求精的人，心情郁闷时尤其烦躁，先不说这个海报本就是归另一个副社长管的，就一个校运会的海报搞个模板改一改也就得了，还非要找人手绘，又不是奥运会。

他疲惫地回到教室，霍青山和艾山正轮流夸张地偏着头从教室门下进进出出，梁阁问："做什么？"

霍青山正色说："Cos 世界名画《倔强》。"

三人又笑起来。

艾山还故作宽慰搭祝余的肩膀："没事祝观音，大不了下次咱们踮着脚偏头呗。"

这些人怎么那么惹嫌？！他已经很努力地长高了，功课都那么忙了，他还又打篮球又跑步，为了拔个儿每晚都做引体向上，力求能把自己抻长一点。对比刚进高中时他也确实长高不少，但站在梁阁他们中间还是像个盆地，身高根本就不是努力可以决定的，而且——

"你不能笑我。"他仰起头，露出一双熠熠乌亮的眼睛，看着梁阁，幼稚地较起真来，"他们笑我，你怎么能跟着笑我？"不管别人怎样，梁阁是不可以笑的。

又思及当时知道梁阁会弹琵琶，梁阁只让他笑："笑吧，让你笑。"可轮到祝余，他就只不让梁阁笑，两相对比仿佛是他没本事又小气。

他这么一琢磨，也觉得自己任性跋扈："算了，你笑吧，你可以笑。"祝余懊恼又沮丧，"我什么时候才能偏着头过那个门？"

他某些方面过于好强，越说他不行他就越要做给人看，可身高他又左右不了，他也想一下蹿到两米去偏着头过那个门啊。

第二天祝余在文学社校稿，中途又用浏览器搜了一下"做引体向上真的能长高吗"，看见一个回答："我高中有个哥们儿就是个子不高，于是疯狂打篮球锻炼做引体向上，真挺有用的，后来上了大学，凭借他打篮球的活泼和幽默的谈吐，还找了个温柔可爱的女朋友。"

凭借什么？他打篮球时的活泼和幽默的谈吐？

祝余懊丧不已，有女生来问他："社长，那个海报我有个好朋友愿意帮我们画，你看看可以吗？"

祝余眼疾手快地退出网页，掩去慌张，翻看了一下画稿，他一个门外汉也瞧不出门道，只觉得好看，一直翻到最后才看见名字，是陈淞雪。

祝余一时有些恍惚，他记得这个名字。女孩子期盼地望着他："她是美术生，人很好，我觉得画得也很好，我问过曾曾了，可以吗社长？"

曾曾是另一个副社长。

祝余笑着说："好，麻烦你了。"

十班的篮球一路过了半决赛，进了决赛，祝余的水平今年精进不少，半决赛打了半场，决赛没再上场。他们班厉害的人太多，课间十分钟都要下去打球的人不在少数，别说还个一米八往上。

决赛是在校运会前一周举行的，祝余不上场，但也觉出些紧张忐忑来，但梁阁和他说："能赢。"

祝余看着他们高高的个子和迅捷的反应，在球场上你追我赶，不免歆羡又嫉妒，但更多的还是感同身受的畅快和兴奋。就像梁阁说的，他们班优势很稳，攻防节奏很快，无一短板，看着都让人热血沸腾。

高一他们遗憾输给四班，重新分班后，四班有个球技很好的高个子还分来十班了，这回不拿冠军都对不起这天助的安排，更对不起艾山篮球队队长的身份,还隐隐对不起霍青山的基因。

他们赢得很光彩。

郑子粤作为校报记者来采访冠军班级,她平时在文学社时对哪个班的哪个帅哥都如数家珍,这回真正见了反而怯了场,尤其这些高二的男生都那么高,面对镜头你推我搡地打闹,时不时撩起球服揩揩脸上的汗,让人看一眼都脸颊发烧。

她只好又去找祝余,祝余倒很乐意采访,拿着单反冲他们喊:"站好,上镜了!"

男孩子们又装模作样地清嗓正领挨个儿立得笔直,在灿烂的阳光下,祝余的镜头慢慢从一张张年轻生动的笑脸上移过去:"这是我们慷慨大方的校篮球队队长艾山同学!"

他着重说了慷慨大方。

"这是我们人见人爱的体育委员霍青山同学!"

梁阁正背对着他们在喝水,祝余叫了一声,他就回过身来。祝余看见他穿着球服,挺拔精瘦,提矿泉水的手腕上戴着两个篮球手环,不太自然地望着镜头。

祝余透过镜头和他对视,不自禁弯着眼睛笑起来:"这是我们班梁嗝儿同学。"

结束之后,他们身上汗黏黏的很不舒服,又去休息室冲澡。男生们一路都在说笑,哪个球进得高超,谁手黑下三烂,祝余被晒得发晕,也随大流去冲了个澡。

他显然不够快,出来时其他人已经走了,只剩梁阁还在等他,祝余十来天没来过这里,已然忘了这个让他丢脸的卷闸门,冷不防撞见,那股憋屈无力的感觉再次浮上心头。

梁阁偏着头出来了才发现他没动,小孩子使性子似的木着脸,跟门较劲一样站在门后。体育馆有人打球，听得到球鞋底摩擦木板发出的刺耳声响和吆喝。梁阁好笑又无可奈何地返回去，说道："偏头。"

于是祝余也偏着头过去了。

04

校运会赶在五一前举行了，四月底的天将燥未燥，风都软绵绵的，像蓬松的蒲公英。

女生们向艾山强行征用了校篮球队的休息室，运动会当天一大早就开始行动。另来了七八个女生帮忙化妆，祝余被她们拢在中间热火朝天地摆弄，大家嘻嘻笑笑的，刷子、粉扑、眼线笔在他脸上你方唱罢我登场。他又烦闷又羞耻，颇为生无可恋，忽然像是想起些什么来，眉目低垂："给我……给我画好看一点啊。"

夏岚正塌着腰对着镜子刷睫毛膏，一听就笑了，女生们都笑了。夏岚穿着明黄色的唐制衫裙回身看祝余，他被围在小凳上局促地坐着，并着腿，倒显得比女孩们还端庄些，穿着她们在网上瞎淘来的大码旗袍，岔开得中规中矩，只露小腿，石青色的料子，腰侧缀着些针脚毛糙的红花绿叶。夏岚眼神扫过他的脸庞，稍怔，继续塌着腰刷睫毛膏："这么贪心不足，还要多好看？"

每年的校运会都很热闹，毕竟人多就足够热火朝天了，进行曲一放更是激奋。

整装完毕，女生们手挽手往运动场去，嬉笑着说三班玩得大，方阵是五个男生穿制服裙跳《新宝岛》——女装赛道竞争激烈，还好我们班长温柔美丽。

夏岚偏着头往斜后方瞥了一眼，祝余旗袍外面套了件春季校服正和简希并排走着，拘谨地隐在花丛那侧，有一搭没一搭地说话。他高一那次极负盛名的女装,夏岚没这么近距离地亲眼见过,这回倒看得挺真切,祝余不妨头对上她的视线,温和地朝她笑了笑。夏岚蓦地回想起上学期在综合楼下面他那个锋芒毕露的笑来。

"别这么笑。"祝余一滞。

夏岚回过身来,打趣道:"班长你这么笑,看起来好乖哦!"女生们又笑作一团。

回到班上果然更乱如沸锅,起哄的人浪打浪似的往祝余身边涌,又笑又闹动手动脚,直到梁阁和方杳安来才消停下来。

一直撑到走完方阵,校长演讲宣布运动会开始,七彩的礼炮鸣响,人群中爆发出欢声,队伍散开。祝余任务结束,功成身退,从七手八脚拽着他起哄要合影的人群中挣开,踏着那双不合脚的高跟鞋匆匆往休息室去,梁阁跟着他一起去了。他一路上走得脚下生风,还不时怀疑周围的人都在若有若无地打量和腹诽他怪异的装束,这种臆想中的耻辱让他如芒在背。

好在体育馆离运动场并不远,可这短短一段路还走得不太平。林荫道上有老师带着孩子在玩球,柔软的充气皮球一骨碌滚到祝余脚边,小娃娃不过三岁的样子,却被教得很有礼貌,奶声奶气地喊他姐姐,让他帮忙捡球。见他不动作,小孩子用黑眼珠瞅着,又懵懂紧张地问他:"可以吗,姐姐?"

等到终于进了休息室,祝余脚趾痛极了,活像硬穿了灰姑娘水晶鞋的恶毒继姐。他又羞又躁,一进去就扶着铁皮柜抬起脚解鞋上的系扣,小腿翘起来,姿态舒展,动作却男孩气地粗蛮,三两下蹬掉鞋子,光脚踩在地上,搂起校服就往里间去。

假发已经松垮了,三四绺凌乱地被汗黏在雪白的后颈上,他回头冲梁阁大声说:"我换衣服,你先去比赛吧,我马上过来。"心想,总算完事了。

等到祝余换好衣服,又笨手笨脚卸妆,拆去假发,洗完脸出去,梁阁的两百米应该要开始了。他赶忙往运动场去,经过超市时他进去了,他从来不舍得买达亦多,但他舍得给梁阁买宝矿力。

因为运动会,校园里到处有人闲逛,超市里自然也人群蜂拥,排队结账的人很多,偶尔有人插队。

队伍排得长而拥挤,有三个高个子从外头进来,校服外套穿得很松垮,露出里面名牌衣服的大 logo,他们说说笑笑随意地插在一个女生前面,女生没说什么,那些人正要刷卡,被人扯住胳膊。周敏行戴着眼镜,义正词严:"你们去后面排队!"

那几人觉得他既蠢又多事:"插你前面了吗,关你什么事啊?"还拿胳膊肘暗暗顶了他一下。周敏行被顶得一趔趄,还是挺直身板走上前说:"就是被插队的人不敢说话,你们才一次次地插队,这次我不管,你们下次还会插队,你们觉得很了不起吗?"

祝余进超市时,正听见这番陈词。周敏行一贯正直,甚至某些方面他正直得有些固执和愚蠢,很不知变通。祝余一直记得当初李邵东要揍他,周敏行死死挡在他面前,就算被李邵东一拳打掉了眼镜,站起身还是要继续拦。这种人敢说话,也不害怕后果,祝余有时候想周敏行要是在古代当官可能会是像海瑞一样的那种。

这些人虽然插惯了队,但被众人用谴责鄙夷的目光看着到底还是有些难堪,却没有讪讪走掉,他们硬拽着周敏行的胳膊,一副来者不善的样子:"你过来,我们去那边说。"

祝余正要上前,另一抹高大的身影就先行了,霍青山揽着周敏行的肩膀,把他往后一带:"去哪儿啊?我也听听?"他笑意盈盈地看着周敏行,"什么事啊学委?"

祝余舒了一口气，没再过去，有霍青山在，绝不会出事。

霍青山和周敏行一起从超市出来，周敏行低着头说："谢谢。"

"没事，文体不分家嘛，你好好学习，我锻炼身体！"

周敏行没有应声，他的成绩其实也不如霍青山。

霍青山又问："你怎么又报跳高了，会跳了吗？"

周敏行重重点头："我会尽力。"

霍青山笑起来，露出些白牙，恣意明亮得让人有瞬间的眩晕。

有女生正在树下等霍青山，女孩子的脸蛋被太阳晒得发红，远远见着他，不满他的拖沓，娇娇俏俏地发脾气："霍青山，我不等你了！"

"走了啊。"他笑着朝周敏行挥手作别，冲树下跑去。

艾山吃完午饭，和队友们各自散了，咬着截碎冰冰闲庭信步地走着，远远看见祝余拿着个黑色打包盒步履匆匆："嘿，祝观音！"

祝余步子一驻，走到他跟前，淡然一笑："梁阁呢？"

艾山撇了下嘴："哦，方老师叫他守看台呢。"

祝余眼里露出些显而易见的忧虑："那他吃饭了吗？"

"吃了，你吃了没？"祝余午休前就被剑哥叫文学社去了。

"嗯，剑哥给我们订饭了，还分了这个。"他把手里的塑料打包盒掀开来，艾山这才看到里头全是樱桃，不是车厘子大樱桃，是本地产的小樱桃。这些小樱桃上市期短，十分难得，价格也不低，黄红色的，洗得很干净，颗颗都鲜亮可人。

艾山只拣着吃了两颗，酸甜生津："哇，你们文学社福利这么好？"

他们相携往运动场去，祝余笑着和他边走边说："是啊，剑哥其实可照顾我们了，跟方老师一样，总说家里吃不完。"又说，"你们教练不也是吗，老带你们聚餐。"

除了主席台的观众席，运动场还有个很大的环形阶梯式看台，露天的，很多班就被潦草地分在那里。十班的阵地也在那儿，他们状况还好，靠着大门，进出方便，而且铁网外种着一排树，他们正好隐在树荫下，微风一拂，称得上清凉怡人。

各班看台前摆了张课桌，他们过去时，梁阁趴在桌上睡着了，只露出侧脸，吐息均匀。梁阁上午跑完两百米又跑四百米，里程虽然不远，但全竞技状态多少还是累人的。

艾山不知道祝余为什么一下就笑了，他看了看梁阁，又撇过头看着艾山，低声和他说："梁阁是猪。"

艾山怔怔看着他，忽然想起高一刚开学的时候，因为身高原因他自然又扎根在最后一排，很快和邻座的李邵东相熟起来，他虽然看不上李邵东粗鄙没脑子，却也乐得和他扯淡当消遣。

那段时间李邵东几乎每天都在说祝余故作清高，打小报告，成绩不怎么样倒爱装模作样地努力。

那时候的祝余整个人看起来都灰蒙蒙的，他不会主动跟任何人打招呼，永远自顾自地来去匆匆，是鹿鸣盛产的那种读死书的怪咖，只是气质更阴郁，长相也更出挑。

艾山到现在都记得，那天下着细雨，他玩着手机从天桥去食堂吃饭，下楼梯时不知道脚滑还是踩着什么，两脚一飞，一屁股直直坐了下来，并且"噔噔噔"连跌三个台阶，姿势之滑稽，后果之惨烈不便详说，简而言之他的面子能叫这一屁股墩摔没，偏偏好死不死还有一个目击者——祝余正迎面走过来，他吃完饭正要回教室去，全程目睹了艾山的丑态。

艾山觉得又疼又丢人，僵硬地挤出一个缓解尴尬的笑来："喂，那个谁，班长，扶我一下吧。"

祝余闻言看了他一眼，是冷冷的没有任何情绪的一眼，直接就走了。

艾山一时间还没回过神，蒙了半天才扭头，祝余已经走远了，边走还在边背一本小册子上的公式，顿时火气上涌："喂！不是，什么人啊，懂不懂爱护同学，还班干部呢，给我小心点，评优秀班干部我绝对不会给你投票的……"那次艾山后腰青了很大一块，过了很久才消下去。

正愣神间，梁阁醒了。祝余坐在梁阁身侧的大台阶上，把打包盒打开，递给梁阁说道："剑哥说这种小樱桃吃了有好运的，你多吃点。"

得，还让我蹭着点好运。或许是四月底的太阳就毒得灼人了，艾山准备回去了。

刚出运动场的大门，走上楼梯，就撞见大摇大摆往这儿来的霍青山，霍青山从他肩上一眼望去："梁阁和祝观音在那儿干吗呢？那么高兴。"

艾山回过头去，两人漫不经心地说着话，祝余笑得很灿烂。

第二天下午多是长跑和田赛，场上现在正是男子五千米长跑，耐力运动，顶着这一脚跨进夏天的大太阳足足要跑十二圈半，方杳安和学生们一起站在外圈，有贴心的女生给他送了瓶水。

十班的运动向来拔萃，先前篮球赛拿了高二组的冠军，女排拿了第三，运动会成绩斐然，加油稿也成沓成沓地往播音台交，通过广播一篇篇激昂地被播音员念出来，一切都井然有序，欣欣向荣，这还都不是班主任交代的。十班是个优异的班集体，班干部懂事能干，学生也可爱有朝气，方杳安时常感到在班里他才是最无能的那个，多余的大家长，没用的班主任。

虽然舆论普遍认为现在学生的体能不行，越来越差，但事实上，方杳安回忆他们那时候似乎也没好到哪儿去。五千米确实难挨，赛程还没过半,已经有好多人停下来捂着肚子走了,跑在最前面的两个是体育生,祝余排在第四。他跑得很稳,一直不远不近地缀在第三名后面五米处,看起来应该是有长跑习惯,呼吸节奏很均匀,交替迈步时看得见小腿和手臂上薄而有劲的肌肉。赛道外全是各班声嘶力竭的呐喊声,裁判吹着哨驱赶,大喊:"不准进内圈,不准陪跑!"

长跑没有短跑有看头,时间长且竞争不明显,前四名一直保持不变,去年祝余就是第四,所有人也都以为他今年还会是第四。直到跑第一第二的体育生以绝对优势冲过了终点,祝余陡然开始加速冲刺起来,第三察觉后立刻跟着加速。

观众席轰然躁动,他们最爱你追我赶最后一搏绝地反超的戏码。

祝余搬家之后长跑频率低了很多,一下又加速太猛,其实有点供氧不足了,腿都有些打晃,但他就是觉得不能输。观众席空前沸腾,"快跑""快点""追上了"还夹杂着一句声势浩大的"白衣服的帅哥冲啊"。

裁判又在喊:"不准站在终点线附近!五米内不准有人!"

但祝余还是拼了命率先冲过了终点线,沉沉往下坠的瞬间,被梁阁一把捞住了。其余人一窝蜂拥了过去,笑笑闹闹,递毛巾递水,祝余好像也缓过来一些,红热未散的脸上已经附和着众人有了笑意。方杳安没有再过去,远远嘱咐了一声:"梁阁,带祝余先走一走再休息。"

"好。"

田赛也在进行中,方杳安过去时霍青山正在进行跳高比赛,他穿一身清爽的白色训练服,助跑起跳,长腿绷起流畅的线条,腾空,背跃着越过横杆时风卷起短袖的下摆,露出一小片紧绷的下腹,收腿,轻盈完美地落进软垫里。他在软垫上翻了个身,起身就笑,笑意盈盈地朝观众里的方杳安招手:"方老师!"

明知道他不是，方杳安心底还是泛起一阵柔软的涟漪。

第二天下午已经没什么项目了，天气越来越热，大家都聚在教室里，三三两两地坐在座位上和邻桌吃零食闲侃，任晴开了教室的投影仪放去年的一部网剧，边放边趴在讲台上笑嘻嘻地和大家安利。

简希进教室时，屏幕上正放到幼年女主追着爸爸的车跑，下面嘘声一片："真的会有人追车这么蠢吗？"

任晴辩解说："哎呀，我们小土剧就是这样嘛，需要一点狗血和土梗啦！放心，脚趾抠地的同时丝毫不影响咬着被子'嘤嘤嘤'！"

简希扭头出了教室，祝余和梁阁正迎面从走廊那头过来，梁阁问她："去哪儿？"

简希神色冷淡地和他们错身而过。

祝余飞快随她转过头去，又惊惶看向梁阁："她说什么？"

梁阁说："哦，她去超市。"

她是这么说的吗？

祝余进方杳安办公室拿班级日志，梁阁率先回教室，从前门进去，班上还在放那个网剧。他一进去，正带领全班看得兴起的任晴就如临大敌地看着他，学校规定是不准学生私自用教学设备娱乐的。梁阁看了一眼，没说什么，径直拿粉笔在黑板上写"化学试卷五一放假前收"。

见他没管，其余人又放心看起来，有人问："她是谁呀，男主的前女友吗？"

任晴为难地说："我不知道，我还没看到这儿呢，好像是的吧。"

"啊，我不喜欢有前女友的男主。"

梁阁把粉笔精准地投进盒子里，低下眼摩挲指尖沾着的粉笔灰："是他妹妹。"

一石激起千层浪，任晴登时瞪大眼睛看着他："欸？！你怎么知道？

梁阁你看过？你是不是看过？！"

05

运动会后就是"五一"，"五一"假期的第二天就是立夏，正式进入 A 市燥热而漫长的夏天。

梁阁信竞毫无悬念地进了省队，很快就要求集训，五一小长假还没过，就赶到 H 市去了。

林爱贞听说他们区有间寺庙，供着文殊菩萨，求学业开智慧十分灵验，特意嘱咐祝余趁期中考前去拜一拜。对于"临时抱佛脚"祝余无可无不可，最后一天假期，早上七点他就出门了，立了夏，日头升得很早，他戴着梁阁那顶棒球帽，骑单车去了庙里。骑了半个小时左右，寺庙前的售票窗已经排了一行人了，大多是游客，他也排队买了票。寺庙门票十块钱，学生票半价，祝余暗忖，佛祖收门票就算了，还体恤学生给打折，佛祖可真有人情味儿。

这是座古庙，占地颇广，大殿前树冠如斗的古树挂满了红绸，香火十分旺盛，有女生窃窃私语："那个和尚真的好俊！"

祝余拿着三炷免费的香去拜文殊菩萨，来时原本只想随意应付一下，等到跪在蒲团上求愿忽然什么都想要了，于是他从保佑自己这次期中考顺利，梁阁集训顺利，自己和梁阁高考都能考进最好的大学，保佑妈妈平安健康快乐，保佑全班金榜题名……一直默念到世界和平。

骑车回来时，太阳已经开始灼人，光折射在叶面上都绿得有些晃眼，祝余脸周和后背都有些沁汗，狂踩踏板，陡然颠了一下，前轮磨着什么滑出一截，他又猛地一刹车——前轮轧到一只缩进壳里的……龟？

祝余停了车，扶着车把手蹲下去，确实是只龟。哪儿来的？他四处张望一圈，没见着什么居民区。没死吧？刚拜完佛，就杀生了，祝余有些一筹莫展。天又热，他只好一手掐着龟甲，单手骑车，索性捡回家去了。

乌龟捡回去泡在桶里，桶扔在阳台上，能晒到太阳，祝余蹲在桶边瞧了好半天，那只龟才终于从壳里钻出来了。他睁大眼睛定神一瞧，头大吻钝，颈部有黄绿相间的纵纹，似乎是只巴西龟。刚放下心来，又瞅见凸起的龟嘴外缘有白色黏稠物，极有可能是被压得口吐白沫，祝余赶紧找了个养龟论坛求助。

可能因为假期，论坛的人空闲而热情，说不是被压的，是龟得肺炎了，纷纷支着儿，推荐了各种药，并教授如何喂养如何放水等。直到看到有人说不严重，让他往纯净水里放点盐，先养几天看看，于是祝余去找了点盐放进去。

期中考当天的早自习由班主任值班，自由复习，方杳安不习惯站在教室守着，只偶尔在外面看一圈。在一群埋头苦读的学生里赫然看见霍青山吊儿郎当的影子，桌上摊了本语文课本，一半伸出课桌外，将手掩在下面，低着头不知道在干什么。方杳安透过窗户观察他，聪明、俊俏、顽劣、人见人爱、桃花眼，霍青山身上有太多和另一个少年重叠的特质。

期中考在即，连同桌的艾山都摇头晃脑："一山不容二虎，二山得六，三岛由纪夫……"

霍青山在学校的风评方杳安有耳闻，向来人缘极佳，方杳安猜测他是藏在桌兜里玩手机，和人聊天。方杳安悄然走到他身后——只见他在用课桌上一个黄豆大小的洞开瓜子。两手都没闲着，右手把瓜子往小洞里一塞，左右一拧，瓜子壳就剥开了，麻利地用左手把仁接住，手心里已经屯了一个小小山包，有三四十粒的样子。

　　身边突然暗了一块，霍青山动作一僵，谨小慎微地抬起头来，骇得一激灵，而后上供似的把那捧瓜子仁山奉到方杳安面前："您来点儿吗，方老师？"

　　一时间方杳安都不知道该怎么反应，直接给气笑了。

　　祝余的期中考成绩出乎意料地好，又是全校第四，班级第二，不知道是那个庙的文殊菩萨真那么灵验，还是一轮复习后知识融会贯通，加上题目也难易适中，反正做起来特别称手。颇有些春风得意。说来考前他其实给自己做过不少心理建设，全是为"课外活动太精彩导致成绩下降"而开脱的，半点没派上用场。

　　回家见了那只巴西龟都不免带了些喜爱，结果看见龟已经侧浮在桶里了，一动不动，吓得他手忙脚乱把龟捞出来，立刻再次网络求助。好不容易大病初愈，祝余又给它换了个龟缸，还捡了两块石头给它，于是它成天就卧在石头上晒太阳，说不清是安分还是懒散。好生养了几天，又发现这龟十分骄纵，竟然还挑嘴，不吃龟粮，只吃生肉。祝余只好又去养龟交流论坛发帖求助，网友回复让他别惯着，饿几天就乖了。祝余于是连续一周都只喂了龟粮，眼见着龟粮半粒没少。第一天还喊它龟龟，第三天就开始叫他龟儿子，眼看要成龟孙子了，第七天早上，巴西龟生蛋了。

　　祝余怔怔看着那五颗蛋，心想那他前几天岂不是在虐待孕妇？他瞬间被"虐待孕妇"的愧疚击败，忙不迭去切了大分量的生肉妄图补过。就宠物的标准，巴西龟长得委实欠考虑了些，细看之下还有点恶心，远没有梁阁家的发财可爱，也不如简希的"狗子"漂亮，而且巴西龟寿命也不够长，至少达不到"养好了它能把我送走"的程度，祝余根本没想过真要养,可现在蛋都生了,连龟带蛋一块儿丢了实在不地道。总而言之,这下是非养不可了,还得帮着孵蛋。

  当然饲养这只意外来客只占去他生活的小小一隅,大部分时间仍花在学习上,还有见缝插针地找梁阁"补课"。他们其实没有太多时间联系,白天祝余在校和梁阁集训的作息相错,只有晚上睡觉前梁阁会固定给他讲题,理综三科加一门数学,讲得很简洁,多种解法只说思路作点拨。林爱贞就在隔壁,也不方便打电话或者视频,怕说得兴起了没有顾忌,就打字,稍微复杂些的梁阁会发语音,但一般也只说十多秒,思路快而清晰。

  由于时间短暂,就显得格外可贵,祝余每天一下晚自习就猛踩山地车,恨不能蹬着火箭回来,带着一身热汗草草冲个澡,进到卧室时一颗心都摇摇摆摆。头发滴着水,身上暑气还没消散,风扇并不勤恳地吹着,祝余坐在书桌前,黑眼珠悄悄往房门溜去一眼。

  考虑到林爱贞早就睡了,于是灯也只开小小一盏,小台灯只照亮书桌周围包括祝余在内的方寸之地,房间里静悄悄的,灯光和黑暗的交界处光线毛茸茸的,发梢的水珠浸落到皮肤上,好凉。

CHAPTER 04
/// 第四章 ///

局促的海豹

01

又有女孩子哭着到班上来找霍青山,而就在前两天,祝余被霍青山拽下去打球,还亲眼见证女孩子跟她撒娇,两个人有说有笑。

起因是有天下了早自习女孩子气急败坏地来找他:"我跟你说过很多次,你不要聊天聊到一半就消失,你为什么总是记不住?"

霍青山浑不在意地说:"可是我就是聊着聊着有其他事情了啊。"

"我已经跟你说过三次了,你这样根本不在乎我这个朋友。你再这样我们就绝交。"

霍青山说:"哦,好啊。"

女孩子看着他:"你就因为这个要跟我绝交?"

"不是你说的吗?"

女孩子气得眼睛通红。

霍青山难得正经:"我们观念不合。"

"我们哪里观念不合?!"

"这还不是观念不合?"

"你可以改啊！"

霍青山说："我不想改。"

很明显女孩子并不想这样，虽说先提了绝交，但也只是女生气性大喜欢闹脾气，权作威慑手段，不是最终目的，谁想到霍青山一口应下。女孩子多次来找他，发消息、打电话、托人挽留，甚至都已经找上祝余了，红着眼睛，憔悴可怜。

但霍青山说："现在说明白也挺好，天天跟我玩还影响她高考。"

说实话，霍青山对这个女孩子有些吃不消，她确实很漂亮很可爱，一起玩的时候也不是不开心，但脾气实在太坏了，哭笑怒都特别突然而过激，几乎是爆发性的。而且特别叛逆，她家里管教严格，却时常在不合适的时间打电话非要霍青山接她出去玩。她还会不停地和霍青山打语音电话，语速飞快，表达混乱无序，霍青山完全听不懂她在说什么，不回她消息她又会发脾气。

祝余终究还是当了文学社社长，五六月的主题校刊都围绕着高考，每周按惯例去三次，跟之前没什么两样。

期中考后换了一次座位，梁阁的位置几乎已经固定在教室的左右两边最后一排靠门或靠窗的地方，人不在位子照样变动，一条走道外是做了快两年同桌的霍青山和艾山。

祝余握着笔看向窗外，前桌的简希在和邻桌的周敏行讨论理综试卷，窗外的世界被太阳照得很亮，五月清闲得有些无聊。梁阁不在，好像每一天都很漫长，却像在翻一本每页都相同的书一样飞快地翻过去了。

白昼越来越长，日头越来越烈，六月要来了，简希和霍青山的生日也快要来了。要送什么礼物着实让祝余苦恼，霍青山大概可以送个什么周边，那简希呢，去年送的似乎就是本书，可简希回赠了他一套英文原版书。

犹在他苦恼之际，某个课间，简希拿了条假面骑士 Demons 的变身腰带放到霍青山课桌上，又说："不是我送的。"

霍青山喜上眉梢，仰头望着她。他怎么可能不开心？他只是偶然提过一嘴，他正在收假面骑士 Demons 的驱动器，简希就送给他了。虽然简希说不是她送的，但追问她到底是谁送的，她又不说。四舍五入那就是她送的，霍青山这么想。

从拿到那根腰带起，霍青山就爱不释手，每天都在教室后排的空地上玩"Demons 变身"。夏天到了，校服短袖单薄，腰带正好束住男孩子精瘦的腰腹，霍青山能一天都不解下来。上课都不消停，语文课上得正好，他那角落突然传来 Deep Drop Danger Kamen Rider Demons（深渊下坠危险假面骑士戴蒙斯）"，结果腰带被项曼青当堂没收。

后来不知道怎么跟项曼青撒娇耍赖反正又给拿回来了，从此霍青山再也不敢上课玩，只敢放在桌兜里，时不时伸手进去珍惜地摸一摸，小学生一样。

下课时祝余和周敏行讨论一个导数压轴题，数学老师说有三种解法，他们只思索出两种，祝余正思忖要不要回去问梁阁。

"祝观音！"霍青山猛地蹦到他桌前，站定，第 n 次开始变身，又傻又帅，唇角翘着，得意扬扬要祝余夸他，也笑盈盈地和周敏行炫耀，简直能看到他和唇角一齐翘起来的尾巴，"怎么样学委？酷吧？"

周敏行点了下头："嗯。"

霍青山这才心满意足地瘫坐回去，又开始百无聊赖，大呼小叫梁阁怎么还不回来，要当面给他变一次，视频根本瞧不出他的动作多么行云流水。

是啊，祝余想，梁阁怎么还不回来？

周六下午,做完一套理综题,精神困倦,祝余恹恹地趴在书桌上,戳了戳桌上放着的毛绒小兔。手机忽然振了一下,他还以为是梁阁,飞快拿起来,却是霍青山在群里轰炸:"来机场送人,抓到梁阁了!回来也不说一声!我都没戴腰带!"还死活拍了张合照发群里,梁阁偏过头,眉头是蹙着的。

梁阁没跟祝余说今天回来。

艾山第一时间:"@ 不吃香菇,直接来打野球!来来来!"

"【发送定位】"

"打球!快来!"

连几乎不在群里说话的简希都说:"聚一聚。"又喊话祝余,"@ 民兵葛三蛋我在附近,我来接你。"群里都好久没这么热闹了。

祝余又收到梁阁的私聊:"想去找你的。"

配了个粉兔子握拳的可爱表情包,祝余弯着眼睛笑起来,这才回过神来,穿上鞋就往下跑。

街道浸在一片橘黄色的黄昏里,暑气燥热,他终于远远看到简希的小电驴来了,她穿一件白色的无袖衫和工装裤,高挑的个子,已经及颈的黑色直短发,清丽洒脱,停在祝余面前,抬了抬下颌:"上来。"

他刚跨上去,手机就振了一下。

不吃香菇:"来了吗?"

他飞快地打字:"嗯,上简希的车了。"

小电驴平顺地启动,简希身上有淡淡柑橘混着葡萄柚的味道,清爽微苦。祝余想起以前简希坐他前桌,高高瘦瘦的,不戴眼镜时会在耳朵上架一支笔。这样热烈自由的空气让祝余久违地畅快起来,吸进肺里有种飘飘然的轻盈,他歆羡地说:"我好喜欢你这个车。"

"你等下可以骑着玩。"

"可以吗？"

"嗯，叫梁阁看着你。"

周末的街道上有许多悠闲的行人，三三两两，结伴提着东西，或笑或聊天或玩手机。

祝余的手机又振了一下，距离上一条十分钟，估计是梁阁在打球间隙发的："到哪里了？"

"到王府井了。"

路况并不太好，总是遇到红灯，天气闷热，焦灼地等红灯时，祝余的手机又振了一下。祝余正要回，简希似乎知道是谁，百思不得其解："他烦不烦？给他发位置吧。"

祝余忙不迭共享了实时位置，大概还有两公里。

手机又振了一下。

不吃香菇："我出来接你。"

目的地已经近了，天色渐晚，街边昏黄的路灯亮起来，祝余一直仰着头勉力往前眺，看见广场边有个高高的身影。

梁阁穿了一身球服，上身又套了件薄外套，高高的个子，头发似乎短了一些，看得见深挺的五官轮廓，额头上贴了个创可贴，等在广场边的路灯下，稍稍低着头不知道在撕什么。

小电驴还没停稳祝余就跳下去了，他朝梁阁跑去，快到的时候直直跳到梁阁背上。梁阁冷不防被他带过来的那股冲击力撞得往前踉跄了两步，简希瞥了一眼，骑着小电驴走了。

广场上人来人往，霓虹璀璨，行人的视线浅浅地在他们身上停留，觉察到这行为有多幼稚，祝余又赶忙下来了。

他们一起往野球场去，野球场在广场那头，路上说着话，祝余偏过头瞧他，正瞄见他额上的创可贴，问道："你额头怎么弄的？"

梁阁在眉上摸了摸：“打球让人蹭了一下。”

是个三四十岁的男人，这种中年男人在野球场上很常见，油滑、爱装，小动作特别多，张口就是各种嘲讽，然后就被艾山两个盖帽打爆了。

周围人流渐渐褪去，路灯也疏落起来，祝余脚步变得轻盈快乐，带着朗润的上扬腔调："我又长高了，我一米七八了！"往一米八靠近的每一秒都让他快乐。

等他们到野球场，其余人已经打完半场了，霍青山上前盘问："你们怎么这么慢？"

梁阁说："迷路了。"

"扯吧！这么几步路还迷路，你们到底干什么去了？"

梁阁绕过他："知道扯还问。"

这个野球场非常热闹，场边聚着许多人，十几二十岁的居多，当然也有中年人，但大致上是个年轻的场子，躁动热情，每隔几分钟就要爆发出一阵巨浪似的叫好声，场子都要掀翻。

祝余和梁阁也上场了，祝余有些日子没打了，一上手球感竟然十分之好，几次传球都很精妙，很有些志得意满，没有一米八又怎样？他又成功绕过两个人，正要进三分投篮区，就对上艾山。

艾山快两米了，一米七八的祝余在他面前完全不够看的，他要破艾山的防，基本只能靠灵活取胜。双方身高悬殊，场外有期待的呼声，祝余呼出一口气，往右边探出一步像试图破防，艾山跟着朝那边守，他顺势收回步子，迅速往左带球过人。艾山瞬间反应过来，身体比脑子更快，抬起手就要截球。场上每一秒都被无限延长，气氛紧张焦灼，众目睽睽之下，艾山一掌扣在祝余的头顶，两厢各自僵住。

艾山讷讷收回手："对不起祝观音，把你的头看成球了。"

球场充满了男人们粗野放肆的笑声,侮辱性和伤害性都极大。一直到离开野球场,祝余心里都还像下雨一样灰败,他那些志得意满已经七零八落,面上还要佯作平和地说笑。

艾山不停向他解释:"祝观音我真不是故意的!"

"主要是因为我身高和那个角度,你头又挺圆。"

"对了你有一米八了吗?"

"还没一米八呢?!"

祝余长高的喜悦彻底消失殆尽。

他们进了个烧烤店,算是艾山"负荆请客"。点的东西都陆续上齐了,霍青山才乐滋滋抱了个西瓜进来,说是刚才一块儿打球的大哥硬要送他的。这不打出了情谊,刚从车后备箱拿出来的,沙漠瓜,可甜了。

正要找烧烤店借刀,艾山豪气干云地表示:"男子汉的脑门在这儿,开西瓜还用刀?"并直接定下砸瓜人选,"我们仨挨个来。"妥帖又体恤地朝祝余扬扬下巴,多呵护他似的,"祝观音就算了,一米八都没有。"

这话一撂出来,梁阁就知道,今天开这个瓜的除了祝余脑门不作他想。

果然祝余乖觉地笑着:"是吗?"紧接着,所有人都还没反应过来,他一头就冲着西瓜砸下去了,抬起来又要冲上去。梁阁立刻捂住他的额头,把他扯过去,然后别过脸就笑了。桌上的瓜都裂开了,艾山都还没回过神来。

祝余被梁阁按着额头,还是那么和煦地笑着,好似恍然大悟:"原来没有一米八,脑门也能开西瓜。"

最后那个瓜还是霍青山找老板借来刀分的,刚才一下砸得太猛,祝余脑子还有些晕乎,也觉得自己被激得犯了蠢。霍青山啃着西瓜笑他刚才是"以头抢瓜尔",吃完瓜,又突发奇想将桌上的牛奶和雪碧混着灌在杯子里:"来来来,碰个杯!"

刚强制碰完杯,霍青山手机就响了,接起来又听到熟悉的声音。

祝余回到家已经快十点,冲完澡躺在床上,脸上还残留着夏夜的燥热,风扇呼呼吹着,意识茫茫远去,已经惬意地一脚踏进黑甜乡了。

02

半夜接到梁阁电话时祝余还睡眼惺忪,直到听到霍青山和简希出了车祸,登时鲤鱼打挺,瞌睡去得干干净净。虽然梁阁说没有大事,没让他马上过去,但他一颗心仍整晚都不上不下地悬着。

等第二天和梁阁见了面才知道,简希昨晚是骑小电驴来的,没喝酒,自然也要骑回去。霍青山从得到那根 Demons 腰带起,对简希的爱护就更胜以往,死缠烂打非要送她。

关于车祸的具体细节梁阁说得并不详细,大致是两人不幸碰上跑车深夜炸街,不过没真的撞上,但在车侧翻后两人一骨碌滚下矮坡的瞬间,简希护住了霍青山。

祝余提着两个果篮和梁阁汇合时,梁阁手上拎着许多东西,包括一个好几层的大食盒、一个草莓蛋糕和简希的换洗衣物,正站在花店门口选花。祝余见他拿着花束,这才恍然探病是要送花的:"对了,花。"就要匆匆往花店里去。

"喂。"梁阁一侧身丢了个东西到他怀里,咳了一声,"给你的。"

是个羊毛毡小羊。

他想起那只毛绒小兔:"花店都会送这些小玩偶吗?"

他们走在树荫下的小路上,梁阁说:"这是我弟做的。"

祝余看着洁白可爱的羊毛毡小羊,记起上个寒假还陪梁榭戳过这个,没想到他已经做得这样好了。

到医院时是十一点多,梁阁叩了两下门,推开门进去,祝余跟在后面,入眼第一人是站在病床尾的霍昙。这是祝余第二次见到霍昙,还是娇小的个子强势的气场,病房里气氛很僵,似乎在对峙。他们进来了,她们既没有看过来,也没有停下。

他听到简希冷静清晰的声音:"我从来没有说过我需要谁、依靠谁,我可以一个人,一个人就是我最理想的状态。"

"你还在怪我。"

简希笑了:"霍律师,你居然也这么俗。"她脸色苍白,零星的笑意很快淡去,"没什么怪不怪的,不管你信不信,我没那么深的情感诉求。"

霍昙看着她:"可你现在受伤了,我怎么放心让你一个人?"

"护工可以照顾我。"简希回望她,情绪很淡,却又极倔,"不放心就给我请护工,请到你放心为止。"

霍昙不再说话,她忽然想起三年前,简自昀发生意外后,她也这样站在简希的病床前:"简希,你应该知道你的抚养权我一早就能拿到。"

那时候简希还能像个孩子一样,较着劲说:"那又怎么样,你想证明什么?"那样咄咄逼人的锋利和恨意,"你不想要的时候能不屑一顾,想要的时候也唾手可得是吗?"

饶是霍昙也无法理解当初自己为什么那样决绝地只要一个孩子。现在简希虚弱又平静地靠在病床上,目光凉浸浸地投向窗外,仿佛不与任何人相关,她和孤独自洽了。比起简希和霍青山,霍昙其实并不漂亮,至少第一眼见到她不会被她的外貌所惊艳,但她给人的感觉非常机敏,是事业运很强的面相,在校时是学霸,出社会是精英。

祝余能看出她身上深沉的愧疚与挫败,对简希的冷淡无计可施,调整好神色后,又是那副强势干练的模样,提着她价值不菲的鳄鱼皮包,脚尖和眼神一齐朝向门口,这才笑起来,透出些柔和:"梁阁啊。"

梁阁低了下头:"阿姨。"

祝余连忙跟着问候:"阿姨好。"

霍昙回了他一句:"你好。"

霍昙出病房,和梁阁错身而过时,柔声嘱咐他:"帮阿姨照顾一下简希。"

等到霍昙走了,简希才望向他们:"我的笑话好看吗?"

祝余怔了怔,才发觉她是对梁阁说的。梁阁没有应声。

简希错开脸,又看向窗外,意味不明地说:"你这种幸福宝宝。"

梁阁眼神低低的,把手中的东西都搁到病床边的矮柜上:"吃饭。"

唐棠照例去了梁译元那儿,一月两次,当然她本也不会做饭,家政今天不上门,汤是梁阁一早起来去买的鲜活鲫鱼,照着食谱煮的。按梁阁一贯的厨艺来说,味道应该平平,但揭开盖香气却浓郁扑鼻。

简希的视线从矮柜缓缓移到梁阁身上,眼神空洞,她说:"爸爸死了,奶奶死了。我总是想起他最后落地的声音,闷闷的,就像一床被子落在地上,原来那么了不起的人失去生命的瞬间也这么稀松平常。"

他是谁?简自昀吗?祝余想起几年前的简自昀车祸离世新闻。

"霍青山那个傻子明明状态不好,非要送我回去,又非要说些废话……"她垂下眼,放在被子上的手收紧,透出青色的血管,"我吓死了。"

梁阁躬下身:"他笨,我替你打他。"

祝余第一次如此直观地体会到他们那种发小的亲密无间,简希抬起脸来,眼底有薄薄的水光,像是不在乎又像挺受用地别过头"喊"了一声。

罪魁祸首霍青山反倒好手好脚,身上多是蹭伤,他坐在病床上,两肩塌着,眼睛麻木无神地望着某处,整个人都成了灰色的。

艾山一见他们来就挤眉弄眼,小声嘀咕:"他妈……他妈怎么那么说话?"教训孩子确实应该,可张口就是什么"劣等基因"是什么意思?

所幸霍青山很快恢复了生龙活虎，还支使人给他把假面骑士腰带捎了来，然后就被梁阁抄起那根腰带抽了一顿。霍青山人缘太好，发了条朋友圈后，探病的人就络绎不绝，过午才清净下来。祝余进病房时只有霍青山和艾山在："梁阁呢？"

霍青山机警地眯起眼："我发现，每次你看到我们第一句话老是问梁阁呢？"祝余不想招架，转移话题聊了几句，才从病房退出来，去了简希的病房。简希不在，梁阁坐在床沿，祝余在他身边坐下来："简希去做检查了吗？"

"嗯。"梁阁嗓音懒懒的，"好困。"

他昨天坐飞机回来，又打了球，晚上可能也没怎么睡，今天又一早起来，想想都累。

霍青山和简希车祸的事在学校引起的风波不小，班上同学更加挂心，总有人向祝余询问情况。连周敏行都来问他："简希怎么样，没事吧？"

祝余告诉他，简希腿骨折了，上了夹板，暂时不太方便走动。

"哦。"周敏行又推了推眼镜，"霍青山是跟她一起摔的吗？"

祝余点头："但霍青山一点事都没有。"

周敏行没有再问。艾山下完早训，看到黑板上的作业通知，立刻扒拉祝余要作业抄，祝余端坐回去，不借。艾山不依不饶，上身趴在课桌上，不住地扯他的校服袖子："不是吧祝观音，怎么了突然，是不是前天我把你头看成球的事，还是我说一米八才能开瓜的事？别生气了，轻重缓急，先把我作业的事解决！"

"你还有脸说？"祝余闻声回过头，艾山聒噪的脑袋就被人从后面往下一按，吓得他叫唤一声，梁阁利落坐回到座位上，觑着他："自己做。"

因为六月中旬高二就要学考，梁阁回了学校。复课第一天的语文课，项曼青就对他表示了热烈"欢迎"："哟，这不是梁阁吗？好久不见，你来上语文课了啊,稀客呀。我真没想到还能见到你,你看看,真对不起,老师都没好好打扮,我都不知道你今天要来上课。"项曼青挤对人十分有一套,班上乐得好一阵捧腹。

梁阁这学期上的语文课可能还不到十节,竞赛远不至于这样忙,只是他确实有在躲语文课,或者说"逃"语文课。上午有语文课他就上午去机房,下午有他就下午去机房,难怪项曼青生气。她又说:"你没走错吧?这是语文课堂啊。机房空调坏了?要不我给维修部打个电话?看把你热成什么样了,都来上语文课了!"班上爆笑声迭起,祝余都忍不住要笑。

梁阁从她开始调侃就站起来了,立在那儿,眼神低低的:"没坏。"

"那真是奇了怪了,机房空调没坏,你怎么来上语文这种无关紧要的小课了呢?"

梁阁垂着眼,抿一抿嘴唇:"对不起项老师,我会认真上课的。"

项曼青睨他一眼,像是终于心满意足了:"行了。"转而问其他人,"上次最后一名的小组是哪组?"她的课堂上时常要分组讨论,五六个同学分在一组,按平时答题作业和考试情况计分排名。

同学们答是第三组,第三组的同学们又丧又臊,因为最后一名的组要表演节目。

可项曼青说:"不对吧,我算的怎么是第六组啊?"

第六组就是祝余他们组,祝余当即反映:"没有啊老师,我们组是第二。"

"梁阁都没考,你们怎么是第二呢,他零分啊。"

"梁阁也算吗?"

项曼青拍板:"怎么不算呢?当然算,下节课你们组表演吧。"

他们几个关系好的坐得近,于是也分在了一组,霍青山和简希不在,就只剩他和梁阁还有艾山三个。

他们的表演还是命题惩罚,艾山先前还觉得有趣,没什么大不了,知道项曼青要他们表演什么并放话"要没跳好,以后每节语文课你们都上来跳"后,一直郁恨地怪梁阁,说这完全是梁阁和项曼青的私人恩怨,他和祝余纯属被殃及的池鱼,又出馊主意:"还是梁阁上去徒手劈个瓜吧,不然祝余再穿一次女装?"最后三个高高的男孩子还是在一片哄笑声中低眉臊眼地跳了兔子舞,又灰溜溜下来,才总算过了这劫。

学考的题非常基础,给分也松,只要及格就算合格,但梁阁太久没学语文了,本身底子又薄弱,还是有点危险。

"为什么这个'凯旋而归'是对的?"梁阁抬起眼问他。

祝余接过卷子,这类题型早就不考了,但还是耐心和他解释。凯旋而归确实语义冗余,"旋"有归来的意思,但细想这类情况很多,好比反复推敲,推敲本身就有反复的意思,这叫羡余。凯旋也词汇化为一个与原来短语同构的偏正式复合词,日常中,凯旋而归是习惯用语,习惯用语不讲道理,但是考试的话,这套卷子答案不严谨。

梁阁静默地看着他,眼神有一种文盲的放空:"你好有文化。"

梁阁的作文也常年一塌糊涂,八百字写不满,项曼青让他实在不行写记叙文,小孩作文都能勉强打个三十六分,再不济三十二分,总好过议论文写四百字后面半个字都编不下去。

"谁让你写什么双缝干涉实验?还光子、狭缝、延迟擦除……你是真想教会阅卷老师怎么做实验啊,写了九百多个字的实验报告,最后打个省略号加一句'这就是山顶的风景',剩十个格子,你竟然还记得点题,很好。"项曼青说着都让他气笑了,心平气和地又给他辅导了一次作文。

说完,她又跷起二郎腿,左手撑脸,饶有兴致地侧仰着头看他。第一天报到的时候,她就觉得这个男孩子帅得过了头,但梁阁寡言,又闷,是那种看起来就很独的性子,谁想到前拥后簇的,哪里都好,偏偏是个语文笨蛋。

"梁阁,下个月是不是就要参加 NOI 了?"

"嗯。"

"准备得怎么样啊?"

"还可以。"

"只是还可以?你们叶教练怎么说这次 NOI 能不能盖过附中的风头就看你了,行不行啊?别给我丢脸啊。"

梁阁站着,沉着地点头保证:"好。"

项曼青笑起来:"行了,走吧。"

简希在医院待了半个月,霍青山也跟着一并请了病假赖在那儿,鞍前马后几乎是无微不至地照料简希。某个周末放假祝余去探病,有幸蹭了几口霍青山给简希做的营养餐。一口汤香得他差点连舌头都跟着囫囵吞下去,连清炒时蔬都做得十分清脆爽口,想起梁阁当初说"霍青山做饭好吃",这何止是好吃。

直到学考开始前回了学校,简希肤色又白皙了许多,随意扎了个马尾,是清冷利落的少女模样。她腿上绑着夹板,拄一根单拐,上楼梯时,霍青山忐忑地自荐:"我……我背你上去吧。"

简希瞥他一眼,屈着那条受伤的腿,自顾自上去了,拄着单拐竟然十分轻敏。她吃了这么多天霍青山精心烹制的营养餐也没长胖,套着夏季校服高高瘦瘦的,小腿瘦削有力,单拐"笃"一声,她就上一个梯阶,背影单薄又轻盈。

祝余看着她,她好像永远那样,静若萤光,动若流水,像风又像霜。

七点半的太阳射在楼道口，霍青山紧张地护在她身后，两手张着，却又不敢张太大，只好小心翼翼地贴着肋半伸着。

　　梁阁忽然说："他好像一只局促的海豹。"

　　祝余霍然回头看他：你还说你不会写作文？！

03

　　学考花费了两天加一个上午，十一点过十分结束，广播里通知各班组织大扫除。

　　艾山刚从楼梯上来，就看见梁阁从走廊那头奔过来，风吹得校服紧贴身体，一径从他身侧过去，带起一阵清凉的气流，艾山喊着问："梁阁你去哪儿？！"

　　"幼儿园，我弟毕业。"A大附幼聚集了许多儿童和家长，大班的小朋友今天毕业，要表演节目，要穿着小博士服拍照。

　　"等一下，我哥哥还没来。"梁榭犟着不愿意戴帽子上去拍照，好些小朋友奶声奶气地围着他哄，又被老师们强牵到台上去了，单剩梁榭还巴巴望着门口，"他会来的。"

　　唐棠在一边劝老师别管他了，梁译元也望着门口，笑了："来了。"

　　梁阁一径跑过来，他穿着校服，书包还挂在背上，汗沿着眉骨滴下来，气息不定："抱歉老师。"他接过幼师手里的小博士帽，"我来吧。"

　　梁阁熟稔地给梁榭戴好帽子，手顺势往下拢着他的脸蛋，揩掉了眼泪。梁榭眼睛红红仰头看他，用稚嫩的哭腔怪罪他："你来晚了！你好慢！"

　　梁阁弯下身去："对不起。"又将他一把高举起来，穿过人潮走向舞台，"走，我们毕业去。"

　　五十多岁的女园长温柔慈蔼地给他佩上一朵印着幼儿园名称的小红

花,他漂漂亮亮地站在台上,被一群小孩簇拥着,骄傲地抬着小下巴,眼底的泪还没干,笑脸就已经灿烂地绽开了。

祝余来的时候,梁译元和唐棠已经走了,梁阁牵着梁榭站在幼儿园门口。梁榭穿着那身不正规的小博士服还舍不得换下来,又站在幼儿园舍不得走,他远远见到祝余就喊:"小哥哥!"

祝余弯着眼笑了,看见他小脸蛋红红的实在灵慧可爱,半蹲下来,把路上买的糖画送给他:"毕业快乐,梁榭。"

他和梁阁一起把梁榭送回去,下了车,梁榭一溜烟跑到门卫亭去,他站在窗外,竭力踮起脚,手攀着窗棂,探出一个小脑袋和里面的保安说话:"叔叔,我幼儿园毕业了!你等我以后博士毕业了,就来和你一起上班好吗?我哥哥给我送午饭。"里头保安还一脸懵懂,漂亮的小娃娃就被拎走了,只见一个很高的少年站在窗外,梁阁低了下头,冲里头说:"打扰了。"祝余则在后面乐不可支。

"哥哥,我毕业了是不是就长大了?"梁榭柔软的小手握住哥哥的食指,"我长大了你是不是就不爱我了?"他仰头看着梁阁,又张开手要哥哥抱。

梁阁蹙着眉弯下身把他抱起来:"这么爱哭还想长大。"却又把他搂高了些,低声说,"多大哥哥都爱你。"

梁榭小脸蛋红红的,又从哥哥身上下来,欢欣地跑到前面去。他和小区遇见的每一个人打招呼,然后脆生生说"我毕业啦",不知道是因为他生得漂亮,还是住户素养好,大家都热情地回应了他。

祝余出神地看着跑远的梁榭,他是独生子,其实难以参悟这种感情,像梁阁对梁榭,既不耐烦又宠爱;又像简希对霍青山,平时看上去总是爱搭不理,好像永远是霍青山一头热,但是撞车的瞬间立刻就把霍青山抱住了,真是奇妙。

学考完一周后高二年级又组织了一次月考，不知道是不是祝余的错觉，他几乎没遇着什么特别刁钻的难题，顺得不可思议。

　　鹿鸣一贯高效率，当晚看到成绩表的时候，祝余都惊蒙了，班级第二，年级第二。班上其他人拍着他的肩膀起哄的时候，祝余还直愣愣地盯着自己那一行成绩不敢挪开眼，他以为期中考能拿第四就已经是运气的极限了，这次竟然第二，虽然年级第一还是被姚郡雷打不动地"雌踞"着。

　　他妈也欣喜极了，直说庙里菩萨灵验。祝余也有些信这点玄学了，第二天正逢周末，就听林爱贞的差遣骑着车去庙里还愿了。

　　一个平常的周末，庙里竟有许多香客，而且多是女客，祝余这次除了领了三炷免费香，又听他妈的话花五十买了几炷大香。暂无课业压力，他跟着人潮的流向走走停停，不知道怎么突然变拥挤了，他借着身高往人群中心望过去，眉头一挑——好俊美的和尚。原来这庙真有和尚，他还以为全是些收钱的呢。

　　今天天气阴，天高气爽，风灌进衣服里，拂过脸颊顺进发丝，祝余整个人轻盈得像要起飞，人生在这一刻仿佛没有任何不如意了：考试拿了全校第二，好朋友都聚在身边，妈妈都渐渐从失去丈夫的伤痛中走了出来，他甚至还有了一只宠物龟，虽然长得丑又挑食连孵蛋都不积极但至少已经开始吃龟粮了。

　　一时间很有些春风得意马蹄疾，他走了一条人车都稀疏的小道，虽然还骑着车，但心已经起飞了，一路没握刹，几乎是在飙。骑到某个大型施工地门口，碰到个红绿灯路口，指示红灯，但前后都没车，想着一般工地也不会出来车，便不太想等这四十多秒，想直接过去，顺便可以给他身怀六甲的巴西龟购置些新口味龟粮。

　　几乎没怎么思考，祝余就骑了过去，不平的路面抛得山地车颠了两下，一抬头就见工地门口开出来一辆黑车。他瞳孔急缩，握着刹车往右边一拐，前轮已经撞到车身，他连人带车摔在地上，手肘小腿和脚踝一阵火辣辣地烧疼。他蹙着眉扶着单车站起来——右刹被磕掉了，已经和车把分离，前轮都撞歪了——倒霉。

他看着眼前的黑色轿车，车身被他的前轮蹭掉一长条漆，他一眼扫到前面的车标，霎时呼吸都停滞了。驾驶座门开了，下来一个司机模样的中年人，祝余紧紧地扶着车把，攥得指节发白。

司机关切地问："小同学，你没事吧？"

祝余嘴唇紧抿，脑子里车标和新闻走马灯似的过，脸上还是那副沉静的样子："嗯。"

司机回头看了眼被剐坏的车漆，走到后座窗前躬身请示，祝余眼见车窗放下一半露出一张男人阴沉的脸，蓦地一怔，叶连召见是他似乎也觉得意外，片刻后说："先去医院检查一下。"

祝余都不知道自己是怎么上车的，总之司机三催四请一定要他去医院检查一下。他坐在叶连召旁边，只觉得血压都低了一半，喉咙像黏住了，寒意顺着脊柱一阵阵蹿上来：车甚至都没撞到他人，他只是摔了一跤，有什么好检查的？他想起上次寒假去 S 市参加征文比赛，见过这个人，是从考场出来时偶遇的。当时车就停在路边，后座的车窗开着，他坐在车里，似乎没看见祝余。

沉默地到了医院，祝余跟着去做了一套检查，应该没什么事，医生只处理了他身上的擦伤又开了些药。祝余一直没怎么出声，端谨地跟从着，直到从医院出来，他才说话，眉眼都乖顺地垂着："叔叔，你车的漆……"

"哦，那不关你的事。"

祝余舒了口气，他还没有骨气到非要赔这几万或十几万的程度，顺势说："谢谢。"

叶连召又说:"你那辆车不能要了,我叫人再给你送一辆,最迟明天。"

"不用了!都是我……我自己的错,跟您没关系。"

叶连召没说什么,只存了他的联系方式:"后续有什么事再联系我。"

当天下午,祝余就收到了一辆新山地车,和之前那辆是一个牌子,价格却贵了十倍不止,快五位数。他又惊又恐,赶忙给叶连召打电话,那边不以为意地说:"没事,收着吧,我赔给你的。"祝余惴惴不安,他怎么敢收,他对叶连召恐惧太甚了,他对任何一个人都没有过这样深且纯粹的怕,可他又不敢和他妈说。

他还没来得及消化这件事,更大的事情就发生了,太大又太棘手,让人措手不及。

04

周一清早的校门口人来人往,学生们鱼贯而入,人群中有谁喊了一嗓子:"霍青山!"霍青山茫然回过头,还没看清是谁,旁边一个粗武暴怒的中年男人猛然冲过来,攥起他的校服前襟,眼睛血红,哑着嗓子质问他:"你跟瑶瑶说什么了?你把瑶瑶藏到哪里去了?"

周围的人都吓得退远了,驻足观望着他们。

男人气得太阳穴直跳,攥着霍青山的衣领就要进学校。

霍青山轻易就挣开了男人的钳制,对男人的所作所为感到莫名其妙:"你到底在说什么?跟我有什么关系啊?"

保安很快就来了,几人一起进了学校。

徐子瑶,就是跟霍青山闹了很久的那个女孩子,她没有参加学考,也不再来学校,把自己关在房里,哭闹了几天,昨天夜里从家里跑了出去,只留下一封语焉不详的信。

霍青山站在年级组办公室,昂着头:"我很久没见过她了,也没有教唆她离家出走。"他敢跟每一个人说他没有，没有就是没有。

他这次都没有跟以前一样犯了事就撂出那句"有事您和我的律师谈"来摆谱，霍昙就来了，一进门就不由分说地给了他一耳光："好出息。"同行的助理都惊了，霍昙在她心里就是个女阎王，冷静得近乎冷酷，理智干练，可现在甚至都还没有证据只有指控，她就给了儿子一耳光。

这一巴掌打得非常重，霍青山半边脸立刻红起来，渐渐浮现出一个明显的巴掌印，他侧着头，所有神采都失去了，声音低如蚊蚋："我没有。"脑子里嗡鸣阵阵，像与外界隔开了。霍青山靠在年级组办公室的墙壁上，低着头，再没有说一句话。

从年级组出来，霍昙看着他，目光利得像尖针："别以为我不知道你在学校都干了些什么，跟简自昀一个德行。"

这件事尚未查清楚，而且事态恶劣，霍青山当天就被带回去了。

事情传到班上的时候，全班都为之一悚，回过神来，都只发出"不会吧""怎么可能""真的吗"这种类似的惊叹，再联想霍青山在学校的风评，发生这种事似乎很有可能。

只有周敏行笃定地说："他不会的。"

可当时目睹的人太多，再联系到霍青山的风评和平素来往的那些女孩子，学校里的谣言已经甚嚣尘上。

有女生站出来替他说话，高一时误会他和简希关系而吵起来的那个女孩子红着眼睛说："绝对不可能！霍青山才不会做这种事！霍青山说了没有就是没有！"可祝余什么话都说不出来，不能有维护，所有人都会认为他是帮亲不帮理的。这件事太大了，完全超出了他的能力范围。

事情闹得沸沸扬扬，还没有最终定论，霍青山也不见了，方杳安跟着焦头烂额。

上晚自习的时候，艾山扯了祝余一下，握着手机，急迫地问他："祝观音,走不走?"

祝余几乎立刻明白并且点头了,他什么都没来得及想。出租车上祝余问:"现在去哪儿?是找到他了吗?"

艾山说:"嗯,梁阁找人还不容易?"

他们到了一个繁华街区,车停在了一个酒吧门口。祝余心中疑惑:他来这儿干吗?

梁阁已经在那儿了,电脑架在一个台子上,他在看监控。

艾山探头看:"这是酒吧监控?你怎么搞到的?"

梁阁仍然盯着屏幕:"黑进去容易,都一个口令,找人麻烦。"来往客流太多了,光是蹦野迪的都数不清,光线又暗,挺费时间的。

祝余和艾山还穿着校服,先去旁边买了身衣服换上,再回来时,梁阁说:"先进去,应该在二楼包厢。"

祝余第一次来这种地方,周围又吵又杂,彩色灯光刺眼,空气中弥漫着白色香雾,好多人在蹦,特别挤。艾山人高马大在前面开路,心里太急,走得冒失,冷不丁和人撞上,酒差点洒出来。对方是个女人,二十来岁的样子,非常年轻,身材和打扮都热辣惹眼,先是皱眉,看到他们,又挑了挑眉:"大学生吗?"

艾山随意应道:"对啊。"

可女人别有深意地笑了一声,慧眼独具:"高中生啊。"

她的视线扫过最高大的艾山,再到梁阁祝余:"都这么高,体育生?"他们并没有应声,她自顾自地点头:"高中生,体育生。"又笑起来,目光再次在他们身上梭巡,梁阁已经不耐烦地错过身要走了。

李翘从酒吧出来,烦躁地扯了扯领子。想起高考前的五月,他踟蹰地试探简希,故作无意随口一问:"你以后想去哪儿读大学?"

那时简希淡淡地看了他一眼，边用瓶装水淋手边回道："我也不知道以后要去哪儿，但是学长，不要把我作为你任何未来的参考，对你没意义。"

高考后李翅去了一趟斐济，又游了圈欧洲，然后在家里行尸走肉地瘫了几天，被拖出来找乐子。酒吧里群魔乱舞，环肥燕瘦，他一眼望过去，没一个像简希。他在门口站了会儿，头昏脑涨，等司机过来，忽然揉了揉眼睛，怎么像见着简希了？

简希穿着鹿鸣的校服，还屈着条腿，形单影只地支着根单拐，在人群中也不显柔弱，有种特立独行的美丽。

他难以自控地走上前并且又开始结巴："简简简简……简希！"

简希看着他："学长，你怎么在这儿？"

"这，这……不是我自己来的，就是……这个店，是我表哥开的，他自己玩……不是不是，他就是我们家的败类！"

"这是你表哥的店？"

"嗯！跟我没关系！"

"可以帮我找个人吗？"

"哦，啊，啊？！"

她把手机里的照片调出来给他："霍青山，谢谢。"

梁阁他们进包厢时，简希正好出来，身侧站着李翅，她看了梁阁一眼后道："人走了，手机在这儿。"她用两根手指溜着霍青山湿淋淋的手机，像刚从酒里捞出来。

梁阁接过来，艾山在后面问："他这又去哪儿了？要看他手机吗？知道密码吗？"

简希说："是他生日。"

梁阁抬起眼看她："是你生日。"

简希呼出一口气，才又问："他手机现在在这儿，手机卡也在这儿，你还能找到他在哪儿吗？"

梁阁没说话。

从酒吧出来，梁阁打开手机，立刻跳出来一条新消息："我走了，阁儿。"差不多是他进酒吧的时间发过来的，酒吧里太吵了，他没注意。

艾山第一个叫出声："什么走了？走是什么意思？走哪儿去了？怎么突然走了？"

谁也不知道，只有简希斜了梁阁一眼："他可真爱你啊。"

简希拄着单拐走了，李趋小心又亦步亦趋地跟在她后边，送她回去。

六月城市的夜晚好热，风都黏乎乎的，艾山也走了，上车前还说："明天就找着了，他能去哪儿？"

祝余心中空落落的，事实上从事情发生到现在他一直是蒙的。梁阁拍拍他胳膊，他才如梦初醒般，声音都哑了："到底怎么回事？走了是到哪里去了？"

梁阁带着他走在夜色里，稍作沉吟："他不会有事的。"又说，"他很聪明。"

祝余记得几天前霍青山还站在班级前面笑嘻嘻地领着队伍做课间操，戴着简希送的那根假面骑士腰带到处跑，还要箍着祝余脖子假意恶狠狠地龇牙威胁："祝观音你可不要跟梁阁搞小团体，我们金刚石三角是一体的，不能撇下我！"吃到一款喜欢的雪糕，就大方地请全班所有人都去吃："真的好吃！我请客，都去吃，都去吃，喜欢吃的可以拿两根！不知道梁阁吃过没有？"

语文课，项曼青站在讲台上无可奈何地笑着看他，说："你真是聪明得让我生气。"

明明大家都好喜欢他。

祝余真的很讨厌夏天，夏天总要在他以为要拥有全世界的时候，骤然让他失去些什么，他失去了大部分亲情，又不见了一部分友情。是不是都怪他太得意了？他慢慢蹲下去，他好难过。

没有花多久，徐子瑶找回来了，也没出什么事。她来鹿鸣前休学过一年，因为双相情感障碍。她父母文化程度不高，虽然家境不错，宠她却也严管她，刚开始她父母不是很重视，觉得是她太敏感矫情，脾气大。直到她在学校发病，才被送回家，等情况好转了，她父母又花了大关系才把她转到鹿鸣。

徐子瑶和霍青山一起玩时情绪起伏就非常大，大哭大笑大怒大悲，闹掰后，更是抑郁和躁狂交替发作。就在她打电话给霍青山的当晚，她从家里跑了出来。

和她一起的几个人也说，她本来在哭，后来又开始笑，是笑着主动要跟他们走的，也是她自己不愿意回家，他们没拦过。

但是大家一直没找到霍青山。

他要是带了东西走还好，去他卧室找，发现他手机、钱包、衣服……什么都没带，只拿走了那根假面骑士腰带。简希静默半晌，眼睑半拢着，睫毛颤了颤，终于败下阵来："他是不是……傻子啊。"

好长一段时间班上都愁云惨淡，乌云盖顶，少了霍青山插科打诨地耍宝，班上好像忽然冷清了下来。

祝余每天清早上学进校门前，总要回头望一望，祈盼着在这些乌泱泱的黑脑袋中出现一个英气的男孩子，上抬着手，粲然地朝他笑出虎牙："祝观音！"

CHAPTER 05
/// 第五章 ///

一万颗草莓

01

进入七月,高二的期末考定在七月二十号,时间紧迫,班上愈加安静沉闷。

失去战友的艾山百无聊赖,回忆起酒吧偶遇的那个女人来,那种不合时宜的攀比之风又冒头了:"她为什么不问我啊?"

正握着笔誊英语作文的祝余笔下稍顿,脸上有淡淡的不快:"是啊,为什么不问你?"定神想了想,也起了些男人该死的好胜心,"怎么也不问我呢?"

艾山撑着脸瞥他一眼,又去看梁阁,从眼神,到鼻梁,到身材,冷静点评,带了些意味深长的腔调:"可能他看起来更猛。"

祝余霎时愣住,梁阁一下把艾山的椅子踹倒了,人仰马翻。

梁阁并不常在教室,或者说,学考过后他又很少出现在教室,多数时候在机房或者校外——NOI 也在七月,迫在眉睫。

林爱贞又回了趟祝成礼老家,这是祝成礼去世后第一个忌日,尤为重要，按老家惯例，子女是必须去上坟的，但林爱贞不让祝余去。她心里满满当当盛着死去的丈夫，却能冷静地处置祝余对父亲满溢的爱："满满，你有你的任务，学习就是你的第一任务，好不容易成绩上来了，缺这几天课，期末垮下来怎么办？你成绩好了，再去看你爸爸他也高兴，别犟了，听话啊……"

忌日当天是周日，林爱贞嘱咐他一醒来心里就记挂上他爸，求他爸保佑。祝余麻木地从床上起来，洗漱，坐在书桌前开始复习，做完一套理综题去卫生间，就看到被他妈摆在客厅台柜上的两张照片，一张是祝成礼的遗照，另一张是年轻的祝成礼背着幼时祝余的照片。祝余可能才三四岁，在某个城市的海滨公园，黄昏夕阳下，那时候的祝成礼还很健康，温柔地看着镜头，祝余在他背上呼呼大睡。

林爱贞说："记不记得？那天你非要和一个小孩去海里找龙，拖都拖不住，到处跑。等要回去就困了，你爸爸只好一路背着你，回到宾馆你就醒了，多精怪。"

祝余怔怔看着，想起这个男人最后给他的信里写的："爸爸只希望满满能吃得饱饱的，快快乐乐长大，一辈子不挨饿。"他别开脸，只觉得苦味一下哽到喉头，眼睛热得要沁出液体。

接到叶连召司机的电话时，他还怔怔站在那儿没动，电话里医院通知他有个检查还需要再做一遍，问他今天有没有空。祝余十分惶惑，他身上摔的伤都结痂了，也没觉出什么异样，司机还在问他是不是放假了，可以来他家里接他。祝余可不敢让他知道地址，连忙应声说可以自己去，不用接，也不用陪了。

他匆匆出门往医院去，夏天太热了，空气里仿佛都藏着一股腐烂的臭味，他也不喜欢夏天的花，太香了，香得有种粗制滥造的劣质感。祝余真不知道车主人是叶连召是好还是不好，如果不是他，那道漆的钱都够祝余愁了，但叶连召，又是危险到直觉告诉他半点关系都别扯上的人，说到底还是他太冒失。

等他到了医院，还是遇到了久候的司机。跟随他上楼去，就看到叶连召已经坐在科室了，依旧是高大阴沉且被人谄附的，看向祝余时就像看着某个被他忘记又想起的小玩意。祝余乍一见到他，又立刻领略到那种阴沉的冰冷的压迫感，让他胃部发寒，非常不适。他再次稀里糊涂做了通检查，似乎又是白跑一趟，并没有什么大碍。

祝余简单地告别，想立刻就走，叶连召却问他要不要吃饭，祝余立刻就要摇头，可叶连召说："蹭坏我的车，又陪你做了两趟检查，吃顿饭也不愿意？"

祝余骑虎难下，只好跟着去了。再次坐叶连召的车，已经不是上次那辆，车上放着本书，他定睛看了看，是《资治通鉴》。可能他多看了两眼，叶连召察觉到了，竟然出声问他："读过《资治通鉴》吗？"

"读过。"

"那我考考你。"

祝余登时惴惴，看过也不代表都记得呀，这可是史书啊，要是答不上来，活像他出乖弄丑说了大话。

叶连召问："资治通鉴什么意思？"

祝余愣了愣，抬起眼睑睇了他一眼。这一眼意味太明显，都没来得及遮掩，几乎能一览无余地看穿他眼底的鄙薄，不知道是针对这个粗浅的问题还是针对发问的人。他自觉失态，掩饰地垂下眼，就听到叶连召的笑声。这是他第一次听到叶连召笑，但他仍然没有抬头，闷声把那个问题答了。

叶连召的兴致似乎好了一些，虽然不说话，但祝余坐在一边也敏锐地感到气氛松快了许多。

他们去了间非常雅致的餐厅，味道也十分让人惊喜。祝余吃得斯文，心思却活络。他想着上次梁阁带他吃的西餐厅，他还没还回去，不如就这家，等到八月梁阁生日，他奖学金也下来了，正好就来这儿吃饭。

他正计算着这家餐厅的消费水平和自己的奖学金，叶连召就出乎意料地提起上次在 S 市遇见他的事，又问他去 S 市做什么。

祝余没想到他那次认出了自己，但还是应声了："参加征文比赛的复赛。"叶连召又问他以后还有没有机会来 S 市，祝余含糊地说，暑假期间 S 市有个文学论坛，他是学校文学社社长，可能有机会去听。两人又交谈了几句。

祝余拒绝了叶连召送他回去的提议，他茫然地站在街头，不知道该往哪个方向去，今天是他爸的忌日，家里没有人，而且他分明刚吃过饭，还是觉得好饿，饿得难受。

梁阁正在附中机房刷 NOI 模拟题，距离 NOI 只有十来天了，电话里祝余顿了一会儿才问："梁阁，你忙吗？不是……"又改口道，"你在干什么？"

"不忙，在……"梁阁将手指从键盘上挪开，目光移到机房窗外的广玉兰上，"看风景。"

"那我过来找你好吗？"

"我去找你，你在哪儿？"

祝余低下头闷声说："不，我已经在车上了。"

梁阁挂了电话，旁边机位的陶颖探头过来："T3 怎么开的？"

"暴力吧，我要走了。"

公交上人不太多，司机没开空调，燥热而晒人，祝余靠窗坐着，额头倚在玻璃上。街景和行人不断掠过，去往附中那段路上绿植明显茂密许多，打开的窗户闻得到校园里散出来的广玉兰浓郁清幽的香气。

广播中的女声清甜地念着附中站到了,他久梦乍回似的起身,慌忙跑到门那里去,车停稳门打开来,梁阁就立在门外。祝余和他对上眼神的瞬间,眼眶蓦地热胀起来,惶惶然跑下车去。

他极少这样冒失,梁阁问他:"怎么了?"

祝余闷了好久,只讷讷地说:"我好饿。"不只是胃,他的五脏六腑似乎都被饥饿侵袭了。

他小时候就这样,很能吃,却总是怎么吃也吃不饱,他妈还带他去医院看过。后来他长大了,看到书上说"食欲是最低级的欲望",相对而言,食欲最容易获取也最容易满足。祝余也困惑,难道自己缺爱吗?明明他是独生子。

两人吃完饭出来时,晚霞即将褪去,早月像一枚淡淡的吻痕。他们慢慢沿着路散步,亮起的路灯周围飞着些很小的萤虫,梁阁问他:"为什么不开心?"

祝余已经不那么饿了,他刚才真的好饿,饿得发冷,他时常觉得自己不健康——心理上的。不知道是环境使然,还是缺乏正向引导,痛苦焦虑的时候他会怀疑自己,缺爱的时候他会把自己紧紧裹在被子里,他觉得冷。

祝余仰头望着路灯周围萦绕的小虫,无意识地喃喃:"好想藏进贝壳里。"说完他自己都怔住了,没头没尾得可笑。事实上,每次用被子把自己紧紧裹住时,他都会幻想自己正藏在一个深海的贝壳中,那让他觉得安全。

梁阁停下来,倾下身凝视着他,好像在笑,他说:"你是珍珠吗?"

祝余不期然被他这样看着,这是个被所有人爱着长大的男孩子,他的眼神里,充满丰沛的暖意。祝余失神地立着,鼻腔酸胀。

"到底怎么了?"梁阁仍然不清楚怎么回事,祝余也并不告诉他,梁阁只能自己琢磨，他蹙着眉细细思量，猛然滞住，然后烦躁地啧了一声，歉疚地说，"对不起，我没记住。"

祝余摇头，一个劲地摇头，攥在身侧的手渐渐松开，他本来觉得今天把梁阁叫出来已经够任性了，再过十来天，NOI 就要开始了。梁阁每天都很忙，他要操心那么多事，简希、霍青山、梁榭还有他，还有 NOI。

"我以后都会记得。"梁阁垂下头，轻声说，"是我的错，我没有考虑周全。"连他妈都没有考虑到他的情绪，梁阁又哪里有错？

祝余只说："你能不能安慰我一下？"

梁阁于是安抚地拍了拍他。

温情与暖意仿佛顺着掌心的温度流淌过来，祝余闭着眼像在被一点点充盈。他需要这个安慰，至少这一刻，他不是一个人。

梁阁真是太好了，他对梁阁的晕轮效应足以环绕整个世界，这个世界能造出梁阁，那这个世界就还不算太坏。

简希好几次告诉他，他对梁阁有滤镜，可能确实有一点。

那样闷热的夏夜，两个人在公园散步，祝余回到家时，胳膊上起了好大一片蚊子包。时间过了十二点，祝余还是怎么也睡不着，想跟梁阁说话，于是佯作关切地发消息："你还在刷题吗？"

可梁阁冷酷地回："还不睡，长不高的。"

"你不也老是晚睡吗？！"

"可是我爸一米八七，我妈一米七二。"这还不够，他又说，"懂吗？"

基因好，懂吗？

祝余一把把自己包进被子里，没过多久又揭开被子探出头来，脸闷得红红的，强忍酸涩地直视着黑暗。

爸爸，今天我也吃得饱饱的。

02

七月初高一就放了暑假，高三早已毕业，偌大的校园里只剩高二，显得有点空旷。二十号，高二期末考试，祝余是那种考完就差不多能估到自己排名的人，他很有把握，就算这次期末大家都铆足了劲复习，他也有底气能进前五。

期末考结束，因为住校生大多要收拾行李回家，学校拥进很多家长和车，校门口很堵，祝余背着书包出学校，一路上都要避让来往的学生和家长。他一路避到进校大道的台阶上让抬着书箱的家长过去，就看到前面有个女孩子背着书包，拖着个大行李箱，行李箱上还夹着夏天的被褥和凉席，没用绳子绑住，随着行进颠颠簸簸，行李箱轮磕到一块凸起的砖块，颠了一下，被褥和凉席滚下来，被祝余一把接住了。

女孩子回过头，祝余抱着被褥和凉席，愣了愣，挤出个笑来："郡哥。"祝余挺意外，姚郡一个人提这么多东西，她家里人怎么没来接？

"谢谢。"姚郡冷冷淡淡的，伸手就要把被褥和凉席接过来。

祝余抱着没松手："没事，我给你拿出去吧，你怎么回去？"

"坐公交。"

祝余点点头，跟着她出校门。姚郡一路上没有说话。事实上她大多数时候都不说话，祝余有时候太疲惫就会抬头看看她的背影，她总是沉默地低着头在座位上做题，从不补课，只是把课本吃透，那种超乎寻常的专注和勤勉，他很佩服。两人一起出了校门，外面车多人多，有交警执勤。

"满满！"祝余侧过头就看见他妈在摊子后面招呼他。

"妈。"他抱着东西，介绍说，"这是我们班的同学姚郡。"

林爱贞的眼睛登时亮起来，常年霸着年级第一的名字她当然熟悉，笑着说："姚郡啊！"

姚郡居然显出些腼腆无措，低着头不太敢看人："阿姨好。"

林爱贞特别热情，问她中午有没有吃饭，非要给她摊个饼吃，姚郡推脱无能，只好接过。祝余抱歉地说不好意思，姚郡垂着眼摇头："很好吃。"

祝余一直帮她把东西送上公交，她隔着窗户又跟祝余说了谢谢。

鹿鸣期末考结束，梁阁也正好去 G 市一中参加今年的 NOI。他们是午后到的 G 市，报到、注册、分配宿舍，一群人闹闹哄哄，这次又分到女生宿舍，去年据说也是住的女寝，仿佛成了个传统。

使这波热闹更上一层楼的是迟来的陶颖——他的发型。他原本是个普通的平头，长得虎头大眼，看着也精神，集训那些天没理发，回来又窝在家自主刷题，头发野草似的疯长，却又长而有型，主要是发尾齐整，冷不丁见着镜子里的自己，越看越觉得有点艺术气息，沾沾自喜也舍不得剪。他今天没跟着大部队一块儿报到，结果一来就被众人围住了，大家摸着他的脑袋大肆嘲笑他又土又蠢，他恼羞成怒一把搡开，只有梁阁自持地站在人群外没掺和，十分出淤泥而不染。

陶颖毅然决然朝他奔过去，双眼晶亮，说："才不管这些没档次的闲杂人等，你觉得怎么样？"

"好像一个……"梁阁低下头看他，"安全帽。"

祝余打电话过去的时候，听到那边吵吵嚷嚷，梁阁说："哦，有个在大叫的安全帽。"

背景里立刻又出现了声嘶力竭的一声哭喊："你再说安全帽！"

祝余跟着笑起来。

G 市非常热，去吃晚饭前梁阁冲了个澡，到食堂时孟访正好吃完和同寝的几个人一块儿出来，两边互相打了招呼——梁阁和陶颖还有张梦冬一起吃饭。张梦冬就是梁阁高一寒假参加某个集训的室友，讼言的，还是那么矮矮瘦瘦，戴个圆框眼镜，因为性子比较软，信竞生们都亲切地叫他"冬冬"。

G 市一中的菜色很一般，青菜太老，肉菜无味，好在梁阁不太挑。他想了想，拿出手机来给饭菜拍了张照，给祝余发过去。

祝余立刻就回了："好吃吗？"

梁阁右手拿筷子，左手拿手机回了个粉兔子摇头的表情包。又聊了几句，梁阁放下手机准备继续吃饭，就对上陶颖和张梦冬的目光。陶颖警觉而狐疑地看着他："吃饭前还拍照，不是吧少爷，你什么时候这么热爱生活了？"

因为梁阁吃穿用度都很阔绰，对人也大方，训练累了，一群信竞生也会偷跑出去撮一顿，他时常会顺手结账，他们于是嬉皮笑脸地起哄说他是"地主家的少爷"。

梁阁夹了根上海青嚼着，没说话，也不解释。

本届 NOI 有将近七百名竞赛生参加，为期一周，竞赛只两天，一试在第三天，二试在第五天，其他时间安排了些参观活动。

G 市太热了，G 市一中安排的行程又过于离谱——四十度的天气坐大巴去博物馆学习城市近代史。回程时，梁阁他们那辆车空调还坏了，一群人闷在大巴里，像置身于充满汽油味的烤箱，烧得人心口发堵，梁阁回来就有点头晕，宿舍里其他人则在疯狂吹空调。

第二天 NOI 一试考完，教练上前问梁阁竞赛体验："怎么样？"

梁阁嘴唇白得可怕，只回道："去医院。"

梁阁开始反复地高烧,一晚上量了三次体温全在三十九度五以上,再活的脑子都要被烧坏了。

钟教练心疼又头疼,梁阁笔试满分,就算中暑也 AK（All-killed 以满分通过）了一试,聪明有天赋到这个程度,满心盼着他争光。这么关键的当口,CCF（中国计算机协会）和 G 市一中安排的什么鬼行程啊?!

教练都急上火了,梁阁在医院住了一天,还是反复高烧,可明天就是第二个竞赛日了。

门突然被敲了两下,有人推门进来,是个男孩子,脸上汗还没干,乌黑的额发湿成几绺,热得脸颊红扑扑的,背着个书包,风尘仆仆的样子。

"你是?"

男孩子一直到进门都神色凝重,听到出声才注意到钟教练,恭谨地低了下头:"老师好,我是梁阁的同学。"

"你从 A 市来的?"

男孩子压着点声音,不卑不亢地,腼腆地笑了一下:"不是,我正好在 G 市考试,顺便来看他。"

钟教练若有所思地点点头,他们交谈的声音不大,梁阁却还是醒了,朦朦胧胧掀开眼皮,瞥见床前的人,瞳光一下清明了。钟教练适时地出去了,梁阁垂在被子上的右手弯了弯,祝余连忙上前握住了他:"难受吗?"

"嗯。"梁阁痛苦地抬起左手,屈肘遮在眼前,嗓音有高烧的哑,"不是在参加论坛吗?"

这是文学社的福利和传统,社长高二暑假可以和辜剑去 S 市参加文学论坛,地点就在 S 大,有许多作家参加,包括某个祝余喜欢的新锐作家,主攻悬疑领域,笔名叫叶蔽。

祝余之前和叶连召提过暑假可能会去S市,没想到他真记得。S大是祝成礼的母校,也是叶连召的母校,叶连召百忙之中居然还特意带他参观了一趟,在七月烈日还未升起的清早,实在称得上有心。

祝余盛情难却,本着一个准高三生的心境,祝余打破沉默时问叶连召,他们那时候的高考难不难。

叶连召倒是直言不讳,带着些许嘲弄:"我不是考进来的。"他说,他那时候连资治通鉴这四个字什么意思都不知道,"你爸可看不上我了。"那时的祝成礼穷得要死,又偏偏傲得要命,得亏顶了张白生俊俏的脸,再土气都天真。

祝余适时地捧场一笑,心里却漠然又鄙夷地思量,不是考进来的,靠关系吗?

从孟访朋友圈得知梁阁高烧进医院的时候已经下午一点多了,祝余刚和叶连召吃完饭,前一晚梁阁就和他说有点不舒服,早上他在微信上问梁阁好些没有,梁阁也发的是个粉兔子摇头。可能忧心作祟,他冒昧地私信了孟访。孟访也不知道太多,他们一队人一窝蜂拥去医院,又被教练轰了回来,孟访告诉他:"应该没事的,明天还有一天,梁神肯定能好。"

结果第二天病情依旧,祝余心里那股焦躁立刻更上一层。叶连召找来的时候他正在订票,火车太慢,高铁也要七八个小时,只剩飞机,上午三趟航班,九点半那趟已经错过了,另有两趟十一点的,不知道来不来得及。

他跟叶连召说,带着些显而易见的急躁,他不在这儿待了,他要走了,他要去G市。叶连召问他怎么了,他垂着眼,只说好朋友生病了。叶连召没再多问,直接送他去了机场,快到机场时辜剑的电话打了过来，他看了眼叶连召，没接。到了机场，叶连召和司机一路送他值机，还非给他办了升舱，这种人情让祝余浑身不自在，只能不停说谢谢叔叔。

叶连召说："没事，以后我到了A市，你也招待我。"

进了候机厅祝余才给辜剑回电话，说家里有事要回去。他的无组织无纪律和先斩后奏引得辜剑大声叱骂。

直到飞机开始起飞，地面在失重中远去，祝余都不知道自己为什么一定要去，他又不是医生，去了有什么用，可就是想去。

祝余的手心触到梁阁的额头，好热，他没回答梁阁的问题，只低声说："怎么生病了？"

梁阁反复高烧，没多少精神，很快又睡了。病房里静悄悄的，叶连召打电话来的时候祝余还在守着梁阁睡觉，看到电话立刻就按了静音，小心地起身出去了。他接起来，那边叶连召先是问他到了没有。祝余连忙说到了，他靠着医院走廊的墙壁，低着头羞惭地道谢又道歉，到了这边，忘记给他回一个电话。叶连召只说安全到了就好。不管怎么样，今天都多亏了他，祝余看着鞋尖又轻轻地说："谢谢叔叔。"

他回到病房，梁阁还在睡。

祝余心想，醒来还烧怎么办？明天NOI就二试了。如果感冒是传递的而不是传染的就好了，他来替梁阁感冒好了，又思及自己中考也是高烧，梁阁这回至关重要的NOI又高烧，真是……

祝余使劲甩了甩脑袋，郁闷地倒了下去。

早上梁阁又量了一次体温，三十八度二。

二试八点开始，七点他们就到了G市一中，梁阁额上贴了个退烧贴，整个人恹恹的。

祝余关切地问:"头还很晕吗?"

"还好。"

清早的天还有些阴,朝云暧昧,并不太明亮。七点二十梁阁准备进校,低声和他说:"没事,我水平还可以。"

祝余一直觉得梁阁是那种可以把中性词说得很傲的人,他说"我水平还可以",几乎可以认定为"我可以拿第一"。但祝余体验过考试时高烧的感觉——眼球充血,字映在眼球里都成了一个个膨大的变体,读不连贯,也看不清明,真真是头昏脑涨,所以他仍然不安。

他看着梁阁进了一中校园,教练和其他信竞生向他走去,围着他关切地问候着什么。众人一齐走到一排茂盛蓊郁的黄桷树底下,梁阁倏然回过头看他,他戴着口罩,只露一双漆黑的眼睛。祝余被他的视线一扫,立刻有些无措,朝他笑了笑,又抬起手朝他挥了挥。

祝余望着他们走远,还没落下的心又悬起来。

爸爸,你肯定已经知道我骗老师跑来 G 市的事了,我知道我不对,晚上你来我梦里狠狠骂我,但现在求你先保佑梁阁的 NOI 吧。

梁阁一路从众人的仰望里走过来,NOI 更是从 NOIP 起全部 AK,鹿鸣的 OI 从他才开始压过附中一头,他不想让梁阁失败,也不想让梁阁低头,就让梁阁永远做人群里的星吧。

机房里呼呼吹着冷气,整个空间里又冷又闷,梁阁戴着口罩,偶尔会低咳几声。他其实没有特别紧张,尽管发烧让他有些思绪繁乱,但他对 OI 从来有把握。二试的题相比一试的难度要更高,一共三道题,梁阁依次扫了遍题:贪心算法压位优化,AtCoder 风格的结论题……直到第三题,梁阁的视线飞快扫过题干,忽然顿住,眉间攒了一下,凑近又看了一遍。

03

太阳在九点的时候破开阴云冒出头来，天气又开始毒辣辣的热，虽然梁阁进考场前让祝余找个店先坐着，但祝余没挪地方。就好像梁阁要孤身上战场，他既然没法陪同，就希望能近一些是一些——他就蹲在考点学校围墙外守着。

七月正午的太阳热得像在炙烤，尽管头顶有树荫，祝余还是晒得一张脸蕉红，胃部还隐隐抽疼。不知道过了多久，他听到校园内传来响铃声，下午一点，NOI第二试结束。几乎在铃声落下的瞬间，保安就见对面楼里跑出来一个挺拔的少年身影，很快，很轻捷。校门口的移动栅栏都还没移开，梁阁也没等到它移开，单手撑在上面，直接就翻过去了，惊得保安站起身大声"嘿"了一声。

祝余听到动静，霍然起身，小腿和脚底还一阵阵地发麻，他用充满希冀的眼神看着梁阁："怎么样？"说完他就意识到问错了，不该问的。

梁阁像块冰一样立着，神色阴沉，闷闷地，没有作声。

祝余几乎立刻感同身受到他那种悲伤，慌乱地安慰："没关系的……啊，不是，那个，我给你说个笑话吧。"他磕磕巴巴地，紧张得口干，"有一天，大嘴鱼在海里游，他……他遇到了鲨鱼，他高兴地问鲨鱼，"祝余夸张地张大嘴巴，"鲨鱼鲨鱼，你要去哪儿呀？鲨鱼说，我在找大嘴鱼，我要把他吃掉，你看见大嘴鱼了吗？"祝余立刻把嘴巴缩得小小的，小声说，"我没有见过大嘴鱼。"

梁阁没有笑，仍然一动不动地立着。

祝余失措地接着说道："我……我再说一个，嗯嗯……有一天，麋鹿在森林里走丢了，他打电话给……"

祝余刚做了个打电话的手势贴近耳朵，突然看见梁阁促狭弯起的眼梢，意气风发又笃定地说道："我稳了。"

一直到梁阁已经反身回去，祝余才恍惚回过神来，稳了！

梁阁走到校门口，又回过身来，退着往后走，稍稍躬着身："我考试的时候，看到你了。"

下午成绩就出来了，前五十名选手拿到金牌，并进入 IOI（国际信息学奥林匹克竞赛）国家集训队，当晚和次日就陆续举行了讲座和闭幕式，许多往届选手也受邀来了。

将近七百名信竞生坐在大厅观众席，不时有选手被叫上去互动，然后梁阁也被叫到了。他感冒已经好了，但还是有稍重的鼻音，他穿了件版型很好的白T恤，黑长裤，高高的个子，握着话筒侧身站在台上，回得简略又自信。

主持人问他："梁神 AK 了 NOI 的感觉怎么样？"梁阁说："好啊。"台下传来一阵笑声。主持人又问他喜欢什么算法，梁阁说："暴力解。"下面继续笑。

"那么今年 NOI 你最喜欢哪道题？"

梁阁稍作沉吟后回道："二试最后一题。"

身后大屏出现了那道试题——教皇的祷祝（pray）：作为宗教国的 c 国发生战火，死伤惨重，教皇为了祷祝余下的臣民……

"很多人都选这道，今年二试难度确实很可以……"主持人概括了一下其他人的看法以及自己的见解，"那梁神为什么选这道？"

梁阁握着话筒思量般地"嗯"了一声，忽然笑了一下，他说："因为，题目里有我最好朋友的名字。"

台下静了三秒，然后是山呼海啸般的起哄声。

闭幕式的第二天才是疏散日,但梁阁不准备留了,跟教练报备过,直接走人。

有人起哄:"梁神凯旋而归啊!"

另一人说:"文盲了吧,凯旋而归语义冗余啊,多久没上文化课了,这老词儿你还错。"

"可以吧。"梁阁竟然说,"凯旋词汇化了,而且,习惯用语不讲道理。"

陶颖稀奇道:"哟嚯,少爷这是你该有的语文素养吗?还词汇化。"

梁阁抬手揩了下鼻尖,好像在笑:"朋友教的,人家有文化。"

词汇量贫乏的高中生们又是一阵呜呼哀哉——这就是那个最好的朋友吗?!

一旁的张梦冬忽然开口,他终于从回忆的深海里捞到一些微乎其微的琐事:"梁神,是玩贪吃蛇的那个吗?"

大家好奇的视线齐齐投来,梁阁低下头,含糊地发出一个单音,不知是"嗯"还是"啊",他利落地抬了下手,"走了。"

祝余正在走廊等他,见梁阁迎面过来,不知道是大病初愈,还是春风得意,整个人好似在发光,他还没来得及说话,被攥着腕子一把拉走。

从一中出来,梁阁裤兜的手机响了,他掏出来扫了眼屏幕,目光沉下去,还是接了:"您好。"然后一直没有说话,步伐猛然停住,旋即蹙起眉,眼底晦暗不明,握着手机良久才应了一个"好"。

祝余难免心忧:"谁啊?"

"霍昙阿姨。"

霍昙阿姨?祝余其实不清楚简希和霍青山的妈妈叫什么名字,思量半晌才联想到,毕竟姓霍。但他记得那天,去霍青山家里找他有没有带走东西的那天,简希和霍昙爆发了激烈的争吵,他从来没有见过那样锋芒锐利的简希:"你明明只要他,为什么不好好养他?爸爸对不起你,霍青山也该死是吗?你既然连着他也恨,又为什么非要他?"

"怎么了?"祝余福至心灵,急切地扯住梁阁,"是不是找到霍青山了?找到他了是不是?"

梁阁点了点头。

"在哪里?!"

梁阁说:"庙里。"

庙里?怎么会在庙里?而且还不是 A 市的庙,在沿海的某市。他到底怎么去的?依照霍昙的人脉,再加上梁译元那边的关系,都找了这么久,可想而知他把行踪隐藏得多么彻底。

霍昙一得到消息就告诉了简希,可简希在电话里说:"你自己不敢去找他,干吗给我打电话,你们的恩怨关我什么事?"可她又补了一句,辨不出情绪,"你找梁阁吧,呵,他最爱梁阁了。"

于是霍昙就找了梁阁:"梁阁,阿姨拜托你了。对了,听说你这次竞赛成绩很好,恭喜你,我把奖励寄到你家里好吗?你爸爸妈妈那边我去说。"她又说了一次,像一个疲惫又操心的母亲,"霍青山的事,阿姨拜托你了。"

简希不去,艾山还被关着参加青训,梁阁问祝余:"你要去吗?"祝余立刻鸡啄米般点头。梁阁笑了下。

两人买了下午的机票,五点多就到了沿海的 D 省,但庙在远山里,也不方便晚上过去。祝余坐在酒店床沿,正在和他妈聊微信,林爱贞打字不太灵敏,一般发语音,问他文学论坛如何,有没有拍照。祝余边像模像样地应付着,边从网上找了些照片发过去,赶在林爱贞问之前解释:"我没给自己拍照,不好看。"

04

第二天，他们颇费了番波折才进到山里，七月底八月初，天热得像在烤，进到山里温度却奇妙地宜人起来，莽莽榛榛，只觉山林灵气汇涌，时而有谡谡林间风，拂过脖颈四肢，清舒爽快。

两人跋涉近半日，终于到了山门，而后是一眼望不见头的长阶，等寻到寺庙，已经午后两点多了，祝余额前沁了层薄薄的汗。这里没人售票，守庙门的只有两座愤懑的力士像。

寺庙坐北朝南，三面环山，占地颇广，较祝余先前去拜的那间要大出几倍不止，而且修缮保存得非常完好，建筑群高低错落，层层有致，宝相庄严。几乎没有游客香火，却半分不见颓唐，气象鼎盛，在祝余有限的人生际遇里，还没见过这样恢宏巍峨的庙宇。

庙里来往的只零星几个义工，周遭太禅意清幽，祝余不敢高声语。他在这趟静默行走中不免想起霍青山，想起那天他脸上通红的巴掌印，想起那些臆断谩骂，他那样活泼爱闹的性子，跑到庙里来，该是多失望落寞。

天光正盛，树木长势萋萋，光斑折在叶面上，丛间蝉鸣阵阵，他们经过两面经幡，穿过斜廊，走到群房院外，只听见男孩子恣意爽朗的笑声，神气活现："是是是，出家人不能斗地主，出家人不造口业。我说小出家人，你怎么还偷着刷短视频？你怎么《楞严经》都不会背？我斗地主都是拿着我小师叔祖手机当着他面玩，他都不管你倒管起来了，给你能的！洒你的水吧出家人，哈哈哈……"

笑声和着脚步声近了，又一概停在了院门口。他们见到一个英俏俊俏的男孩子，潦草地套着身黄色僧衣，头皮剃得发青，依旧是清亮多情的一双眼，怔怔凝视着他们，粲然一笑，眼泪跟着就落下来了。

霍青山生下来就姓霍，不是霍昱和简自昀情变后再改的姓。

简自昀和霍昱少年夫妻，霍昱长得矮，和简自昀身高差极其明显。她的隐私保护得非常好，只暴露过一个和丈夫牵手的背影。但就算只一个背影，在体育论坛里也时常被开一些不太好的玩笑，人称简嫂。

当时霍昱和简自昀决裂，她只要霍青山。幼时简希是最爱她的，哭得喉咙都哑了，五岁多能说出："我也姓霍好不好？我叫霍希好不好，妈妈？"她都不要。霍律师个子矮，心气却高，为了婚姻和孩子放弃事业是她此生最愚蠢的决定，是俗世所谓幸福的迷雾笼住了她的目光。

霍昱迅速与失败的婚姻断舍离，野心勃勃要重整旗鼓，决心再返职场，艰难而忙碌，根本没有精力再兼顾其他，真就像她说的"我只要一个省心懂事的孩子"——一个被闲置被遗忘，还能自己茁壮成长的孩子。

于是霍青山对着空落落的房子一个人寂静地长大了。刚搬到新城市新小区，无措又孤独的他只能安分地被关在家里。他看到电视里说双胞胎有心灵感应，其中一个受了伤，另一个的同一部位也会出现伤口。简直愚蠢至极，可他又想，要是真的怎么办呢？那他可不能让自己再受伤了，简希身上蹭红一点都要哭好久。

"呼呼就不痛了。"

"哥哥再惹你生气，就给你摘一万颗草莓好不好？"

"哥哥只背希希一个人。"

……

他总是牵挂他漂亮娇气又黏人的小妹妹，她最爱妈妈，最黏哥哥，她一定好委屈，明明是爸爸做错了事，为什么她也要被丢下，为什么她要和做错事的人待在一起？

给简希打电话，简希不接，他没有办法，只好打给梁阁，幸好梁阁虽然像个闷葫芦似的不怎么说话，但不会挂他的电话。他说得天马行空，聒噪又无趣，每次他以为梁阁没有在听，梁阁就会应一声。梁阁也告诉他，简希很好，简自昀对她特别好，她不再爱哭，学了篮球、攀岩、柔道，成了个又利落又飒爽的小姑娘。

五年级的时候，梁阁在电话里告诉他："我也要有妹妹了。"难得带了些夷悦的腔调，好似扬眉吐气。霍青山无由来感到另一层孤独。那时霍昱事业早已步入正轨，步步高升，但忙碌已经成了她的生活常态，她也没觉得孩子多需要她的陪伴教导。所幸霍青山心大脸皮厚，嬉皮笑脸的，总是没大没小地"霍律师""霍律师"地叫，也不见生分，甚至让人觉得他俩关系亲密无间——他明明最怕寂寞。

他喜欢上笑声，喜欢人群，喜欢作为目光的中心，他几乎能跟所有人成为朋友，他永远都在被簇拥被环绕，呼朋引伴，可就算这样，他的生活仍然有空白。然后他听人说女孩子都很黏人。

于是他认识了一些女生，和她们一起玩，他先前没觉得哪儿不妥，可徐子瑶的事，他算错了，如果不是和他绝交，徐子瑶的躁郁症怎么会复发？事发当晚，她也有给他打电话，如果他真的去接了，那件祸事也根本不会酿成。

他后来其实想，霍律师那耳光根本没有打错，是他错了。

他不该被霍昱带走，他不该那么像简自昀。

霍青山直直朝梁阁扑过来，又一把将祝余揽过去抱着，头磕在梁阁肩上，无声无息地，男孩子厚实的背脊微微起伏。夏日仍然炽盛，叶面碧翠，梁阁的肩上润湿一片，少年如水的悲恸平静而绵长。祝余心尖都像被掐了一把，抬起手一下一下抚他的背，徒劳地想抚平他郁结的心气。连梁阁都在他青色的秃瓢上摸了两下，饶是敷衍也温情。

好久，霍青山才终于抬起头来，鼻子都是红的，泪眼婆娑，口齿不清，可怜巴巴:"梁阁,我想吃榴梿!"

梁阁摸秃瓢的手一滞。同时群房院门口传来脆生生一声:"你还不去斋堂准备药石?!"是个十二三岁的小少年,也穿着件僧衣,有些黑,手里拿着个木瓢,气势汹汹,他们一望过去,他又畏怯起来,目光往回缩了缩。

霍青山在梁阁衣服上胡乱蹭了几下脸,回过身去,又是一副任性痞气的大爷模样,生龙活虎:"小布溜,你没见我这儿来人了吗?你叫唤什么,还不叫哥哥!"

小少年回嘴道:"出家人……"被霍青山截过去:"出家人没礼貌!"

等小少年被霍青山按着脑袋瓮声瓮气地喊了"哥哥",霍青山又揉着他脑袋笑盈盈嘱咐:"今天我不准备药石了,去告诉大师父吧!"虽说佛教讲究过午不食,但僧人体力难以为继,药石又称药食,就是寺庙的晚饭。

少年一脱离他的魔爪,就恨恨瞪着他,把木瓢里剩的水朝他一泼,噔噔噔跑了。

鸡飞狗跳完毕,祝余还想问他是怎么过来的,怎么会进寺庙,什么时候回去。但霍青山好像又变回了从前那个活泼的他,带着他们四处游山逛水,话变得更多,几乎不给他们问话的机会。来了一个多月,这偌大的寺庙俨然就是他当家了,吃过晚粥,三人一同在石亭纳凉,深山秀水,惬意逍遥。

夜间,梁阁和祝余就在庙里住下,霍青山禅修完就急慌慌跑回来找他们。二人刚洗过澡,霍青山笑眉笑眼的:"你把禅香炉拿这儿来,那不是放床头柜上的。"这是间双人房,床头柜在两张床中间摆着,祝余依言从过道穿行过去。霍青山自从他们来了,就一直小孩儿似的幼稚,时时刻刻都想盯着他们,这下又非要和他们一块儿睡,就睡在寮房里，一副牺牲颇大的模样："我都放弃我小师叔祖了，也不能斗地主了。"

他原本赖在梁阁床上不走，但他和梁阁个子都太高，睡一张并不宽敞的单人床实在拥挤，梁阁不爽到想把他蹬下去。他只好又死乞白赖爬祝余床上去了，霍青山眼梢一垂下来，就显得寂寥又可怜，于是他就和祝余挤着睡下了。

霍青山适应了寺庙的作息，十一点时早已呼吸均匀，在祝余身边睡熟了。忽地，霍青山呓语般咕哝一句："小师叔祖。"一时间，祝余心跳都差点吓停了。

霍青山在祝余悚然的注视下直挺挺坐起来了，梦游似的，恍恍惚惚地下了床，打开门径直出去了。

祝余和梁阁一头雾水。

凌晨四点半寺庙的晨钟撞响了，入住的香客需要跟着僧人一同做早课。六点过堂吃早斋时，两人才又见到霍青山人影，他不以为意地说："我不说了吗？我去找我小师叔祖了。"

三更半夜诈尸似的起来，去找他小师叔祖？

霍青山跌跌撞撞地从酒吧里出来，对着黑暗的巷口和远处的霓虹灯靠墙坐着，像被遗弃了，茫然不知该往何处去。

"然后我就被小师叔祖捡着了。"

"是他带你来这儿的？"

"嗯。"

一个和尚到底是怎么无声无息不留任何踪迹地带他从 A 市来了这里的？对这个所谓"小师叔祖"的疑惑一直持续到中午，他们在群房院外看到几丛带刺的植株上面结着小红果，梁阁问："这是树莓吗？"

祝余惊喜地说:"覆盆子!"

用泉水浸泡,小球状的覆盆子浮在清凉干净的泉水上,鲜红欲滴。身后又响起小布溜气哼哼的问罪声,他长得黑瘦,发育较晚,还没开始变声,一副童音:"说好了要和我们一起吃的!"

他们一齐回过头,霍青山当即雀跃地跑过去:"小师叔祖!"

"小师叔祖"听起来辈分颇大,却只是个俊美的少年僧人,看上去和他们差不多年纪,眉目垂着,双手合十朝他们略低了下头。

这个人,祝余见过,他去文殊菩萨那里还愿时,挤在人群中匆匆瞥见的那位僧人,就是他。他身上有种佛性,不是那种悲悯的佛性,是那种冷眼俯瞰众生、无欲无求的佛性。

回寮房时祝余回头望了一眼,霍青山还在围着那个小师叔祖和小布溜笑闹,年轻的僧人忽然迎着祝余的视线抬起眼来,明明是双黑眼睛,望进去却是茫茫一片无垢的白,祝余脑子里飞快闪现那些背地里的事。他心惊肉跳,倏然收回目光。

05

梁阁和祝余在这儿待了两天,霍青山却丝毫没有回去的打算,寺庙虽然对法师之外的僧人不要求学历,除却他小师叔祖生下来就做了僧人之外,未成年人不能出家,包括那个小布溜都还在山下镇上的寄宿初中上学。

霍青山打算在这里耗到十八岁,直接就出家当和尚了,他说他真的喜欢当和尚,这就是他的终生职业!而且他并不和其他僧人一起睡群房,他在那个小师叔祖房间开了铺,和他睡一个屋子。

霍青山再没在寮房睡过,但他时常揣着他小师叔祖的手机跑到寮房来,他迷上了手机斗地主,这是他做和尚之外的消遣:"你们来看,就这 ID，这个'深藏 bridge'。"

祝余凑过去，看到和他同局的对手，头像是条金鱼。那个"深藏 bridge"手气奇差，牌技更烂，霍青山打牌很聪明，基本都在赢，祝余都觉得赢得没意思的时候，他又说："快了，他应该要没欢乐豆了，等着，马上了。"

霍青山果真立刻就开始输，连输三把，第三把直接被关了春天[1]。

祝余都困惑："怎么搞的？"

祝余接手来打，只出了一个对子一个单牌，那边就赢了。就连梁阁来打，最后也输了："他牌太好了。"霍青山说："他老这样，一开始又菜又慢，等欢乐豆要输光了，就成赌神了。"他百思不得其解，"我都怀疑他有挂，举报了好几次，客服都说没挂。"

他们到这里的第三天下午，艾山来了。他被晒得黑黝黝的，大包小包，像个土匪又像个非洲难民似的来了，一见着梁阁就开始抱怨："梁阁你说你非让我带榴梿干吗，给我熏的，又重又臭！"他好容易从青训营出来，着急忙慌就要来找霍青山，来之前梁阁和他发消息，只说："带个榴梿。"

他有一万个不愿意："什么？榴梿？！要我带个榴梿上山？光上山不是就得爬五个小时吗？"

梁阁："谢谢。"

"……好的。"

他正要述说这一路上遭受的波折苦难，有个影子飞快扑过来，顶着个剃得发青的脑袋："榴梿！"

艾山看着眼前的霍青山："我……咳咳，真出家了，你这头，我瞧瞧我瞧瞧。"他盘核桃似的饶有兴致地盘着霍青山的秃瓢，"哈哈

---

1. 被关了春天：扑克牌专用语。

哈哈哈哈……"忽然又把霍青山一把抱住，重重拍了几下。

艾山买的这个榴梿相当不错，开出来六房肉，他拿出四房给小布溜，让他跟同伴们分着吃。小布溜圆睁着眼，嫌弃又恨恨地瞪着他，又扫了眼祝余他们："你叫这么多人来干吗？佛门清净地，闹得像菜市场。"可他那个别扭的表情，分明是怕他们把霍青山抢走的样子。

霍青山用夹子夹着鼻子盘腿坐在床上吃榴梿，还是那副模样："我真不想走。窗外有风吹过来，霍青山悠哉地笑着，"你们能找来，我特高兴，但我就是喜欢这里，很舒服很干净，你们不觉得吗？"

艾山来这儿的第二天被晨钟吵醒时抱怨道："四点多就敲钟做早课，六点就吃早饭，这谁受得住，祝观音他能起得来？"

梁阁麻木地说："他一天五顿呢，早饭哪能落下。"寺庙其实就三顿饭，但祝余爱吃也能吃，霍青山时常会额外给他做夜宵。

艾山完全无法理解："这早上吃饭嘴里能有味吗？再说庙里能有什么好吃的，肉都没有。我听祝观音喉咙都哑了，是不是念经念的啊？"

吃早斋的时候，艾山和祝余吃得头都没抬起来，满口夸赞："霍青山真行啊，果然是金子在哪里都会发光，人家就算在庙里，现在也是敲钟小领队、斋房掌勺、诵经组长，这就是能力，你说是吧，祝观音？这烧素鹅做的，真烧鹅都没这么好吃！"

祝余点头："嗯嗯。"

霍青山似乎铁了心不走了，成天小狗似的跟在他那个小师叔祖后头。祝余十分忮这个小师叔祖，不只因为那一眼，还因为这小师叔祖身边时常跟着一个特别高大的大个子，比艾山还高，简直是个怒目金刚。他都要以为霍青山真就留在这儿了，第五天中午，艾山因为昨晚通宵打游戏正在补觉，祝余出来时，霍青山正杵在寮房的院门前。

简希站在拱门下,她腿上的夹板已经取下来了,但行走仍不太灵活,不知道怎么上山来的,脸上的汗还没干,嘴唇枯白,神情很淡,看着霍青山:"方便说话吗?"

霍青山喉头滚了一下,坐立难安,像个做错事的小孩子。

简希说:"过来。"

霍青山低着头过去,梁阁拦住他,手伸到他眼前:"给。"是一把覆盆子,清洗过,颗颗红而饱满,霍青山怔怔望着他。

"只有这个了。"梁阁说,"剩下的你用爱糊弄一下吧。"

简希和霍青山去了个比寺庙地势更高些的亭子,祝余才问梁阁:"覆盆子有什么用吗?"

"不知道。"梁阁蹙眉思忖,说,"好像要一万颗草莓。"

祝余完全听不懂,但他想起简希住院时,他去看她,不知道说到什么,他略微有些赧然:"你一直对我很好,刚认识就对我很好了。"无关梁阁,在和梁阁有关之前,简希就已经对他表现出相当大的善意。

当时简希说:"我感觉霍青山长大了,应该是你这个样子的,他跟你那时候挺像的。"她想了想,补充说,"假笑的时候。"她很难描述这种感觉,相似又不那么相似,或许就是斯文、温和、爱笑吧,但本质区别很大,那时候祝余内里是阴沉自闭的,霍青山是温柔沉静的。但众所周知,霍青山长成了一个过度外向的傻瓜。

他们在坡下候了半个多小时,看到霍青山背着简希下来了:"你腿刚好,上山是不是很疼?"简希看上去并不乐意被背,似乎伏上去只是为了哄他开心。"谁让你跑这儿来?"霍青山欢欣又得意,"没事,我背你下去,哥哥有一米八七。"

"你比爸爸矮一截。"

"对不起嘛。"

简希看到他们，愈加不自在："行了，放我下来吧，我自己走。"

霍青山把她放下来，活蹦乱跳地奔上前，嗓音都清越："梁阁儿！"

他冲过来，一把搭在梁阁肩上，笑嘻嘻的，梁阁似乎问了他一句："高兴了？"不知道两个人又说了什么，霍青山笑着揍了梁阁一下，梁阁也笑了，压着他脑袋往下按，夕阳西沉，祝余竟觉得十分美好。

"班长。"祝余闻声回头，简希也正望着霍青山和梁阁，眼底隐约有些笑意，又笑着看他，"你以后欺负梁阁，别欺负太狠。"

祝余眼底有怔忪的愕然，我怎么会欺负他？

简希来的第二天，霍青山就要下山了，那个小布溜站在庙门口瞪着他，眼睛红得要滴出水来。

霍青山笑得咧出虎牙，小声和他说："我还回来，等我参加完竞赛保送了，马上就回来，你告诉我小师叔祖啊！我走了小布溜！别哭，我很快就回来！"

下山路上艾山还在唏嘘，这么大座山，这么大座庙，怎么就没开发成景点呢，庙里都靠什么吃饭？

这附近有个十分宜居的海滨城市，思及马上要经历地狱般的高三，几人索性去玩一趟。到了海边，艾山又叫嚷着要请客，几个人吃了烧烤。饭后，祝余靠在沙发上玩贪吃蛇，梁阁被艾山吵得狠了，精神恹恹地看他玩，看他吃到最大，又看他撞死："啊，你头撞了它尾巴。"

祝余愤愤地说："是它尾巴撞了我的头！"又说，"你不要看我，你一看我，我就会死。"

前一天闹得太晚，第二天众人起床都下午了，祝余骑着辆租来的小电驴快活自在地载着梁阁停在他们跟前，梁阁坐在后座，咬着根冰棍，一副懒散模样。

霍青山抨击他:"梁阁你现在就像个寄生虫。"

"哦。"

祝余对能载着梁阁四处走十分满意,献策道:"我们去看海上日落吧,我和梁阁先过去,你们等下过来好吗?"

霍青山哀怨地看着他们骑车走了,简希突然说:"蛮有趣吧?"霍青山不解地看着她,她笑起来:"梁阁这个样子。"

祝余朝着海骑去,八月热得磨人,暑气都成了波纹状的热浪,整个城市都在这股热浪中扭曲。正逢晚高峰,街上人潮汹涌,溽热,喧嚣,还有即将隐没在山海间的太阳。

祝余心里有满涨的热意,他忽然想到什么,停了下来,和梁阁说,有一点点难言的羞赧:"你再说一遍那个,就是舰长那个。"

"不知道。"

祝余回过头,难为情地小声提醒:"就是祝满满舰长那个。"

梁阁说:"哦,不知道。"

祝余哪里还看不出他故意的:"你知道!你快说。"

梁阁居然又跟着学腔:"你知道!你快说。"

"你又学我讲话。"

"你又学我讲话。"

"复读机!"

"复读机!"

祝余觉得他简直是个幼稚的小学生:"梁阁!"

他真想让简希来看看,到底谁欺负谁呀?!梁阁终于没忍住笑了:"祝满满舰长。"很快又变得严肃,"领航员梁阁请求带你穿越银河。"

祝余握紧了车把:"好。"

出发!

CHAPTER 06
第六章

普通男生

01

九月的清早天气澄和,六点四十,梁阁从餐椅上起身,对熬夜过度正有一下没一下嚼早餐的唐棠说:"等阿姨来收拾吧。"他背上书包,"来不及了,我先走了。"梁槲立即颠颠跑到他前头去,四肢呈"大"字努力抻开,拦在玄关,发财在他脚边拱着:"哥哥,口令。"

梁阁两手托起拦在玄关的梁槲,把他抱到客厅,机械地低声说了句:"哥爱你。"他边出门边低头按手机,给祝余发消息"我出门了",手触到门把,又回过头来说了句:"走了。"

九月还延续着酷热的暑气,道路两侧的悬铃木高得苍翠,祝余推着山地车从小区边的超市慌忙地跑出来,已经看到梁阁骑着公路车朝这儿来的影子,等人到面前,他道:"你好快。"他笑着拎起手里的冰棍,从中间掰开来,一人咬一半,冰凉的滋味在口腔漫开。骑着车,风拂过来,轻快得有些不可思议。

进校时是七点十分,高一新生已经开始早训,穿着不怎么合身的军训服,矮矮黑黑的,看起来青涩又懵懂,祝余不免又回忆起自己刚进高中的样子，感觉已经缥缈遥远得像上一世的梦。以前总觉得长大和未来都好远，可暑假一结束，一下又觉得未来好近，离长大似乎也只有一步之遥，现在进入高三，愈加近在眼前。

鹿鸣上一届高考成绩不差，但也说不上多亮眼，至少不如附中。今年状元出在附中，姓颜，是附中众望所归的男神，数学物理两门竞赛进了国家集训队，最后拿到高考状元的大全才。

于是这届高三抓得尤其紧，除了周五的七八节课是固定的"放风课"，只剩下月假了，班上也正式进入备战状态，无形的张力牵动着每一个人，氛围异常紧绷，下课时说话都忍不住放低音量。

开年级大会做"高考总动员"后，班上又召开了班会，方杳安站在讲台上，他总是不擅长开会讲话，挨了许久才道："大家会不会觉得高三可怕，有压力？"

下面有积极的应答声。

"怎么办？我也有。"方杳安笑起来，"学校似乎对我们班期待很大。"

不谈竞赛，单说学业成绩，上次期末考，姚郡年级第一，祝余年级第二。方杳安是真的压力大，他没当过毕业班的班主任，经验太少，而十班又是个虽然学生出类拔萃却状况频发的班级，很多人聪明淘气不安分，高二一年他就够心力交瘁了，但这些都不能说。

"我想问大家，现在有明确的目标吗？或者俗气一点，梦想有吗？"不等学生应声，他又说，"先认真想一想，下次月考总结我们再谈。"

高二刚开始时上一任文学社社长问过祝余类似的问题，大学想学什么专业，祝余当时没有答案，现在依旧持续着这种茫然。要具体成为一个什么样的人，他没有细想过，但一定要是优秀的、从容的，绝不能是庸庸碌碌的。虽然大多数人都不能成为自己想成为的那种人，只能成为不得不成为的那种人,但不管怎么说,他不能让自己的高三出任何差错。

暑假结束,班上发生了一些变动,比如夏岚要出国,比如霍青山又回到学校。

班上同学在教室看到他一时都有些愣怔,是一种介于尴尬和愧疚之间的状态,但霍青山毫无芥蒂地融入进去,和先前在校的每一天没有任何不一样。他很快又开始呼朋引伴,到哪儿都前拥后簇,会站在队伍前领着全班做课间操,也会跟学校里几个招摇的熟面孔混不吝地打闹,他又变得危险又耀眼,只是不再和女孩子来往密切。祝余想起霍青山在寺庙里,用一片叶子遮住眼睛,抬起脸,在金色的阳光下寂寥又孩子气地说,他觉得学校特别无聊。

他们又在一起打球了,艾山从青训营出来后就一直没白回来,自己都烦恼:"我也觉着有点黑了,怎么搞的,我还用了我妈的护肤品呢!"

霍青山说:"你还用护肤品啊?我以为你用的老抽呢。"

祝余笑得站都站不直。

周五早自习下课后祝余和郑子粤一道去新实验楼三楼整理过往期刊,要和她细说一下事项,也算是交接,等到招新完毕,高三生就正式告别文学社了,祝余也不懂自己是轻松更多还是难舍更多。

郑子粤对此十分郁郁,她没精打采地看着找期刊的祝余,心底说不出的怅惘和迷茫。作为文学社下届的头部骨干,她还远没做好准备,前路困难重重,首先就是剑哥。虽然辜剑对他们很好,却到底是个纪律老师,非常凶,嗓门又大又粗,平时虽然也笑嘻嘻地和他们开玩笑,但骂人的时候是丁点颜面不留的,遇到任何事第一句话就是吼:"祝余呢?!"

学长学姐们一走,他们就成了要扛事的"学长学姐",既焦虑又不舍。她想起第一次见祝余,还是她高一时文学社招新,她天生对人群中的帅哥美人自带雷达,一眼就看到他坐在报名席上。那天下午天气好热又好闷,他情绪不高的样子,半垂着眼在玩一支笔,对周围嘈杂拥挤的人群有隐淡的烦躁,就算这样,都已经好看得清新脱俗了。

　　她马上哼哧哼哧挤开周身碍事的群众,一夫当关般豪情万丈地握着表拍在他面前的桌上,他抬头看她,眼珠乌亮有光,眼底的情绪从漠然到温煦几乎没有过渡,她怀疑他根本没看清她是谁,就对她笑了。

　　因为是祝余招进来的,她就理所应当地跟在他后面叽叽喳喳,只觉得他性格和外表一样恪纯,温温柔柔的,几乎从不生气,可他明明能扛事又有魄力,实在过于周到可靠,所以明明他不想当社长,大家还次次都投他。

　　她想之所以没听过什么祝余的八卦,很大一部分原因是他实在太忙了,班长、文学社社长、年级第二,还不论他平时参加的那些文体活动,每一项都要花费相当大的精力,简直难以想象这些东西是如何平衡的。但他和梁阁关系那样好,她真想就近向祝余打探一下,但又怕祝余认为她聒噪又八卦,只好勉力摁下蠢蠢欲动的心思,忍得十分辛苦。

　　因为竞赛的关系,上学期很少能在学校见到梁阁,她还以为以后就见不到他了,毕竟保送了,结果梁阁还是规规矩矩来上课了。但她也没觉得梁阁有什么不同,还是神色冷、眼神空,倨傲得仿佛目中无人。

　　祝余正在看这期的校报,文学社还真采访了那个叫王晟颖的信竞生,写了一篇宣传稿。

　　王晟颖以极大的热情和信心投入信息竞赛之中,如果说初中时只是崭露头角,那进入高中后两次 NOI 的出色表现都无疑是其实力的最佳证明……面对竞赛男女比例的差距她说：'我觉得首先不能有刻板印象，绝不能畏难，望而却步……从个体上来说，我从没觉得女生比男生差。'

他想起自己上学期那句气话，仿佛一语成谶，十分奇妙。

郑子粤探出头期期艾艾地问他："学长，梁阁有没有喜欢的女生？"

祝余神态自若地看着纸张，眼都没抬："不知道，他很少和我说这些。"

这都不说？男生之间都不讨论这些吗？

"那你们平时说什么？"

祝余说："学习。"

郑子粤几乎被他身上学霸的光芒度化了，讷讷应声："哦。"

正思量着，祝余忽然指着长桌上的几大箱书问："剑哥上次是不是说这些要搬到活动室去？"

她如梦初醒："啊，对，他们怎么没搬过去？怎么办学长？等他们来搬，还是我们搬过去啊？"

"没事，你不用搬。"祝余出了储存室，早上天色有些阴，现在铅云散去，天光又明透起来，楼外的香樟蓊蓊郁郁，他扶着走廊栏杆，探出半身朝楼下球场喊："艾山、梁阁，上来一下！"

她怔了一下，什么？艾山和梁阁？叫校篮球队队长和梁阁来搬书吗？楼梯上已经响起男孩子错落的脚步声，她看见梁阁轻捷地跑上来，高高的个子，稍稍偏着头，有一点点懊恼："第一个不应该叫我吗？"

艾山搬着一箱子书，勤勤恳恳任劳任怨地跟着他们往办公楼去。一道的有个刚升高二的圆脸小学妹，挺害羞又挺活泼一小姑娘，红着脸蛋叽叽喳喳，这边探头说说话那边也笑一笑，雨露均沾，还九十度仰头看艾山："学长你好高。"

祝余偶尔会笑着应和她，梁阁抱着箱子沉默地走在一侧，一路上望树望鸟望草，和祝余一左一右隔开走着。

　　中秋放假前鹿鸣进行了高三摸底考，当晚成绩就发在班群里了，这是祝余第四次拿第二，他暂时还没有觉得高三的课业有多繁重，反而好像找到了学习的关窍，有种豁然开朗般的轻松。群里除了膜拜霸榜第一的姚郡外，也起哄祝余"又是第二"，祝余没觉得第二有什么不好，他认为已经足够优秀了。

　　他的好强并不是一定要当第一，他只是要进入优异的那个行列。他要成绩好也不是一定要拿第一名，想长高也不是非要比艾山还高，以前有人和他说不认可文徵明的字，他也没有挖空心思去临所谓顶尖名家的字，他觉得文徵明的就足够好了，他喜欢就好。

　　国庆假期三校有个联合交流讲座，会场设在附中，高三前五十名参加。

　　当天下了雨，一场秋雨一场寒，雨下得大风刮得更猛，路上行人的伞都被风吹得翻过来，姚郡从地铁站出来，湿淋淋地到了附中，鞋都泡了水。她在班上几乎是从不处理人际关系的，但好在十班非常团结友爱，她一进阶梯教室，钟清宁就抬起一只手温柔地招呼她："姚郡，这里。"

　　女孩子们在抱怨今天的雨："我想让我爸爸把我送进学校的，附中不让进，雨好大。"

　　"我差点被风刮走。"

　　姚郡应和了一句："我也是。"

　　旁边响起男生讥讽的笑声，称得上阴阳怪气："你也是？"

　　姚郡偏头看了那人一眼，收回视线，没有理会。

可男生并不消停，声音反而大起来："什么风能把你吹走啊？"

姚郡仍然不搭理，她身形体重都算不上瘦，但她全部心思都投在学习上，成绩又好，没人会和她说这些。

"我问你什么风能把你吹走，龙卷风吗？"

姚郡抄起桌上的书就扔过去，男生气恼不过，手拍在桌上，腾地一下站了起来。同时，姚郡身后的梁阁和霍青山霍然起身，二人居高临下地觑着他，霍青山笑起来："要打架？"

整个阶梯教室的学生目光都聚过来，祝余匆匆挤过去，见对方是个讼言的男生，和自己差不多高，戴副眼镜看起来斯斯文文挺白净的，祝余问他："有什么事吗？"

男生一副愤懑的样子，也自知失态，挪开视线，眉毛不是眉毛地说："开个玩笑。"

"那有人笑吗？"

男生不说话。祝余看着他，又腼腆地笑起来："有的人走到哪儿都有人笑，有的人只有'走了'，大家才会笑。"

"你！"男生身边的同学连忙把他拉下来坐着，他们也不知道这人怎么了，刚才拉都拉不住，也都觉得他理亏，歉疚地朝这边说："对不起啊。"

男生仍然气哼哼的样子："干吗给她道歉！"他瞪了姚郡一眼，眼角耷拉下去，极小声地嘟囔，"一言不合就打我。"

姚郡的视线在梁阁祝余还有霍青山身上绕了一圈，说："谢谢。"

"没事郡哥，都是我该做的。"祝余急忙说，又殷勤地抿着嘴笑了下，"我的荣幸。"

霍青山笑得打跌，揽着祝余："你原来是个狗腿子啊？"

讲座之后，他们在附中校园里闲逛，广玉兰尽数谢了，附中不如夏天时漂亮，梁阁问祝余："那么崇拜她？"还"我的荣幸"。

祝余也有些不好意思："她全校第一嘛。"还从高一进来就一直第一，强悍得不可思议。

梁阁眼珠稍稍往上抬，看起来很神气："我还全国第一呢。"

"那我忘记说了。"祝余好笑地安抚他，"和你做朋友，是我的荣幸。"

旁边球场有人叫："欸，球！"

篮球飞快地砸过来，梁阁伸手挡了一下，男生追着球跑过来，抱住球说了句"谢了"就要走，又突然停住了。他应该是个田径生，还穿着田径训练服，腿部肌肉发达，晒得有些黑，盯着祝余看了半晌："祝余？"

祝余惊疑地看着他。

男孩子咧开嘴不拘小节地笑道："不记得我了？我郭耀啊，初中我老跟着傅骧一块玩。"

祝余脸上的笑容霎时消失殆尽。

"对了，你知道傅……"

祝余冷冷地打断他："不知道。"他现在听到这个名字，除了全身感到一股恶寒，手上还隐隐有种黏腻腻的温热感。

郭耀的视线在梁阁身上悄悄绕了几绕，低头挠后脑勺："你都不知道，他们家是出事了对吧，他去哪儿了到底……"

梁阁敛起眉，他不喜欢祝余和人说他不知道的事："谁？"

祝余说："不认识。"

祝余下午回到家，整个人烦躁得要命，今天下了一天雨，林爱贞没出去摆摊，正在家里打扫卫生，他进门时看见林爱贞把卧室里那包东西拖出来了。那包东西从搬过来起就没打开过，全是他爸的东西。

林爱贞正在看相册,见到他回来才如梦初醒般草草抹了把眼睛,飞快翻了几页,掩饰着说:"满满,你来看看你的毕业照。"

祝余怔了怔,走过去,是他初中的毕业照,五六十个人的集体照,祝余站在第二排中间,冷漠地盯着镜头。毕业照有两张,第一张是正式的,第二张活泼一些,很多人都和好朋友一起做了搞怪亲昵的动作,只有祝余还是那样冷漠地盯着镜头。

林爱贞问:"满满怎么一个人,是不是和好朋友站太远了?"

祝余没有说话,他那时候根本没有好朋友。

"你小学那个玩得好的朋友呢?你们不是一个班吗?"她视线梭巡,一下瞄到右上角的傅骧,"在这儿呢,太高了站不到一块儿去是吧?"

祝余像吞了一块烧红的烙铁,眉头拧得死紧,他说:"我们关系不好。"

"怎么关系不好了?你们小学不还一起照过相吗?"她飞快翻了几页,真找到一张,抽出来给祝余,"你看看。"

那张照片是夏天照的,树叶绿得很盛,那时候祝余才十来岁,很小,天真稚气地笑着,比了个剪刀手,傅骧站在他后面,下颌抬着,也有个不咸不淡的笑。

林爱贞纳闷:"初一不也挺好的吗?我记得他有一次还骑车送你回来,山地车又载不了人,你就踩在后轮旁边这么站回来的,吓死我了。你还一路揪着人家耳朵,把他耳朵揪得通红的。"

祝余假意笑着把照片接过来,指着另一张照片问他妈是什么时候拍的,林爱贞的注意力被吸引了过去。他背在身后的手捏着照片撕扯。照片过了塑,没那么容易撕毁,他想着等他妈走了他就剪掉、烧掉、扔掉,再也不要看见。

02

祝成礼在祝余小学三年级时花大力气让他插班到一个师资优越的实验小学，他对陌生的新环境十分恐惧，怯弱地站在讲台上做自我介绍，时不时看看走廊外的爸爸。但祝成礼很快就走了，祝余需要一个人面对新班级新同学，他被老师安置在一个靠墙的空座位，同桌是个很顽皮活泼的男生。

林爱贞从小不怎么让祝余吃零食，他拘谨地从书包里拿出一个大橘子害羞地问同桌吃不吃，同桌大笑："我知道这是粑粑柑，粑粑哈哈哈哈……"

祝余不矜不伐地告诉他："我爸爸说它的学名叫春见，春见柑橘，就是春天见。"

同桌并不感兴趣，跑出去玩了，祝余有些气馁，没什么孩子待在教室了。他沮丧地环顾一圈，才发觉后面坐着个不声不响的男孩子，黑眉凤眼精致得不像真人，没什么表情地睇着他。祝余鼓起勇气问他："你吃吗？"

男孩子懒洋洋地打量了他一眼，指着橘子上面那层筋络样的东西，带着种天生的养尊处优："我不吃这些白的。"祝余听了居然真的给他撕起来。男孩子撑着头看他为自己服务，来了兴头似的："之前坐你这个座位的人叫张子钰，你知道他去哪儿了吗？"祝余懵懂地摇头。男生忽然诡异地笑起来："他出车祸死了。"

祝余脸都吓白了，男孩子又笑了，轻慢地看着他手里的橘瓣，颐指气使："剥好了就给我。"他吃着橘子，倨傲地乜着祝余说，"我叫傅骧，凤骉龙骧的骧。"

祝余也不知道自己是怎么和他关系变好的，但至少在小学，他和傅骧的关系非常好，好到形影不离，还一起上了清泉那个不怎么样的初中。

但进入初中后傅骧变得异常暴戾不服管教，或者说他本来就是那种性子，我行我素，仿佛天生反骨，很快就被坏学生们簇拥起来，连对祝余都时冷时热。有次他犯事之后，祝余一直在年级组办公室外面等他等到快七点，天都暗下来了，傅骧出来看见他吓了一跳，什么也没说就直接走了，祝余连忙跟上去。天已经晚了，祝余一直没等到回家的公交，傅骧才不耐烦地说："走吧，我载你回去。"

从五六年级开始，男生们其实就出奇地讨嫌了，祝余长得很乖，但是实际上也不怎么安分。傅骧的山地车没有后座，他就站在后轮轮轴的外凸处，还淘气地揪着傅骧的耳朵，不时会低下头在男孩子耳边笑着讲小话，叽叽喳喳。

但细究起来，好像就是那次之后，傅骧不理他了，带给祝余无由来的躲避与冷漠。只是当时刚进入一个新环境，也正新奇，大家一边融合一边建立自己的小圈子，祝余人俊俏、成绩好，性情也温和，简直左右逢源，和谁都处得来，他也没太把傅骧放在心上了。

他那时候的同桌是个小胖子，成绩好脑子活，刚上初中眼镜已经在鼻梁上压出一道褶了，有张白嫩可爱的圆脸，说话时却自有一股老气横秋的腔调，慢悠悠地，像个可爱的老干部。

祝余特别喜欢他，经常隔着老远就叫他名字，吃饭、做操、讨论作业，干什么都和他一起，因为体态宽吨位重，祝余喜欢从后面推他，还笑着说自己是"余公移山"，小胖子也不恼，索性懒洋洋地往后一倒，就让他推回教室去。他们甚至约好了下次还坐同桌。

变故发生在初一期中考后，祝余听到别人传话匆匆赶到体育器材室，同桌正狼狈地躺在地上。这是祝余第一次目睹这种场合，暴力程度远超乎他的想象，他瞬间吓蒙，下意识就去拽一侧的傅骧："他们在干什么？快停手，你让他们……"他手触到傅骧胳膊的那一刻就被重重甩开了，傅骧用一种全然陌生的眼神盯着他。他甚至不知道怎么了，只觉得遍体生寒，呆呆站了好一会儿才转身跑去找老师。

后来同桌家长来学校闹，闹得很大。同桌回到学校后，再没有和祝余讲过话，也再不和班上其他人说话，又过了一段时间，他转学走了。从那时开始，傅骧尖刻的讥讽和祝余如影随形。

"听说你妈在朝一市场摆摊？"

"用的什么洗发水，难闻死了。"

旁边有个经常和他混在一起的男生捧场似的笑出了声，笑声还没落就被一脚蹬翻了，傅骧睨着他，笑得很冷："让你笑了吗？"

以后再没有人笑，但全班都会静下来，随着傅骧的讥讽看向他，那种尖锐的混杂着嘲笑与怜悯的目光把他扎成了刺猬，少年时最骄傲也最脆弱的自尊碎得一干二净。

最生气的一次是傅骧在祝余站起来回答问题的时候，让人移走他的椅子，祝余一下坐空，整个栽下去，后脑勺狠狠嗑在傅骧的课桌上，摔得狼狈又滑稽，四脚朝天，教室里爆笑如雷，又迫于傅骧先前的威胁死死捂住。祝余眼睛立刻红得充血，站起来直直往傅骧那里冲，泪被锁在眼眶里，牙关震颤不已："你是不是有病？！"被老师飞快拉开了。

重压之下，那段时间祝余心理极度不健康。后来他渐渐麻木起来，学会了忽视和隔绝，他只专心干他自己的事，外界的嘲笑和目光都和他无关，他不理会也听不见。傅骧似乎也玩腻了这个游戏，又或许是长大了一点，不再执着于讥笑他，他喜欢上跟在祝余后面走。

虽然教育局明令禁止，但清泉在初二下学期时还是悄悄分了精英班,班主任是个威严的男人,就是闻歆容的爸爸。他很喜欢祝余,上课夸他,下课和他谈话,偶尔还会叫他去家里指导写作。

并且可笑的是,因为傅骧常跟在他身后,这一下就成了其他人忌惮他的理由了,一时间所有人都默契地遗忘了傅骧对他明目张胆的霸凌。

最开始他和所有人一样,以为傅骧在想什么新的捉弄他的法子,但日复一日,傅骧都仅仅只是跟在他后面走,莫名其妙又诡异,祝余从最先的警惕又回归到麻木,他觉得花任何一分精力去理睬这个人都是浪费。

这种跟随甚至会延续到放学后,傅骧会跟着他回家,一直到他们小区门口。祝余从不问他干什么,也不会回头,他们一前一后走着,一句话也不说,像同路的陌生人。

祝余当时已经搬进很有年头的破旧小区,街道的地砖都裂成一块块,看得见缝里泛着肮脏油光的污水,一目了然的贫穷。进小区有个缓坡,傅骧一般会停在坡下,祝余独自走上去。

"喂!"

祝余愣了愣,在缓坡上回过头。

"小猪。"

落日余晖里,傅骧仰着头对他笑,眼睛狭长。

祝余瞥了一眼,扭头就走了。

但他这样抵触傅骧,听到这个名字都汗毛倒竖,不全然因为傅骧对他的霸凌,还因为他中考前曾被傅骧堵在空教室。

他中考高烧不是因为感冒,是吓的。他当时怕极了,一时血热,被逼到绝处了,根本来不及思考就出了手,然后落荒而逃。不知道傅骧最后怎样了。

他很害怕，第二天醒来就发起了高烧，一直烧到中考最后一天，傅骧没来参加中考，但也没有其他人再问这件事。

他到这时心绪才平静下来，料想傅骧应该没什么大事。

但那天之后，他再也没见过傅骧，这个人完全从他的生命里消失了，高一暑假才有人在初中班群里又说起这件事，说是傅骧家里出事了。那时祝余还在奶茶店兼职，一边想离梁阁远些，一边闲下来又忍不住看他有没有在小群里说话，于是就看到初中班群里的讨论。

他本来都把这个人忘了，可不停有人要让他想起来，为什么所有人都觉得他应该知道傅骧去了哪儿。

03

因为回忆起傅骧，祝余又一晚没睡好，被生物钟闹醒时精神萎靡，林爱贞已经出门了。

趁着假期他把考卷复盘了一遍，说实话他自认为考得很不错，只比姚郡低四分。九点半时手机响起来，他看了眼接起来："叶叔叔？"

叶连召在Ａ市有项目，这半年都在Ｓ市和Ａ市两处频繁往返，暑假祝余和他就见过好几次。

梁阁生日在暑假，八月，祝余一直惦记着那次和叶连召去的餐厅，他期末第二的奖学金刚发下来，想梁阁生日时请他去那儿吃饭，正好回请之前那一顿。但他在网上没找到那家店的联系方式，还特意跑去店里问，人家说他们是会员制，不接外客。结果回来就接到叶连召的电话，问他是不是想去那里吃饭，祝余窘迫又无措，不知他从何知晓，握着手机支支吾吾，电话里叶连召只让他去吃就行，他低头看着鞋尖讷讷道谢——否认然后拒绝似乎更妥当，但他真的很想梁阁生日时请他去那儿吃饭。

祝余捡的那只巴西龟在他的伺候下八月顺利孵蛋成功，虽然只孵出三只，两只绿油油的，剩下那只却是白身红眼，都还小小的，憨态可掬。他特意在养龟论坛里问那只白龟是啥情况，人家惊喜地回他说这是天然白化龟，现在市场被炒得很热，几千一只，有好些人私聊他问价。

这么贵？他又看到说白龟属四圣之一，在古代被视为神灵，能避邪挡煞，长寿纳福，长长久久，寓意极好。他立刻就想送给梁阁。

受得照拂一多，他就不可避免地无法拒绝叶连召的邀约，于是就又见了好几次，当然，瞒着他妈。对大多数人来说，认识叶连召都应该是天上掉馅饼的好事，他多金英俊，事业有成，每次见面都给祝余带礼物：热门的电子产品，全套的篮球装备……要说男孩子不喜欢这些东西那是假的，但祝余从来不收。

他不清楚爸爸怎么多了一个这样富裕阔绰、背景深厚的朋友，明明家里贫苦困难的时候这个人从没出现过，现在却和他说："有什么困难你就和我说。"祝余看不清他的意图。

他们年岁经历都差距太大，没什么话讲，叶连召又阴沉严肃存在感极强，回回祝余还没去就想逃，但有次他无意中提过一嘴《楢山节考》，下次见面时叶连召竟然说，"我看了那个电影，《楢山节考》是吧？"

祝余微怔，叶连召坐下来，解嘲似的："那个楢字，我还不认得。"

祝余冷不丁想笑，这样直白的"文盲"让他想起梁阁。

就是这次之后，祝余不再那么抵触他，即便仍然不怎么说话，为了不耽误学习，叶连召会让他在那儿看书做功课。他刚开始还不太自在，总误会叶连召在看他，可抬头却见叶连召只是翘着腿坐着看文件，渐渐适应之后，反倒觉得清静舒适起来。

在这种氛围下，叶连召都没那么骇人了，祝余想起来问他："叔叔，你有小孩吗？"

叶连召从文件中抬起头："在国外念书。"

祝余点点头，原来他有孩子。

高三国庆有三天假，电话里叶连召问他明天是否有空出来，祝余应了好。

最近叶连召见他，会给他带些精致的点心或者地道小吃，还送了他叶蔽的新书签售本，写了寄语，不贵却有心。祝余不好太表现出来，但其实很喜欢。

他忽然想起昨天林爱贞拖到客厅的那包东西，匆忙跑出去，果然还在那里。他又翻出那本相册，翻找了半天，终于找到夹层里的照片。那是一张祝成礼大学时期的合照，上面的祝成礼还很青涩，意气风发，旁边的男人也极年轻，穿着阔气，真是叶连召。这样看来两人关系应该确实不错，祝余的心稍稍放下来一些，把相册放回去时看到了压在底下的旧手稿。

祝成礼的写作习惯是先写手稿，再打到电脑上，所以手稿有厚厚几札。祝余翻开来，手稿很有些年头了，纸张都干硬发黄，除了稿子还有很多是他爸的生活随笔。

祝余粗略看了一些，渐渐又定下心神来阅读，好多是写他小时候如何淘气可爱，他看得眼热又想笑，换了个省力的姿势靠在矮柜上继续看下去。突然，他定住了。他把那几页反复看了一遍又一遍，眼神失焦地抬起脸来，屏息太久像忘了怎么呼吸。

他还在学校的象牙塔里，看到的大多还是正义战胜邪恶，努力会有回报。他以为他爸是时运不济，是身体不好才拖垮了人生。祝成礼叫祝成礼，没什么高雅脱俗的寓意，是家人希望他长大了能住城里去。

祝成礼大哥小学毕业就给人拌水泥扛大包，几代人拼死拼活才供得他出了头，却被另一个阶层高高在上不以为意地打压了，就因为那样一个可笑的理由。他意气风发，一身傲骨，被权势压得低到尘埃里去，后来又卧病在床，变得枯瘦。

祝余遍体生寒，他回想起他妈对叶连召的态度，他妈肯定是知道的，所以才死死把他护在身后。他把手稿攥在手里，忽然想狠狠甩自己两耳光，他怎么敢？一时间自我厌弃到极点，一想起他和叶连召说谢谢，喊他叔叔，觉得他对自己好，就想作呕。他把那本叶蔽的新书撕碎，明知无济于事还是神经质地抠喉咙管想把那些点心吃食吐出来，他又开始自我惩罚——他背叛了他爸。

放假最后那天，他没出去，也再没接叶连召的电话，手机振个不停，他面无表情地坐在书桌前做题。

整个国庆假期祝余的睡眠质量都很差，思绪乱成一团，收假后也一直情绪低落，有人来找他说话，他才翘起嘴角笑一下，梁阁的脸偏着斜斜出现在他视线中央："不开心？"

祝余失神地望着他，良久，笑着摇头，他加快步伐，听到梁阁在后面说："干吗不说？"

他觉得离奇，他爸被叶连召害得前程尽毁，而他和梁阁这是在干什么。可梁阁怎么能一样？梁阁当然不一样。

他回过身去，望着梁阁："你快一点啊。"

年级组做了新调整，高三每周五下午的放风课取消了，改为每周日的第六节课提早放学。

周日下午第一节课做上次考试的总结，教室后墙贴了张很大的成长单，是年级组发的。鹿鸣给在高三安排了十次模拟考试，每次成绩都要填上去，还有梦想职业、目标院校和理想分数。

方杳安又不得已站在讲台上重申"梦想"的议题，他说："我知道大家可能到现在还没有目标没有梦想，其实没关系，我在你们这个年纪也差不多，我从来没想过要当老师，未来不可控。但我希望大家，就算还没有目标，也先尽最大努力对待高考，等到未来有了想做的事，才不会后悔现在没有努力，才能有奋斗的余地，有梦想实现的可能。"

所以虽然表发下来了，但方杳安也没要求他们一定要填。

第六节课下课，高三就放学了，祝余和他们打了一个小时篮球，运动让身体久违地热起来，整个人充满活力又一身轻松。他和梁阁推着车咬着冰棍出校门去，又谈起未来和梦想。对梁阁来说 NOI 是升学捷径，散打是为了防身，学琵琶纯属被逼无奈。

"那篮球呢？"

梁阁像从没想过篮球，思忖半晌后答："是游戏。"

是游戏，是兴趣，兴趣只能作消遣——兴趣是让人快乐的消遣，一旦成为生存资本，就会光环全失，沦为一块踏脚石，就像把驴拴在磨盘上的绳鞍。

祝余深以为然，他喟叹说："那你也没有梦想。"

梁阁眼神空空，不知道在看哪儿，他想起去年这个时候他弟好像也问过他这个问题："梦想是什么？"

祝余稍作思量："大概是，你想干一辈子的事吧。"

"哦。"他们一齐看着夕阳在城市尽头坠落，思考起来。

路边停了辆迈巴赫，祝余多瞟了两眼，结果车就朝他们鸣了笛，后座的车窗降下来，露出叶连召的脸。

祝余一时间脑子嗡嗡作响，他不知道为什么叶连召会出现在这里，他还没有做好再面对他的准备，他看着叶连召，深切地体会到一种掺杂着恨与无能为力的悲哀。

他骨子里天生带着以牙还牙的劣根性，可他太渺小，渺小到以他目前的阅历和能力几乎想不到任何方法或者未来有任何可能去击溃这样一个社会背景深厚的人物。他盯着叶连召，过度的威慑和恐惧让他肢体发僵，可叶连召的视线绕过他，停在梁阁身上："梁阁？"

梁阁也略有错愕："叶伯伯。"

祝余推着山地车怔在那里，如遭雷击。

叶连召下了车，眼角牵起些笑纹来，语气熟稔自然："怎么在这儿遇见你了，这是你学校？"

"嗯。"

叶连召这种天生优越感强烈的人，就算之前有意拉近和祝余的距离，对他示好时都显得高高在上、纡尊降贵。现在的他俨然是个亲切的长辈："这么高，比我都高了。"叶连召的手拍在梁阁肩上，和他寒暄起来，内容是关于梁阁爸爸的。

祝余看着叶连召搭在梁阁肩上的手，觉得一阵反胃，神识仿佛被抽离了。他不知道他们又说了些什么，也不知道叶连召什么时候走的，更不知道叶连召走之前有没有看他。他睁着眼睛一动不动，梁阁骑着公路车绕到他身侧来："走不走祝满满？"

祝余仍然失魂般站着，梁阁去触他手臂的瞬间，他侧着肩膀避开了。梁阁的手僵在那里，有片刻的失神，看着他："怎么了？"

祝余不说话，梁阁又去抓他的手腕，祝余立刻反应过激地挣动，梁阁蹙起眉："到底怎么了？"

祝余挣脱不开，抬起头来看他，一双泅红却锋芒毕露的眼睛，极力压抑着情绪："你先不要碰我。"

可梁阁钳着他，声音跟着沉下去："我问你怎么了？"

04

夜间十一点过半,祝余坐在小区公园的秋千上发呆,深秋的晚风让他的神经得到短暂的松弛。

他和梁阁吵架了,这半年来他们从没吵过架。

他清楚那时候自己不冷静,思绪很乱,是迁怒,可他控制不住:"我觉得很烦。"

梁阁压抑着怒气看着他:"因为我吗?"

祝余手腕被握得极疼,他对上梁阁的眼睛,忽而笑了:"对啊。"

就这样,来回这么几句话,就吵架了。

他知道梁阁一定烦躁又无辜,对他突如其来的发难一头雾水,但他当时太害怕了,慌得六神无主,只想逃。

他看着叶连召触碰梁阁,很可笑地,第一反应是梁阁被叶连召污染了。梁阁在他心里几乎可以和所有人隔开来,他一厢情愿地将关于少年、关于世界所有的美好都投射在梁阁身上,可叶连召和梁阁站在一起的那刻,他荒谬地感到——梁阁坍塌了。他怎么会想到梁阁认识叶连召?

他想起那时简希和他说:"如果你想走捷径,就和梁阁搞好关系。"他当时不懂个中意思,他以为梁阁只是个家境优越些的男孩子,没有想过这句话背后有这样深的含义。

梁阁生日那天,他如愿请梁阁去那家餐厅吃饭,尽管先前去过一次,又尽量表现得大方得体一些,心下还是惴惴又忐忑,所幸一切都很顺利,直到他去结账,被告知梁阁已经结过了。

梁阁不甚在意地说:"我生日当然我请。"又解释说,"我妈有这儿的卡。"

祝余很别扭,像做了件蠢事,成了一个小丑,充阔绰被可怜,自尊心变得很低很低。

他心里还存在着某些男性的固有思想，比如一直让朋友花钱很丢脸。他问梁阁："我们每次出去玩都是你在花钱，那算什么？"

梁阁低下头觑着他："算你的本事。"

他倚着秋千的铁绳，脑子里嗡嗡震震，周身渐凉，沸腾的思绪仍然难以平息。他不知道如何形容今天下午的惊惶、无措与恐惧，还有种微妙的背叛感。梁阁在他心里有多干净，多优秀，他怎么会认识叶连召呢？他们站在一起的时候，就像同一个世界的人。

周一早上下了雨，祝余在小区前等了一刻钟，坐上了公交，梁阁直到第一节课快上课才来。身后椅子被拉开，梁阁坐下来的瞬间，祝余握着笔，几不可见地瑟缩了一下。

梁阁没找祝余，也没和他说话，只是翻动卷子看了几眼，就开始做题了——梁阁生气了。

祝余闭上了眼睛，他其实知道自己错了，是他无理地迁怒了梁阁，他想和梁阁道歉，又害怕面对他，他感觉在被剧烈地拉扯。人一旦陷入情绪的泥淖里，就会疯狂内耗，越来越乱，他甚至透过叶连召，看到了梁阁的另一种可能性，这种臆想让他毛骨悚然。

林爱贞回家时已经快十一点了，她提着备料上来，头发有些乱了，有几缕散在褐黄的脸上，看起来麻木又疲劳，只开了一盏侧灯，在小心地忙活，明天一睁眼又要开始风吹日晒地操劳。

祝余看着她，她原本可以不用过这种生活。他压抑不住心口盘踞的黑暗情绪，像个幼稚又无能的愤青，他开始憎恨这个世界运行的规则，憎恨人有高低之分，憎恨人对人隐形的主宰，憎恨几辈人的挣扎毁在一场权贵单方面追逐的"儿戏"中。

他一下觉得好冷。

上了高三之后，课业加重，祝余更多时候都在独自做题，梁阁也不常在教室，他情况特殊，经常还和高二时一样泡在机房，因此也没什么人看出他们吵架了。

冷战让祝余得到短暂的喘息时间，他得过且过地逃避着。

周五的体育课，老师宣布解散后，他和艾山走在球场边缘，正好碰上梁阁和几个人从综合楼出来。祝余几天没和他打照面，乍见他猛然有些局促，梁阁和平常没什么不一样，别人说话他也不怎么搭腔。

他们迎面而过，艾山朝他招呼了两句，梁阁将头朝这边侧了侧，只"嗯"一声，视线毫无停留地从祝余身上掠过去，错身而过。祝余有瞬间的闷窒感，他狠狠掐住了自己。

艾山这才发现端倪，看了眼远去的梁阁，又看看他："你们这是……吵架了？"

祝余没吭声。

艾山好似见了鬼："你俩还能吵架啊？！"

要命了，祝余从来温温柔柔，见谁都笑，见到梁阁更是眼睛直接弯成俩豆角，梁阁平时说话都少，就这还能吵架，怎么吵起来的？

祝余没说话，只对他笑了笑，艾山识趣地不多言，说他先不上楼了，在楼下打会儿球。

于是祝余独自上楼。高三课业压力大，大多数人已经回教室了，有人在边对答案边呜呼哀哉地抱怨："早知道念国际部了，我初中同学念国际部现在好爽。为什么我要读高三，为什么我要高考，还是主席有远见，我也想出国啊……"

"他们竞赛生也有签国外名校的吧？有个被 MIT 全奖签下的。"

"我知道啊！就我初中学长，去年 IMO 金牌第四，神人。唉，明年 IOI 出来，梁阁搞不好也去 MIT 了。"

祝余恍神片刻，又继续低头做题，写到最后才发现公式代错了，手忙脚乱地订正，不知道怎么，舌根发苦。

那天他在 G 市一中门口紧张得惶惶不安，结果梁阁事后跟他说，他初中就靠信息竞赛签了 Top2 大学的一本线。而且他 NOI 一试和笔试分数都太稳，属于就算二试的三百分只得一百分也能稳拿金牌。

他没有失败的可能，他甚至还有更多更好的可能，比如 MIT。

明明两个人那么近，打球、聊天、玩闹时都那么和谐，可是稍微考虑到现实的外化一点的东西，就会发现两人其实天差地别。祝余有种遽然而至的无力感，像被一拳从梦里打醒，又被压了千斤重的东西，要他脱了鞋，朝一万米外的终点跑。

他回忆起刚才梁阁错身而过时冷淡的神情，那种眼高于顶的骄矜，目光瞥都懒得瞥到他身上。他猛然发觉，他和梁阁之间的鸿沟大到如果不是梁阁主动靠近，他根本摸不到梁阁的世界。心里的天平朝另一个极端倾斜，他一团乱麻。

周日第六节课下课就放学了，但仍然有许多人自发留在教室自习，王洋在外面接完水进来，居然难得看到祝余在玩手机。他笑嘻嘻地蹿上去拍祝余的肩膀，冷不防瞥见祝余的微信界面，祝余立刻就熄了屏。

"班长，你加了英语老师微信吗？"还置顶了。

祝余笑着把手机塞进桌兜，心不在焉地应付过去。

梁阁一个人在打球，下午落了雨，球场还有些湿，他低着头坐在球场边某块干燥的台阶上。旁边有个小孩子在湿着的沙堆里运土，梁阁瞥了他一眼，又瞥了一眼，终于起身走了过去。小孩子看见他走过来，直接吓得缩成一团，眼珠都不会转了，心想：这个哥哥好高好凶。

梁阁半蹲下来，问他："玩猜拳吗？"

好一会儿小孩的眼珠才敢动："石头剪刀布吗？"

梁阁点头："赢的可以让输的做一件事。"

小孩子立刻警觉地声明："我没有钱！我爸爸妈妈也没有钱！"

"不要钱。"

小孩子同意了，喜滋滋说："我赢了想吃冰激凌。"结果一出就输了，又出又输了，连输了三次，才丧气地说，"哥哥你要我干什么？"

梁阁给了他一百块钱，才说："你跟我说'去找他'。"

小孩子攥着钱懵懂地盯着他。

梁阁抿了抿薄唇，侧了下脸，又说："跟我说'去找他'。"

小孩子呆呆地说："去找他。"

梁阁站起身，咳了一声："是你叫我去的。"他有点脸红，压着眉，"那好吧。"

这一周Ａ市都大雨小雨不断，淫雨霏霏，气温愈发低了，祝余捧着手机从公交上下来，地面还泛着湿。不知道和情绪有没有关系，这周的各科小考，祝余成绩都不太如意。所有事搅在一起，太阳穴一抽一抽地疼，冰冷的湿气仿佛渗进他身体里，好冷。

祝余已经对着梁阁的微信聊天界面半小时了，他一周没和梁阁说过话了，心仿佛空了一块，这几天他总是想起那天梁阁的样子，倨傲冷漠得几乎把人冻伤，他真的受不了，他甚至觉得比起叶连召，和梁阁吵架更让他痛苦。

他停在街边看着手机，要先发"对不起"吗？微信上道歉是不是不好？可是梁阁现在在哪儿？直接去他家吗？也进不去呀。倒是可以先找简希，让简希带他进去，早知道不下下车了。他焦躁地转身又要往站牌去,就被人从后面拎住了书包。

祝余吓了一跳,仓皇偏过脸瞥到梁阁冷冽的侧脸,当即噤了声。他被一路拎进小公园,还没站稳,梁阁就把他的书包扯走了。梁阁站在公园的水池边,他满身低压,整个人看起来又冷又烦躁:"跟我说话。"见他呆呆的没反应,又不耐烦地加重音说了一遍,"跟我说话。"看样子,祝余再不说话,他就要把书包扔到池子里去了。

又这样,小学生一样幼稚。

祝余看着他道:"对不起。"他又说了一遍,牙关都在隐隐打撞,"对不起。"

梁阁长出一口气,眉还是蹙着的:"所以为什么生气?"梁阁真的想不通,他想了一周,头都要炸了,冷战磨死人,"我很烦人吗?"

祝余使劲摇头,梁阁从始至终都是无辜的:"不是不是……"

梁阁执拗地又问"那到底为什么?"

祝余不可能把他爸的事告诉他,他自己都觉得荒谬,只能说:"你太好了。"你太好了,我受不了你和叶连召站在一起;你太好了,我害怕我追不上你。

梁阁愣了一瞬:"我太好了?"

祝余说:"你对我好,不是我好,而是因为你好。"不是因为他值得梁阁对他这么好,是因为梁阁本性就好,梁阁对任何一个朋友,都会这么好。

不得不说,以梁阁的语文素养要理解这段仿佛绕口令的话是十分困难的。

"我,"像不知道该说什么,梁阁抿了抿嘴,脸撇到一边,烦躁地"啧"了声,"我……你把我想得太好。"他又说,"我没那么好,我装的。"

祝余惊惶地抬起眼看他。

梁阁眉眼低低的："刚认识你的时候就很想和你说话。打完球，怕有汗味，我会穿上外套。我看了很多……难看的电视剧。我语文很差，我不吃香菇，我还有很多不会的。"

祝余出神地看着他，仿佛又回到高一那个冬天，梁阁隔着一条街和他说"梁阁还不错，你不要怕我"。

城市夜晚的路灯刚刚亮起来，朦胧而温暖。

"怎么办，祝满满？"梁阁失力般低下头，挫败又落寞，"我只是个普通男生。"

祝余怔怔愣在原地，好久，才小声地仿佛气恼地反驳："你哪里是普通男生？"

明明，我的宇宙都靠你发电。

他慢慢倾过去，柔软地说："对不起。"

他从没想过梁阁是"装"的，他笃信梁阁干净正直天生无所不能，就算梁阁这样直白地告诉他"我只是个普通男生"，他也不要相信，普不普通根本不由梁阁说了算，他想，梁阁就是人群里的星。

他说对不起，一是他因为叶连召而无理地迁怒了梁阁，并且私自臆断，认为"梁阁坍塌了"；二是他让梁阁这样难过了，他怎么能让梁阁这样难过。

梁阁呼出一口气，小孩子闹脾气似的郁闷："你总让我说很多话。"明明他很讨厌说话，又很不会说话。

祝余不知道为什么，听他这样抱怨，像欺负了他一样，内疚又好笑："很烦吗？"

梁阁挪开眼神，用一种明明很烦但又没办法的语气否认："没有，累。"

说这几句话就累了？

"很难吗？"梁阁拧巴又固执地问，"有事就告诉我很难吗？"

可有些事祝余真的没办法告诉他，他也准备永远都不告诉他。

他只是再一次地说："对不起。"

05

于是这一次莫名其妙的吵架就这么笨拙地遮掩过去了，但祝余仍然持续着那种茫然与焦虑，他不知道那天叶连召的车停在校门口是不是在等他，他也不知道，叶连召为什么接近他。

还有 MIT，他根本不敢想 MIT，他也不敢问梁阁会不会去 MIT，如果梁阁真的能去也想去 MIT，难道他能让梁阁不去吗？多自私可恨。他甚至对未来的方向都迷茫，他思量着或许该参考一下别人的理想目标，因此他去问了简希。

简希看起来就非常独立果决有主见，可简希说："没有，我才活十几年，怎么能决定好以后几十年的事。"她看着他，"阅历和视角都受限，现在选了以后也不一定会喜欢，就算喜欢也不一定不会变，太早了。"

就连问艾山为什么打篮球，得到的答案都是："因为我个儿高啊。"再问他以后会不会往职业的篮球运动员发展，他也只是说："再看吧，谁知道呢？"

他们这群人里目标最明确的居然是霍青山——他坚定地要当一个和尚。

那时候在山上，简希告诉他："你想当和尚，可以。你先参加竞赛获得保送资格。"于是霍青山真就预赛、复赛、决赛一路亨通地拿到了保送资格。

祝余不免有些羡慕，或许还掺杂着一点点嫉妒，真好啊，这么聪明，做什么事都容易。

拿到保送资格后霍青山就收拾东西准备回庙里了,简希没有拦他,霍青山离开的前一天是周日,第六节课放学后他们聚了一次。又是艾山订的包间,他总是很大方周到,到的时候五点了,吃食和饮料已经上了。

祝余中途出包间去了趟厕所,再回去的时候简希正站在门外,他正要问简希怎么不进去,简希就告诉他:"包间里有洗手间。"

祝余有片刻的羞窘:"啊?哦。"

简希不期然凑到他眼前来,注视着他,眉稍稍蹙着,看起来有一点懊恼:"你在焦虑?"

祝余下意识后仰了些,"什么?"

简希直起身说:"明天还要上课,别进去跟他们闹了,跟我过来。"

祝余现在一米七九,最近没体检,他也不清楚简希现在的身高,但男女身高相近的情况下,女生在视觉上是要比男生高的,不知道是不是这个原因,祝余在简希面前总觉得要矮一截,非常听话。

他什么也没问就跟简希走了。简希带着他从逃生楼梯下去,下一层的门没有封,拉开来是个小阳台,这个点夜幕已经降临,看得见下面路上穿行的车辆和行人,霓虹璀璨。

初冬时节,祝余随着简希伏在铁栏杆上,心里的郁结被冷风吹得散开,面颊上漾起一层薄红,周遭寂静,简希平淡地说:"有人跟我说你在焦虑。"还因为自己是哑巴,非让她来梳理开导一番,简希侧过来,悠闲地审视着他,"有吗?"

祝余失神了一瞬,没有说话。

"没有梦想,你会因为这个焦虑?"

他当然不是因为这个而焦虑,"没有梦想"只是梁阁可能会上

MIT 带给他的冲击和落差蔓生出来的一些细枝末节，算不上他真正的烦恼。

他一直不说话，简希只得自顾自完成使命："我以为这种说法就是学校用来激励中等生或者差生的，高中生的梦想就是个大学志愿罢了。"她虽然不理解祝余这种绝对优等生为什么为这个发愁，但还是温柔地劝解，"不要多想，你先尽全力努力，稳住第二或者争取第一，等你有选择的余地再去考虑怎么选择。"确实，一直焦虑反而不如直接努力来得实在。

"嗯。"祝余看着她，笑起来，"谢谢。"

他们回包间的时候，其余三人齐齐望过来，霍青山和艾山都问："你俩偷偷干吗去了？"梁阁没有出声，祝余走到他身侧坐下。

霍青山这次不是突然离开，是聚了再散，没那么悲伤，不舍要更多。九点多的时候散场了，他们一行人站在街边，霍青山半躬下身来，看着祝余，左侧的虎牙都笑了出来："祝观音好好学习啊，放心，以后每天庙里做早课，我都会跟佛祖说保佑我们祝观音高考顺利，金榜题名好不好？"

祝余看着他，那些被嬉闹笑意掩下的不舍终于还是袭上心头，祝余真不知道，为什么会有人想去做和尚，他从没想过他身边会有人去做和尚，还是霍青山。他想起高一的时候，霍青山明亮又讨喜，开玩笑似的揽住他说："这是我女儿！"好像已经过去很久了。

祝余重重点头："好。"

艾山在一边佯作不满："只保佑祝观音啊，我们呢？"

霍青山说："都有！哪能少了你啊。"

几个人又在街边打闹了一会儿，艾山叫的车到了，上车后他探出头说明天学校见，又嘱咐霍青山："你好好在庙里做饭念经，发展人脉，明年高考完我去你们庙里避暑。"

"你们怎么回去？你们先走吧，我看着你们走。"霍青山挨着简希站着，看着祝余和梁阁说。

梁阁正要叫车，祝余就说："我们坐公交吧？"他喜欢在公交上和梁阁说话，坐出租车感觉很局促。

在站牌下等了没一会儿公交就来了，等他们上了公交再回头，霍青山和简希还站在公交站牌的路灯下，霍青山笑着朝他们挥手，或许人生本来就是不断相聚又离别。

CHAPTER 07
/// 第七章 ///

我叫傅骧

01

入了冬，气温骤降，十一月下旬大家已经都换上臃肿的冬季校服，教室里开了暖风空调，空气窒闷。祝余偷偷把窗开了条缝，冷风顺着缝隙溜进来拂到脸上，清爽又醒神。

高三的日子枯燥又高压，课业繁重，起初几个月祝余还没觉得多无聊艰苦，可霍青山回庙里继续当和尚了，艾山去参加选拔赛了，梁阁去 B 市参加 OI 国家队集训，周围一下空了许多，也静了许多，只剩前座还有个王洋，多少有些孤单。

气温愈低，班上的高考氛围也愈紧绷，祝余眼涩疲惫时习惯性抬头望姚郡的背影，用她的专注来自我激励，结果好几次看见她烦躁地揪刘海。姚郡最近明显觉出些紧迫感，因为祝余追得越来越紧，差距在一点点缩小，接连几科小考祝余的分数都比她高。

今年冬天格外冷，天寒路滑，林爱贞不让祝余骑车了，祝余坐上早班公交，车上装满了困倦又勤勉的高三生。

又一个周日下午，祝余出校门时，再次遇到了叶连召，果然上次是在等他。祝余看着他挺括昂贵的西装，身后价值天价的豪车，面上平静又稍有错愕："叶叔叔。"

他又上了叶连召的车，他之前想过很久，叶连召为什么接近他。他能判断出叶连召对自己没什么恶意，大概率也没什么企图，他之于叶连召，大概是一个供他怀念的小玩意儿，权作解闷用，得闲时逗一逗，丢了也不可惜。

叶连召忽然问："你认识梁阁？"

祝余平静地点头："我们是同班同学，有时候会一块儿回去。"

叶连召若有所思，又问："怎么没骑我送你的车？"

"我妈妈发现了，问我是哪儿来的。"祝余黯然地垂下眼，"我就没骑了，也不好再接你的电话。"

叶连召露出些厌烦的神色，带着不以为意的轻鄙，视线投到别处："你妈？"

祝余真气不过，腹诽道：你凭什么看不起我妈？他呼出一口气，故作恍然："对了叔叔，我上周在家还找到一张你和我爸的合照呢。"

叶连召霍然扭过头来看他，眼神惊愕，称得上失态。

祝余想起小时候看的地摊杂志，说人一辈子都对求而不得的东西念念不忘。这种感情不一定有多真，反正不足以让他们放弃任何利益相关的东西，但会带来些虚假的自我陶醉的愉悦和怅惘。

祝余弯着眼睛笑起来："是你们大学时候拍的吧？我看我爸好年轻。"

"你在你家里找到的？"

祝余一副懵懂的"不然还能在哪儿找到"的神情："嗯，夹在书里。"

"什么书？《资治通鉴》？"

祝余眼里有一览无余的惊诧："叔叔你怎么知道？"食指在椅面

不耐烦地敲了敲,家里有《资治通鉴》吗?他冷眼审视着眼前心神不宁又强作镇定的叶连召,就像高一语文课老师让他们解读周朴园,残忍、虚伪、道德沦丧。不过祝余也不知道为什么那张晦气的合照还被留着,姑且当他爸忘了扔吧。

　　叶连召又开始频繁送他礼物,也频繁来见他,不止周日,偶尔晚自习回家还能"恰巧"遇见他路过,捎带送些精美的小食。礼物也五花八门,有精巧的小手工艺品、典藏的书籍资料、高中生喜欢的表或者鞋,样样价格不菲。

　　祝余也不再强硬拒绝,他都收了,他甚至带些自暴自弃的偏激:凭什么不要,我本来就该拥有。可拿回家后,他又立刻嫌这些东西又碍眼又脏,随手一扔,转头就冲进厕所,抠着喉管开始呕。冬天的卫生间很阴湿,祝余蹲在地上抬起脸,眼睛黑洞洞的,他揩掉嘴边的水迹,站起身。

　　十二月过半,高三又举行了一次模考,按高考流程考了两天,以鹿鸣老师的判卷速度,当晚第一节自习过后,就出了分。祝余去班主任办公室领班级成绩表,进门就看见方老师笑着把表递给他:"恭喜啊。"

　　祝余心儿怦怦跳,接过来没忍住看了一眼,眼睛立即睁大了——他从没想过,自己会赢过姚郡。这是姚郡第一次从第一名跌下来,也是祝余第一次排到榜首,他喜得心往天上蹦:"谢谢方老师!"他平复了一下呼吸,平静地回到班上,把成绩表张贴在班级前,又回到座位。

　　班上的人一窝蜂拥上来看成绩,立刻就有人发现第一名易了主,王洋隔着大半个教室软绵绵地朝他笑道:"哇!班长你第一名!"

　　祝余弯起眼睛腼腆地对他笑了笑。

　　第二节晚自习快要下课时,年级组广播里又传唤各班班长开会,祝余手上那题正算到关键步骤，晚了两分钟才到，辜剑站在年级组办公室外板着脸等着他："这刚拿到第一就嘚瑟上了？"又用手摸摸他的后脑勺，带着些与有荣焉："考得不错！"

等祝余领了资料从年级组出来，高三楼都没什么人了，隔壁几个班的班长跟他一起回教室，说起不久后的元旦晚会，也说起模考成绩，祝余免不了要被吹捧几句，他不好意思地笑了。

走廊上经过的几个教室都空了，几个班长告别后各自回了班，赶着回家。

天色愈晚，寒风愈烈，冷得祝余手指都不敢往外伸，他抱着那摞资料，用膝盖和胳膊刚顶开教室门，就对上女孩子哭得通红的眼睛。祝余一惊，无措地杵在门口："对不起。"

姚郡看着他，眼睛通红，目光却锐利："你是抄的吗？"

"当然不是！"

"那你干吗跟我说对不起？"

她以为祝余是因为抢了她的第一名道歉，其实祝余是为撞破她哭泣而道歉——原来姚郡也是会哭的。

他没应声，姚郡握着笔低头写题，还哽咽着，不甘却又平静："下回一定是我。"

祝余又提早一站下了车，街上朔风呼呼，路灯亮着，风灌进衣服里，好冷。忘记带耳机，他握着手机贴在耳边和梁阁打电话，等到那边接通，还没待梁阁说话，他就雀跃地说，音量在夜间空旷的街道上显得很不含蓄："我考了第一名，全校第一名！我第一名！"

他考了第一名，虽然姚郡的眼泪让他有一点点内疚，但他还是好开心。虽然梁阁可能已经知道了，而且他几乎可以猜到梁阁会说什么，以梁阁语言匮乏的沟通话术，大概是"好厉害"，肯定是"好厉害"。

冬夜静悄悄的，他听到梁阁笑了一声："那我不就是第一名的好朋友？"

祝余沁甜地笑起来："是啊。"

你是第一名的好朋友。

他永远觉得梁阁最好，他总是会想他怎么会有这么好的朋友，世界第一好。

他也问梁阁集训情况，梁阁一般都会说还可以。祝余很矛盾，他一边希望梁阁永远优秀耀眼，在众人的仰望里大放光彩；一边又阴暗地盼望他能适当地暗淡一些，不要那么拔尖，想到 MIT 他就烦恼。

他不紧不慢地往家走，拿手机的手指冻得通红，僵得没知觉了，他也不觉得冷。脸上忽然一凉，祝余后知后觉仰起头来，只见雪花纷纷扬扬地落下来，缀满城市的冬夜，他喉咙里发出小小一声惊呼："梁阁，下雪了。"

今年冬天的第一场雪，没和梁阁一起看，他有一点点遗憾。

"你什么时候回来？"

"快了。"

祝余在渐大的风雪里往家走，脚步轻盈而快乐，鞋底踩在新雪上有细小的下陷声，脸庞泛起热气，冰冷的雪屑落在脸上，有种沁凉的舒服，他开心得几乎蹦起来。

他从侧门走进楼道，用力跺了下脚，顺便抖了抖沾在衣上的风雪，楼道的声控灯亮起来，他视线往上一抬。有人坐在上层的楼梯上居高临下地看着他，黑眉凤眼，俊俏得近乎艳丽的脸，略略一笑："你长高了。"

02

周一的语文早自习,嘈杂的早读声让人昏昏欲睡,王洋拿着语文课本悄悄转过身去:"班长……"

祝余头也没抬,只说:"不要跟我说话。"

王洋疑惑又小心地扫了眼教室各处,没看到项曼青啊。他坐了回去,过了几分钟,又转过身来,压低声音:"班长,我想跟你借一……"

祝余抬起头,眼神阴郁,没有情绪地看着他:"别跟我说话。"

王洋是个可爱的小胖子,心思敏感又细腻,对祝余突如其来的冷淡不知所措,心里惴惴的,以为是自己哪里做错了。他暗自神伤了一整个早自习,一直到下课,才又鼓起勇气转过身去和祝余解释:"班长,我早自习不是想跟你讲话,我想跟你借一下文言文解析,我不是故意……"

祝余霍然站起身:"我不当班长了。"直接就往班主任办公室去了。

班上同学都还没反应过来,一时都没人发声,只呆呆地看着祝余出去了。

任晴虎着脸问王洋:"王洋洋,你干吗,你是不是惹班长生气了?!"

王洋无措地坐在座位上,脸色灰败得像天要塌了。

没多久,班主任和祝余一起进来了,说由于高三课业紧张,祝余即将卸任班长一职,有想当班长的近期去办公室找他,这几天的班务暂时由周敏行代为负责。祝余站在方杳安身边,情绪很淡,没言语也没表示,仿佛事不关己。

众人怎么也没想到这么快就木已成舟了,祝余真的不当班长了。他是个无可指摘的优秀班长,除了班务负责,成绩外貌人缘样样拔尖,而且他从高一起就是大多数人的班长了,可他卸任的理由是学习,一下又不好说什么了,毕竟高三这么关键的时期,出声挽留都像故意拖累他似的。但之前都好好的，刚当上第一名，就不当班长了，虽然情有可原，却多少让人觉得太过功利。

祝余面无表情地回到座位，一声不吭开始低头做题，各路探寻的眼神齐齐投过来，又心虚地收回去。没人敢出声问他，祝余看起来太阴沉了，他眉眼生得清冷，不笑的时候，就显得格外冷漠。他像一下被打回高一刚开学时那段压抑沉闷的灰暗时光，带着些自闭式的孤僻，让人很不想靠近。

由于天寒，地面有残雪，课间操取消了，简希把祝余叫了出去，开门见山地问："你今天怎么回事？"

祝余冷着脸，没说话。

简希又问："你和梁阁吵架了？"

"和他没关系。"祝余沉声否认，又抬起眼看她，"和你也没关系。"

简希怔了怔："你发生什么事了吗？"

祝余抿着嘴，轻飘飘地移开视线。

简希说："算了。"就要先行回教室。

错身而过的瞬间，祝余忽然说："你不是要告状吧？"

简希回过身看他，像没听清："什么？"

祝余笑了一下，带着些嘲弄，很直接地冒犯道："你不是要多管闲事去和梁阁告状吧？"

简希的眼神陡然凌厉起来，语气骤冷："你说什么？！"

祝余立刻就弱了下去，吓得一激灵，还没反应过来就道歉了："对不起。"气势一泄就很难再强硬起来，他偏过头懊恼地闭了下眼，语气平静下来，"简希，这是我的事，我自有打算，跟梁阁无关。我保证，在梁阁回来之前都会好的，所以麻烦你不要过问太多。"他又说了一遍，从容而坚决，"这是我自己的事。"

简希凝视着他，她有一双和霍青山极其相似的眼睛，眼神却清透锐利。祝余被她看得虚怯，不自在得口舌发干。

简希终于移开目光，神色很淡："随便，我哪有那么多空管你们。"

"谢谢。"

祝余晚简希一步回教室，几个男生正从侧梯上来，周韬好像永远有第一手消息："我们班要来新人了，有个国际部的要插班进来，我跟你们说过没有？"

"真的假的？国际部的来这儿上高三？！有什么想不开啊。"

"为什么来我们班，被他拉低平均分怎么办？"

"我们班好啊！"

……

祝余垂下眼，匆匆往教室去。

第四节课，方杳安被叫去年级组领人，他真不知道学校在想什么，高三快过半了，非要插个国际部的学生过来。成绩、纪律、安全、同学关系，以及层出不穷的突发状况就够他烦的了，高三这种要命当口还给他丢烫手山芋。

方杳安态度坚决地推辞，结果被年级主任哥俩好似的搭着肩膀做思想工作，好说歹说游说到最后，反正就是非到他班上不可。

方杳安见到新来的插班生第一眼就直觉不妙，脑子里警钟轰鸣。这个男生不像梁阁那样远观冷漠倨傲，其实教养良好；也不像霍青山那样看似玩世不恭，实际喜欢耍宝。他看起来危险、棘手、不安分，一身乖僻的少爷习气，但愿这些也只是他的表象。

方杳安悻悻地领着人往班上走："怎么这么晚才来？"插班报到第一天，第四节课了才姗姗来迟。

他听到身后男生漫不经心地回应,半点敬畏也无:"耽误了。"再没别的解释。

方杳安蹙了蹙眉,第四节课是自习课,方杳安不想耽误太多,直接把他领回班上。

他们进来时,全班同学都停下手中的工作抬起头,只见新同学背着书包散漫地站在教室门口。方杳安简单介绍了一下新同学,又说:"傅骧,自我介绍一下吧。"

新同学慢条斯理地踱进来,用水笔在黑板上写下了"傅骧"两个字,笔走龙蛇,相当漂亮。他转过来,众人才看到他的正脸,他有一双狭长漂亮的凤眼,左边的眉梢还是断眉,但细看就会发现那是一道细小的疤,五官精致,神色傲慢。他不咸不淡地笑了下:"我叫傅骧。"

不少人在上高中前听过这个名字,但两年多了,记忆也随着时间淡褪了,乍一听到又回忆起来,傅骧。

班主任正叫人带他去搬个课桌来,可他径直走到最后一组最后一排,祝余身后梁阁的座位边:"我坐这里。"

有人提醒:"同学,这里有人了。"

傅骧点点头:"哦,我坐这里。"他信手翻动梁阁课桌上的书页,纸张翻动叠合撞击,哗啦哗啦。

祝余低着头,太阳穴一抽一抽地跳,在心里暗道:别碰他的东西。

讲台上的方杳安说:"傅骧,那个座位的同学去参加国家队集训了,不久后就会回来,你坐第一组后面吧。"

傅骧对着老师笑起来,指尖在梁阁课桌上无节奏地敲着,笃笃笃:"我坐这里。"

祝余闭上眼睛,手里的笔被攥得发弯。

班上所有人都望着这个固执的新同学,方杳安脸色骤冷,直接走下讲台，往这边走来。傅骧气定神闲，笑了笑，泰然地坐在梁阁的椅子上，等待这个文弱秀雅的高中班主任的发难。

他落座的那一瞬间，前桌的祝余遽然站起身："方老师，我们模考后该换座位了吧，今天不换吗？"

被他这么一打岔，方杳安还真恍惚了两秒："换呀。"

祝余垂着眼睫："马上就下课了，午休时间正好可以换座位。"

一触即发的战火被这么轻轻揭了过去。

祝余换了座位，第一组第四个，在姚郡后面，傅骧坐在他后面。梁阁的座位仍然在原处，和霍青山艾山的空位子在一起。

第八节课后的晚饭时间，教室里的人并不多。

王洋拿着块橡皮怯怯地走到祝余课桌边，他今天自责了好久，还是简希来和他说，祝余不是因为他不当班长，也不是生他的气，让他不要介怀，他心里才好受一些。他并不很有底气地走过来，穿着臃肿的冬装，像个拘谨的胖龙猫一样占据着过道："班长，这个还给你，谢谢。"祝余在写题，王洋看见他停了下笔，却没有抬头，没握笔的手紧了紧，似乎想迅速拿过去。

后座的新同学忽然开口，并且直接伸出手："什么东西？给我。"

王洋愣了愣，还是友善地把橡皮给了他："橡皮。"这是上周模考前，他橡皮不见了，祝余借给他的，他忘了还。他想借机来和祝余说话言和，他非常喜欢祝余，他先前一直自认是班长在班上最忠诚的胖胖拥趸，他不想祝余和他闹矛盾。

傅骧把玩了一下那块平平无奇的橡皮，然后拉开窗，直接扔进走廊上的垃圾桶，笑着告诉王洋："他不要了。"

王洋都蒙了，去看祝余："班长……"

祝余看着他,好像看见了初一时那个胖胖可爱的同桌,旋即垂下眼,无所谓地说:"我不要了。"

王洋无助地站在那里,教室的其他人听到动静,除了前桌的姚郡,都望了过来。王洋走了。

站着的傅骧瞥了一眼祝余的课桌,扫见他那笔字,看不上似的嗤笑了一声:"还在写文衡山。"

一直等到下了晚自习,放学回家,傅骧落后祝余两步,忽然说:"你还当了班长?"

祝余低头往校外走,语调平静地回答他,称得上温和:"高一的时候,班主任非让我当的,现在不是了。"

傅骧恍神了片刻,他都没想到祝余会回答他,他已经记不清他们多久没有这么平和地讲过话了,确实是长大了,他笑起来。

03

傅骧一直跟到了小区门口。祝余进了小区,他还跟着,进到楼里,他仍然跟着。一直到要进门的时候,祝余才回过身看着他,眉微微蹙着,眼底没什么情绪,脸在楼道的灯光下玉一样静穆清俊:"你不回家?"

傅骧忽然想起他们初中的班主任,是个四十多岁教语文的啰唆中年男人,爱咬文嚼字,又呆又酸腐,特别喜欢祝余,有次在班里说他:"性如白玉烧犹冷。"

全班都好事地回头来打量祝余,傅骧轻慢地托着腮望着他端直的后背,虽然看不见他脸,但也能想象到他此时宠辱不惊的沉静样子。还"性如白玉烧犹冷",傅骧不屑地冷笑,谁知道他前两年,还成天叽叽喳喳,见谁都觍着张笑脸贴上去。

傅骧又想起今天他那笔温润秀劲的文徵明,倒真有点字如其人的意思了,虽然他不太看得上文衡山,但确实秀挺漂亮。

傅骧没再说什么,转身就下楼了。

祝余看着他下楼,直到楼道里再没有脚步声,才剧烈颤抖起来。傅骧稍微靠近他一点,他就觉得空气黏稠得难以呼吸。过了这么久,除了更高了,傅骧和以前一模一样,甚至更加危险。

他为什么回来?

祝余拉开门进去。林爱贞还没回来,祝余回到卧室,闩上门,放下书包,和梁阁打电话。霍青山和艾山都不在,简希答应了不说,他祈祷没人和梁阁私交甚笃而告诉梁阁班上每天的情况。幸好梁阁没问那些,应该是不知道的,说完一些琐事,他才问:"你什么时候回来?"

"可能下周,我过两天回去一次?"

祝余情急之下立刻说"不",又连忙放缓语气:"你参加完冬令营再回来吧,免得还要飞来飞去,其他人不是都开始上课了吗,万一影响你国家队选拔怎么办?"

就算梁阁说"没什么影响",也被祝余故意无视地揭过去:"反正学习第一,我们都不要松懈。"

梁阁情绪明显低下去:"那得什么时候才能见面?"

讲完电话祝余匆匆拉开门要出去洗个脸。门口站了一个人,傅骧的脸半隐在阴影里,眼神晦暗不明:"你在和谁说话?"

祝余吓得瞳孔紧缩,一阵寒栗爬满全身,他死死咬住口腔内侧的嫩肉,靠疼痛逼自己恢复理智,他定定地对峙般看着傅骧,平静地问:"你怎么进来的?"说完就注意到客厅的动静,林爱贞已经回来了,正搬着备料桶忙活,还笑呵呵问傅骧,好久没见他了,在哪里读书云云。

傅骧只一瞬不瞬地盯着祝余,祝余扫了眼他妈,又看傅骧,直接抽身往外走："妈，我出去一下。"

林爱贞："欸！这么晚……"

祝余刚出门，身后就响起傅骧追来的脚步声，他竭力调匀呼吸，控制自己即将脱缰的惊慌。幸好跟来了，要是傅骧当着他妈的面发疯非要翻他手机，才真的是要完蛋——反正绝不能牵扯到梁阁。

以前傅骧跟着他走，从来止步于小区门口，不会进小区，也不会进楼，更不会进他家里，今天确实出乎他意料。祝余快要迈出楼门，傅骧冷不丁阴恻恻地说："我问你话你聋了吗？你刚才在和谁说话？"

祝余回过身看他，半垂下眼睫："这么晚谁能和我说话？"

傅骧走上前来："我听到你说话了。"但声音很低，又断断续续，他听不分明。

祝余将眼神移到一边，隐忍落寞，又抬起眼看他，深黑的眼瞳被楼里的灯映出一些碎光，脆弱又无助："我不想说。"

傅骧靠得更近了一些，半眯起眼："谁？"

好一会儿，祝余说："一个叔叔。"

"你有叔叔？什么叔叔这么晚给你打电话？"

"就是叔叔。"祝余冷着脸，又说，"太晚了，我回去了。"

傅骧看着他一步步走上台阶。

祝余神色冷漠地往楼上走，回到家，林爱贞关切地问："怎么了？"

祝余只说："妈，你下次看到他不用搭理。"

祝余上了高三后，几乎没见过闻歆容，可傅骧来的第二天早上，他们就碰见了闻歆容，堪称狭路相逢。闻歆容看见傅骧显然吓了一跳，惊慌地怔在那里。

傅骧在他身后饶有兴致地问："怎么不打招呼？"

祝余面无表情地进校门，边走边道："早不来往了。"

傅骧的到来和他插班第一天就引起的风波确实让班上甚至整个年级都躁动了一阵，班里人都有些怵他，傅骧给人很直接的危险感，但只要不惹他，他也不会做什么。

反而更让人感觉微妙的是祝余，他以前从来都是笑着的，是乖顺的、腼腆的、温和的，以至于他们都以为他天生就该笑。但他换了新座位后，课间时邻座男生伸过来一条胳膊，握着本习题，还没改过来称呼："班长，这题你怎么做的？"

祝余低头写题，眼帘都没掀一下。

男生有些尴尬地又叫了他两声："班长？祝余？"

祝余置若罔闻，男生悻悻地把手收回去了。

他不止不再笑，甚至不再搭理人，永远只抬头看黑板，低头写题。这种情况也不止一次，体育课自由活动，一些活跃的男生冲向球场，祝余从球场边过去，球掷出来击中他的小腿，又滚落在他脚边。

有男孩子热情地呼唤着他，朝他招手："祝观音，扔一下球！"

祝余顿了顿，视若无睹地从球上跨过去，径直走了。

球场上大家多少有些气盛，尽管平时关系不错，但被这么明显的无视心里总还是有点不舒服。

有人说："算了吧，人家第一名还急着上去学习呢。"

又有人说："这不得拿个状元？"

有人打圆场："算了算了，不就是个球吗？"

傅骧站在球场边，笑了笑，没弯身去捡，一脚把球踢开了。几个男生在后面暴躁地骂出了声，却也没敢闹起来，傅骧手插在口袋里闲庭信步地跟上祝余，走了。

祝余重新成为一座孤岛，几乎没人再来热脸贴冷屁股地找他攀谈，梁阁终于还是知道了,于是打电话问他为什么不当班长了。

祝余说:"压力太大了,我想把第一名稳住。"

梁阁静了一瞬:"我回来陪你一阵吧?你太绷着了。"

祝余的心立刻就软了下去,鼻子发酸,强压着哽咽:"不可以,你回来我学习状态就乱了,你不能回来。"又强调说,"你绝对绝对不能回来。等你冬令营结束就好了,好吗?"

周围只剩姚郡对祝余的态度始终如一,因为从来没热络过,也不显得冷淡,她和祝余一样沉默,低头自顾自地刻苦,坐在一块儿,是两个前后相邻的学习机器。

周日第四节课后,傅骧忽然不见了,祝余环顾了一圈,有些焦急。他吃完饭回教室,看见姚郡在走廊上抱着保温桶吃饭。

上了高三,很多家长都会来学校送饭,住宿生只放月假,有邻市的家长特意租房来陪读,林爱贞也开始给祝余准备午饭晚饭,还有水果和奶。高三快过半,这是第一次,祝余看到姚郡的家长来送饭。

那是个中年女人,穿得并不太好,但也看得出打扮过,她倚着走廊栏杆,嗓门很大:"你就是太骄傲,太自以为是,头名不就被人抢走了?男生啊,懂事晚,但是脑子聪明啊,学理科就得脑子聪明。你弟弟现在就这样,特别聪明,就是心思没用在学习上,你爸说他游戏都打得特别好,等到明年上初中就好了。早跟你说了,在讼言读,还能带着你弟弟读书呢。讼言隔家就几站路,也学费全免啊,你不去读,非来这儿,我今天来这儿一趟,搭车就差点累死……"

姚郡抱着保温桶吃饭,什么表情也没有,一句话也不说。

祝余回到座位上,没两分钟,姚郡就进来了,沉默地坐下来开始握着笔做题。祝余看着她的背影,忽然想起他妈和舅舅来,好像每个重男轻女家庭里养出的儿子都很不争气。

一直到第六节课下课，傅骧仍然没出现，班主任似乎也不知道他去哪儿了，还来问周围的同学，得不到答案又冷着脸走了。

祝余又在教室磨蹭了会儿，四点半了傅骧还没人影，他背着书包出去，出校门不远，在拐角处就看到了叶连召的车。祝余又四处顾盼了一圈，还是没见到傅骧，他心烦气躁地皱起眉，怎么关键时候不见人了。

他压着心火上了车，叶连召出声问他："怎么今天这么晚？"

祝余说："小测耽误时间了。"

祝余从小就被说像他爸，叶连召也说他像他爸，祝余就有意学他爸的神态，说话时还偶尔带些灵黠的讥诮，天真又傲气。他大抵学得很像，叶连召时常有片刻的失神，可能在感慨宿命的奇妙或是基因的力量。

祝余嘲弄地想，你不如感谢我演技的超脱。

效果也很立竿见影，叶连召对他特别上心，至少现今怀旧期还没过，他们说话时谈到什么，祝余稍微表露出一些兴趣，叶连召下次一定会送来给他。

叶连召忽然问："对了，你今年高三，以后想去什么大学？"

祝余的心剧烈地跳了一下，羞涩地说："我不好意思说，去不了的。"

叶连召不解："你成绩不是非常好吗？"

"可是，"他抿着嘴腼腆地笑了笑，难为情又期盼的样子，"我想去 MIT。"

叶连召稍有错愕："MIT？麻省吗？"他凝神片刻，似乎在思量斟酌，又问，"还有其他学校吗？"

祝余还是那么乖觉地笑着，没应声，转头去看车窗外的街景。

他们又一起吃饭，叶连召带他去的餐厅会所都非常高档精致，但祝余次次都食不知味，几乎在机械吞咽，还要挂上一张假意乖觉温顺的笑脸。

叶连召告诉他，A市的项目快要结束了。

祝余在吃一份甜品，愕然又惋惜道："这么快吗？那我以后都不能每周吃大餐了，这里的甜品真好吃。"

叶连召问："那下周还来这里？"

祝余心下一动："那下周还可以见吗？"

叶连召点头，略有笑意："可以，也没这么快结束。"

吃完饭没多耽搁，叶连召送他回去，车停在小区外，祝余下车前说了声"谢谢叔叔"。他下车刚关上车门，还没道别，就看见傅骧站在他们小区门口。祝余的眉夷悦地舒展了一下，迅速调试好神情，半低着脸，说了句"叔叔再见"。

叶连召的车走了，祝余沉默地背着书包往小区去，傅骧问："那是谁？"祝余并不言语，直接就要绕过他回家。擦肩而过的瞬间，傅骧一把扯住他的胳膊："你是不是一定要我把每句话都问两遍？"

祝余看着他，眼神空而茫然，如梦初醒般："一个叔叔。"

又是叔叔？

"你哪个叔叔？"半夜打电话，还开迈巴赫。

祝余说："是我爸的朋友。"

傅骧凤眼狐疑地半眯着："你爸不是死了吗？哪来的朋友？"

祝余忽然怔住，又抬眼看着他："关你什么事？"

傅骧扯着他胳膊的手猛然收紧，光站在他身边都能感受到暴涨的怒气："你最好别让我生气。"

祝余没说话，也不看他，两个人对峙似的站着，来往行人都觉得这俩人要打起来，良久，祝余轻轻挣了一下手，说："我要回去了。"

傅骧缓缓松了手,又像什么也没发生,跟着祝余进了小区。

祝余打开家门的时候,傅骧又悄无声息地出现在他身后。

因为傅骧跟着一起进来了,祝余没进卧室,直接在饭桌上写作业。傅骧倚着对面的墙壁,默不作声地看着他,过了一会儿,他又开始无所事事地在屋里四处走动,正蹲在阳台看巴西龟时手机响了,他边伸手敲巴西龟的脑袋,边接起来:"嗯,是我。"

祝余握着笔不满地看向他,傅骧于是拿着手机往屋外走,门被阖上了。傅骧插着兜再进来时,屋里开了灯,祝余还是那样端直地坐着,挺拔而单薄,专注地低头写题,心无旁骛得像没有人可以介入他的世界。

傅骧像想到什么,脸凑到祝余眼前来,眉梢那道疤骤然清晰:"你真是怪,有时候这么没用,有时候又那么狠,你还记得那天的事情吗?"他眉梢挑了一下,往额角指了指,"当时我都那样了,你连一句话都没问过。"

祝余别开脸躲避他的视线。

傅骧就喜欢看他动火或是冷漠的样子,尤其爱把他逼到极处,看他情绪崩溃,歇斯底里冷冰冰地发火。

祝余闭上眼睛,喉头滚动,慢慢调匀呼吸。而后他睁开眼,眼睛幽静得像一泓湖水,他说:"你是不是嫉妒我?"

傅骧神情瞬间滞住,当即暴怒,一脚蹬翻了他的椅子,祝余狼狈地摔在地上,仰起头时,傅骧脸色阴沉,笑了一声,居高临下地轻蔑地看着他:"嫉妒你?!"

祝余半边身子都疼麻了,缓了会儿才站起身,仿佛无知无觉地扶起椅子,头低着,周身被光晕笼罩着,显得柔和,忽然,他说:"中考你没来,我吓死了。"

傅骧漫不经心地审视着他,心情莫名愉快起来,手散漫地搭在祝余的椅背上,以浑不在意的语调轻松地说起:"我们家垮了,我就跑了。"

祝余眼皮一跳:"你们家垮了?"他完全没看出来,这不可能,傅骧能那么轻易地进鹿鸣,还在高三中途插进他们班,单论这就不是一件有点钱能解决的小事。而且傅骧到现在也是一副谁都看不上的少爷做派,矜贵又傲慢,我行我素,全无半分落魄的样子。

傅骧胳膊屈起,说得慵懒:"明面上的垮了大半吧。"傅骧倚着椅子,颈项懒洋洋地后仰,又说,"我妈那边还没垮,但他们又不在国内。"

祝余看着他:"那你回来干什么?"

傅骧照旧那个姿势,眼睛没什么情绪地看着天花板,过了很久才含混地说:"我想起我有条狗落在这儿了。"

狗?祝余不知道他什么时候还养了狗,只当他是不想说。

直到九点多傅骧才走,祝余把门反锁,扔了笔去淋浴间,开了水开始洗澡,冷水当头淋下来,冰得他一激灵,他强迫自己淋了一会儿,才开了温水,他狠狠搓着自己的皮肉,几乎要把那层皮搓下去,又蹲在那里,在身上一遍一遍地抓,直到全身火辣辣地发疼。

给梁阁打完电话,他才感觉身上回温了一点点,因为应付叶连召和傅骧的关系,他那套理综卷子到现在都没做完,平常这时候早开始练听力和口语了。刚写没两道题,手机屏幕又亮起来,是叶连召。祝余看着手机,厌烦至极,但又怕叶连召要说下周没空,笑着接起电话:"叶叔叔。"

等到挂了电话,终于忍不住在心里吐槽——烦死了,这群无法无天的权贵。

04

新的一周再去学校，祝余发现傅骧已经又有了自己的圈子。傅骧似乎天生就有这样的能力，他也没做什么，对人爱搭不理的，却很快被学校里那些爱惹事的学生供了起来，其中有好几个还是和霍青山关系不差的。祝余懒得理会这些，他在等周日。

又一节体育课，学校规定体育课前二十分钟不能回教室，祝余在那儿兜圈的时候，球场上又有球掷了出来，滚到他们脚边，但这回没人叫祝余捡。

有人举起手喊："王洋洋！打球吗？缺人！"

王洋食指上套着钥匙圈，正无所事事地转着钥匙，听到吆喝立刻就要跑过去，可能太兴奋了，蹭过去时手里的钥匙不小心在傅骧手背上划了一下。

王洋只感觉撞到人了，不好意思地回过头："对不起，我不是故意的。"又扫到旁边的祝余，畏怯地垂下眼，就要去捡傅骧脚下的篮球。

傅骧瞥了眼手，忽然抬起脚，一脚把篮球踹了出去。飞出去的篮球正中王洋的脸，王洋哀苦地"呜"了一声。众人叫着"胖胖"七手八脚去扶，又义愤填膺地怒视傅骧。

傅骧语气轻忽地"啊"了声，笑着说："踢错了。"

祝余失神地看着王洋被人扶在怀里，身上一阵寒一阵热，气得浑身发抖。他强自镇定了好半晌才离开。

傅骧正要跟着走，但其余人不让他走，他们要送王洋去医务室。傅骧还在笑："要去就赶紧去，我去有什么用，要赔钱吗？我又不会跑，赶紧送去吧。"

他还是那么闲适地跟着祝余走了。可走出不远，到了树下的僻静处，祝余忽地回头看着他，眼神冰冷，压着火："你干吗跟着我？"

祝余从没问过他这个问题，傅骧从初中开始就在他后面漫无目的地跟着，但祝余从来不回头，也不会问他，傅骧回来故态复萌，他也没问过。傅骧不以为意地蹙起眉，气定神闲道："跟着你？我什么时候跟着你了？"

梁阁这样睁眼说瞎话，祝余会觉得幼稚好玩，但傅骧这样，他觉得傅骧脑子有病。

祝余一瞬不瞬地瞪着他，却没再说什么，继续走，傅骧又跟着他。

然而突然间，祝余开始跑，玩命地奔跑，他有长跑的底子，又有意矫正过跑姿，跑得飞快，像林子里躲猎的鹿，漂亮又矫捷。他一路跑进实验楼某间教室，然后迅速反锁住门，他背靠着门，仰着头轻轻地喘。他听到门外走廊里的脚步声慢慢近了，一步两步，慢条斯理地，停在门前。

傅骧神情语气都带着笑意："你这是突然搞什么？没人和你捉迷藏，出来。"他敲了敲门，"笃笃笃"，声音在空旷的教室里显得格外清晰。

祝余闭上眼，眼前还是王洋狼狈又可怜的样子。

门没有开。

傅骧声音沉下去，脸上还是笑着："开门，快点。"他像是耐心告罄，暴起狠狠一脚蹬在门上，轰的一声，整个教室都在震。

门仍然没开。

走廊忽然传来嘻嘻哈哈的笑声，是两个高一的男生，不太高很青涩，抱着书边走边在说笑。

傅骧看了他们一眼，又对着门，几乎有些温柔地说："有人来了，他们要用这间教室，快出来吧。"

两个男生意识到是在说他们，急忙站住然后解释："啊不是，我们只是来上实验课的，我们在三楼……"

"不行。"傅骧看着他们，笑着说，"你们要用这间教室，过来，告诉他，叫他出来。"

两个男生感到荒谬又恐惧地站在那里，想跑又不敢跑，光被这个人看着都发虚。

傅骧断眉挑了一下，又说了次："过来呀。"

两个男生战战兢兢地走过去，心里已经骂了眼前这个人一万次了，却根本不知如何是好。忽然门开了，缝隙拉大，他们渐渐看清了里面的人，也是个学长，挺高的，大概一米八的样子，垂着眼，很清俊斯文——是见过的学长，文学社有专门的板块介绍过，还有开学时的迎新和高三动员大会，他也上去做了发言。

他们仰头怔怔地看着他，傅骧朝祝余冷冷呵出一声，手一动，正要说什么："你……"

祝余看着傅骧的手背："你手怎么了？"

傅骧随着他的视线看过去，手背上被刮了一道口子，似乎挺深的，周围红肿，中间有一条血线，是王洋钥匙剐的。

祝余又说："走吧。"

他们回到教室时，班上还没多少人，后排空着，大多数人都还没回班。祝余忽然拿来个创可贴，转过身来，看着他："手给我。"

傅骧愣了愣，将胳膊递出去搁在课桌上，故作不耐烦道："谁让你给我贴了？"

祝余看了他一眼，放下创可贴："那你自己贴吧。"然后就回过身去了。

傅骧"喂"了一声，祝余没有反应，他开始用拳头狠狠砸教室的墙，咚咚几声，引得前面的人都看了过来。好一会儿，祝余才又转过来，看着他，傅骧的胳膊还那么放着，气恼地问他："还贴不贴啊？"

祝余又拿起创可贴，撕开来，傅骧看着他低着头贴创可贴，非常专注。

傅骧趴在课桌上，看着祝余，还是那副颐指气使、养尊处优的样子，低声咕哝："这点小伤。"

后门熙熙攘攘，男生们推搡着进来，祝余立刻贴好坐回去了，但他们还是看见了。就算男生们粗心迟钝些，这段时间观察下来也不难发现，即使祝余和傅骧平时几乎不交谈，但他们前后桌坐着，傅骧会随着祝余进出，两人之间有种别样的默契。几人沉默地互相看了几眼，没说什么。

王洋的事，班主任不久就闻讯赶来，叫傅骧出去，傅骧无所谓又不耐烦地起身，跟他走了。祝余不知道傅骧会不会受到什么处罚，他既不想看见他，又害怕他周日又不在。

王洋第二天还是来了，鼻梁上贴着块纱布，眼睛红红的，高三时间紧任务重，他不敢浪费。

一直等到周日，祝余有些惴惴，怕突生什么事端，也怕傅骧突然又走了，暗暗关注着他，然后他发现傅骧今天也同样在观察他。

第六节课下课，傅骧亦步亦趋地跟在他身后出了校门，紧紧盯着他，看着他和他妈打完招呼，走到进校大道拐角处，只见祝余的身体遽然紧绷，顿在那里，仿佛被恐惧扼住。

"你怎么了？"

天色阴沉，浓云密布，风刮得很猛烈，似乎要下雨了。

祝余回过头来，看着他，脸色平静而苍白，只眼睫轻轻地颤："没什么，我叔叔来接我了，你回去吧。"

又是叔叔，只是不是上次那辆迈巴赫了，是另一款低调许多的豪车，他站在那里，看着祝余一步步走向那辆车，形单影只的。

祝余站在打开的车门前，在风里又停了一会儿才上车去，刚上去雨就落下来了，几滴砸在车窗上。

叶连召问："怎么这么久不上来？"

祝余的视线落到鞋尖："鞋子有点脏，怕弄脏车了。"

等车从傅骧眼前驶过时，祝余又抬起头，隔着车窗和雨幕，哀切茫然地对上傅骧的眼睛。

叶连召和平常差不多时候送他回去，可下车的时候他没见到傅骧，他心神不宁地走上楼梯，望见家门前坐着团阴影。傅骧抬起眼看着他，他可能淋了雨，身上有冰冷的雨气，声音更冷："你去哪儿了？"

祝余并不言语，径直上来拿钥匙开门。傅骧又问道："他带你去哪儿了？"

祝余将他搡开，眼底涌出水光，嘴唇紧抿，将脸偏到一边。傅骧看着他，像看着一片薄玻璃——锋利、美丽又脆弱。

祝余继续开锁进门，他回道："哪里也没有去。"

傅骧跟着他进去，突然不由分说地撸起他的袖子，祝余吓了一跳，差点应激地把他蹬开。

祝余长高了许多，已经不再穿他妈用细毛线织的毛衣，新毛衣的袖子轻易被撩起，入眼是一道道红色的抓痕和青紫交加的小臂，傅骧惊愕地扫视他这些伤痕，祝余也和他一起看着。

祝余看着傅骧，告诉他："这是我自己弄的。"

这是真话，但傅骧怎么会信，他肯定以为他还在故意掩饰，他怎么相信祝余会自己伤害自己。他目欲淬火，闭上眼睛，死死摁住两边疼痛的太阳穴，他感觉到有什么在他手里脱轨了，失控了。

他乍然睁开眼："他打你了？"

祝余冷眼看着他，他根本不关心傅骧这几年去哪儿了，也不关心他回来干什么,更不关心傅骧是不是嫉妒他,他只要确定傅骧还是从前那样就行了。

05

第二天清早,鹿鸣安排了体检。祝余跟着量身高的队伍往前,轮到他了,他竭力站得笔直,妄想灵魂顶出来再蹿高一点。众所周知,对男人来说,一米七是一道坎,而一米八象征着一种身份。

他低头正好看见医生在体检单上潦草地写下,179cm。

他闷闷不乐地拿着体检单回教室,傅骧正坐在座位上,眼下青黑,看得见眼里的红血丝。

祝余并不很能拿得准他,回到座位上,问他:"你怎么了?淋雨感冒了?"甚至破天荒碰了下他的额头。傅骧没说话。

忽然,教室前门一阵骚动,吵吵嚷嚷。祝余抬起头,正好看见男孩子的俊脸斜着从前门探进来。

有人惊喜地笑着出声:"梁阁!"

那一刻祝余的恐惧几乎没顶。

梁阁集训结束后就不住T大校内了,搬去了他堂哥那边,一是他爷爷那儿出入不便,二是唐棠不让他一人住。他堂哥这里距离适中,又有监管人,十分得宜。

夜色渐深,B市落了场不大不小的雪。梁阁挂电话时,他堂哥正开锁进门,带着微醺的酒气,边换鞋边松领带,喝了酒的眸珠清亮,笑着问他:"和你同学打电话?"

梁阁坐在沙发上后仰着看他:"不是,梁榭病了。"梁榭本来就娇气,生病了更不得了,吃个药都专门打个电话要哥哥哄。

堂哥解了腕表，路过沙发时笑着在他脑袋上揉了一把，又关怀了几句梁榭，走到中岛熟练地给自己冲了杯蜂蜜水解酒。梁阁第一回见他调蜂蜜水时还有些错愕，因为他哥从来不喝甜腻腻的东西，据说这瓶蜂蜜是他哥前同居人兼现对象留下来的，他哥的解释是"喝惯了还行"。梁阁对这个没见过面的嫂子抱有些人之常情的好奇。

梁阁堂哥是唐棠亲口认证的青出于蓝而胜于蓝，长相气质都像梁阁大伯，却又要更外放一些，看起来是清雅贵公子，骨子里却疏懒不羁，从小到大都招人喜爱。

他哥端着蜂蜜水坐到沙发上来，问他："你们这上课有假吧？不回去看看同学，联络下感情？"

梁阁静默半晌，不满又百无聊赖地把手机扔到沙发上，郁闷道："学习为重。"而且最近几次联系都匆匆忙忙，几乎已经不交流日常，较先前冷淡了不止一点半点。

倒是班上常一起打球的不时找他聊天，隐约提起过祝余最近和新来的插班生关系密切，叫什么傅馕？好复杂的名字。

他哥笑起来："小小年纪，这么有事业心。"

梁阁侧过头看他："你这周还去吗？"

他哥滞了半秒："嗯。"

梁阁堂哥正在异地恋，对方似乎不方便来B市，于是只能他哥去那边，一周一趟或两周一趟，至多一个月，一定会去一次。他哥这大半年都这样奔波往返，而且据说对方家长还不同意，这样波折繁难，依他哥先前怕麻烦的性子，早抽身走了。

他哥一口饮尽杯底的蜂蜜水，甜得蹙起了眉，又自嘲般地笑了笑："我昏头了。"

梁阁名字一叫出来，班上大部分人都抬起了头，有人兴冲冲地笑着问他:"梁阁你怎么这时候回来了?"

梁阁视线投到最后一组时怔了一瞬,蹙了下眉,祝余立刻埋下脸,梁阁眼神在教室里梭巡片刻后说:"我弟病了。"

梁阁很宠爱弟弟,祝余知道的,今年九月梁榭升小学,祝余还忧心过:"那他的头发要剪掉吗?"

多数公立小学都对仪表有要求,男生不许留长发,比如梁阁读过的A大附小。

梁阁骑着公路车回道:"不剪,他喜欢。"

"学校不是不让男生留头发吗?"

梁阁说:"去让留的学校。"

祝余心跳快得喘不过气,几乎稳不住心神,缓了会儿才想起用余光悄然看窗玻璃上傅骧的影子,见他正倚着后桌,也看着教室前方,辨不出情绪。

祝余慌得口干舌燥,垂着眼,感觉心脏在一下下撞着喉口:怎么办怎么办,玩脱了,他的计划不是这样的。

班上有些躁动,梁阁刚回来还没换上校服,但确实天生是做纪律委员的料,说了句:"安静。"也没再看祝余,就径直回座位了。

他们先前就有意在人前疏远,于是课间梁阁也没来找他,祝余虽然面上装作写题,但几乎所有注意力都在那边,看梁阁低头写字,利落地转笔,不时有几个人和他搭话。

一直到吃饭时间,祝余都没想好该怎么办,不敢在教室耽误。去他妈那儿拿饭时下了雨,冬天的雨寒而凉,冷雨疏疏,他妈那儿正是客忙的时候,又怕他吃饭受了风,叫他带回教室去吃。这会儿傅骧和梁阁应该都不在教室,可能还有不少人不去吃饭,冲泡面或者吃饼干。

他提着保温桶匆匆往教室去,前门正好有两个人出来,等那两人走了,祝余才看清教室里的情况，瞳孔急缩，登时僵在那里。

教室里只有三个人：梁阁坐在座位上，摇晃着椅子，侧过脸在看窗外的雨；傅骧也坐在座位上，正用左手托着脸笑意盈盈地望着祝余，似乎在等他进来；还有一个女孩子，正低头在书包里掏着什么。教室里静悄悄的，只走廊上走过三两个男生传来嬉笑的打闹声。

祝余怔在门口，被傅骧盯了许久才低着头进来，他坐在座位上，打开保温桶开始闷头吃饭。背后有起身的动静，傅骧踱过他身边的过道，落座在他前桌的椅子上，梁阁也看了过来。

掏东西的女生摸出一个苹果，跑出去了。教室里只剩他们三个人，祝余焦灼得胃都开始绞痛，几乎想逃，根本不看傅骧，只低着头一口一口吃饭。

傅骧左手撑着脸饶有兴致地看他吃饭。祝余吃得很快而且多，从小到大都差不多这个样子，呼噜呼噜。他看着祝余笑起来，眼睛狭长，几乎有些和善："小……"却又停住，不再说了，他笑着移开视线，往后一瞥，眼神遽然和梁阁对上了。

傅骧断眉挑了一下，笑容渐渐隐淡下去，一瞬不瞬地和他对视着。梁阁没什么情绪，像只是无意投过来一眼，可他看人天生那样子，眼神又淡又空，比傅骧的傲慢还要多一分冷漠，像在看你却又像根本没把你放在眼里。傅骧几乎立刻被这双眼睛里的轻视惹火了，他指尖在桌上敲了敲。

忽然，后门传来吵闹的动静，是班上一伙男生吃完饭回来了。

梁阁率先漠然地错开了眼，眉蹙起来，说了句："什么东西？"

旁边的周韬没听懂："什么？"

他气压很低，又重复了一遍。

周韬半天才醒悟过来，吓了一跳，连忙低下身小声回答。

傅骧也收回视线，站起身，左手撑在祝余桌上，像随口说起："叶连召？"

祝余一瞬间兴奋得几乎战栗起来，心思百转千回，牙关紧了紧，已经做了权衡，他看着傅骧，像是慌张："你怎么……"

傅骧笑了笑，慢条斯理地坐回到座位上，再没说什么。

所幸这天傅骧再也没抽风似的找他，和平时一样，坐在后面看上去和祝余没什么交集的样子，只偶尔有新结识的人来找，才爱搭不理地出去一趟。

祝余的注意力又暗中开始往最后一组最后一桌倾注，看着梁阁转三角尺、刷题、"嗯""啊"地和人说话，不时还往这边看。

祝余觉得梁阁好像瘦了一点，每次梁阁出去集训都要瘦，祝余心里叹气不停，想怪他又想跟他说话——不是叫你别回来吗？笨蛋。

晚自习下课，班上的人陆陆续续走了，梁阁也和几个人一起出去了，往前面那个楼梯走的。祝余等了会儿，收拾书包，没走后面那个楼梯，因为还有可能遇上，他直接往实验楼那边走，傅骧照例跟在他后面。

他今天绝对要避开梁阁，等回到家，甩开傅骧了，再把梁阁劝回B市。实验楼黑漆漆的，只有人走过去时声控灯会亮，昏暗中傅骧的脚步声很清晰。祝余相信傅骧是敢去找叶连召麻烦的，一定。

身后的脚步声忽然靠近，傅骧的左手明显有意地在他右手上撞了一下，傅骧当即发难："你打到我了。"声控灯亮起来，傅骧把左手伸出来，手背上赫然有一道伤口，"给我贴创可贴。"

祝余皱起眉，他怎么可能打出这种伤口。

傅骧又抬起右手，之前王洋划的那道口子上面的创可贴很旧了："这个也要。"

祝余烦得要命，无暇理会他许多，直接拉开书包翻了翻："我只有一个创可贴了。"

他撕开创可贴，刚碰到傅骧的手，就被人拎着后领直接拽过去。祝余往后趔趄了两步，碰到一个身体才停下，慌乱地仰起头，正看见梁阁清冽沉默的脸。

祝余的心咚咚撞着，梁阁眼睫覆下来，低着头用手帕专注地一点点揩拭祝余的手。

祝余看着那块手帕，是运动会那天他从校篮球队休息室出来跑去田径场，简希看到他攥着的手帕。简希扬起一侧的眉梢："梁阁的？他好土，还用手帕。"又兴味盎然地笑起来，"随身带手帕的男人现在可不多见。"

但他此时从头寒到脚：梁阁怎么会在这里？他不该在这里的，他明明回家了。他听见傅骧清喉似的笑了两声。

祝余的心咯噔一下，几乎想把梁阁揽到身后去。不能让傅骧发疯伤害梁阁，梁阁那么干净善良，就他这种只有脸长得凶的乖宝宝怎么斗得过傅骧？

梁阁根本没有理会傅骧的诘问，眼神都没偏一下，彻头彻尾地漠视，他只看着祝余问："他欺负你？"

傅骧又不屑地冷笑出声："关你什么事啊？你哪……"

梁阁不耐烦地侧过脸觑着他，眼里是密密匝匝的阴鸷，像嫌他很吵似的："闭嘴。"他又看着祝余，几乎有些温柔，"你说。"

梁阁不耐烦地对着傅骧吐出"闭嘴"两个字的时候，祝余霎时心跳都要停了，他清晰地感觉到后颈的汗毛根根竖起，他生怕傅骧对梁阁做什么。他低着头，黑眼珠在眼眶里仓皇乱转，脑子里一遍遍闪过今天中午傅骧将手撑在他课桌上，随意地说起叶连召的样子。

事情已经到这一步了，傅骧甚至都调查到叶连召了，眼看就要大功告成，绝不能把梁阁扯进来，也绝不能临门一脚却功亏一篑。

实验楼的走廊黑而空荡，只头顶的声控灯不甚明亮地照着他们，短短几个瞬息仿佛一个世纪，祝余抬起眼来，看着梁阁，一脸懵懂："怎么了吗？"

两个人同时看着他，梁阁倒还冷静，傅骧已经在暴怒边缘，气息都不稳，半咬着牙问："他是谁？"

装傻看来行不通，祝余只好先侧过头对梁阁说："你过来一下。"

傅骧抬脚就要跟上，他连忙扭过头看着傅骧，温着声，几乎是安抚："你在这里等我，我和他解释一下。"

梁阁敏锐地敛起眉，眼神沉沉地看着他们，没有出声。

傅骧像是被安抚了，没有跟过来，只说："不准走远。"

祝余领着梁阁下楼梯，心里惴惴难安，梁阁绝对能看出他的异样和反常，该怎么应付过去，该怎么让梁阁不掺和进来？他们只走到两侧之间的楼板那儿，寒风吹得楼外的树哗啦作响。

梁阁的眼神又黑又利，像将他洞悉彻底，几乎是笃定地问："你有什么事？"

不是问他要说什么事，而是问他有什么事发生了没有说——果然察觉了，祝余抿着嘴没说话，但他的踌躇和惶遽被梁阁尽收眼底。

梁阁说："你最好告诉我。"

祝余心跳快得几近失速，他飞快地回想，上一次他和梁阁冷战，是怎样让梁阁一星期都没理会他，对，是因为叶连召，他当时说了什么，让梁阁直接理智全失？

祝余抬起头来，视线越过梁阁的肩膀，看到傅骧伏在上层楼梯的栏杆上，眯着眼睛要笑不笑的，好整以暇地盯着他们。恐惧和紧张让他隐隐发抖，喉咙发干，他冷冷地看着梁阁，掺着些不耐烦："你能不能别烦我?"

立竿见影。

短暂的无措后,梁阁的眼神连带着声线一概冷下去:"什么意思?"

祝余硬起心肠,还是那么凉薄又不耐烦的样子:"所以我叫你不要回来,你在我面前晃,我觉得很烦。"

梁阁像被平白打了一拳,眼底有一览无余的受伤与茫然,他怔怔站在那里,像要垮下去。

这两句话说出来,祝余都快窒息了,他再也待不下去了,这两句话也够梁阁一阵子不搭理他了。他正要走,但擦身而过时,梁阁一把拽住了他的手腕,祝余一悚,只见梁阁眼睑低垂着,侧脸固执冷峭:"你要绝交是吗?"

祝余没回答,他强迫自己别开脸,残忍地把手腕从他手里抽出来,语气冰冷,心里却几乎在哀求他:"你快回 B 市准备冬令营吧。"

他又一步步走上楼梯,走到傅骧身边,眼帘半垂着,浓密的睫毛覆出一小片淡淡的阴影,静谧又乖巧:"走吧。"

傅骧一副等烦了的样子,瞥了眼那方立着的梁阁,笑笑:"好啊!"

一直等到出了实验楼,傅骧才凑近他耳后,仿佛秋后问罪,透露出某种危险的信号:"他是谁?"

祝余的心脏还持续着那种亢进而钝重的跃动,快得令他疼痛,但脑部仍然缺氧般眩晕,他堪堪稳住呼吸:"我们班纪律委员。"

"他干吗找你?"

祝余重复了一遍:"他是我们班纪律委员,他以为你在欺负我。"

傅骧停下脚步,偏过头,好整以暇地反问他:"那我欺负你了吗?"

祝余看了他一眼,没有说话。傅骧并没有太过深究,他似乎很高兴,像打赢了一场胜仗,骄矜又得意,他把那个被攥成一团的创可贴一点点扯开展平,拿给祝余:"你再给我贴上。"

祝余什么也没说,给他贴上了。

他们和谐地一前一后走着,祝余心里乱成了一团麻,睁眼闭眼全是梁阁孤独无措地站在那里,瞳光一点点熄下去,难过得要碎掉的样子。

他竭力逼自己冷静思考,不断自我安抚:没事的,没事的,不把梁阁扯进来是对的,等一切结束,再去找梁阁道歉解释清楚就好了。很快就好了,马上,马上他就去找梁阁解释。

但他还是一整晚都没睡,像生吞了一块烧红的烙铁,又像被一把扯住内脏的鱼,半夜起来吐了两次,他妈一出门,他就起床了。

隆冬时季,天刚蒙蒙亮,世界冷而寂静。祝余出楼就看见傅骧已经等在楼外了。他穿得很单薄,黑皮衣,衬衫,系得松散的领带,金属的饰品,在暗调的背景下显得随性又精致——祝余怀疑他穿这一身刚进校门就会被丢出来。

他对峙般站在楼门口,看着傅骧,没说话,傅骧只好走过来,不由分说地扔给他一本书:"你不是喜欢书吗?给你的。"是本诗集,波德莱尔的《恶之花》。

祝余没什么表情:"我看过了。"

傅骧脸色立即阴下去,扭头就走:"是吗?那随便你,爱看不看。"

祝余拿着书站在那儿,没有动。

傅骧又回过头来,跟刚才一样的臭脸,气势汹汹,语气极差:"你给我再看一遍!"

祝余抬眼看看他,又低头看了眼书,缓慢地点点头:"好啊。"

傅骧一时还没反应过来,祝余居然答应了,他难得有些愣怔,又迅速调整好神情,继续颐指气使地吩咐:"要仔细看,每一页都要看。"

祝余随手把书翻了翻，又抿着嘴"嗯"了一声。傅骧傲慢地哼出一声，像祝余接受了什么荣耀，转身步履轻捷地往前方去。祝余看着他高挑单薄的背影，目光一点点冷下去。他能轻易看穿别人别扭的示好，也懂得如何适时地喂一些甜饵，他甚至能冷眼审视傅骧的反应，并觉得他可笑。

傅骧那天一脚踹翻他的椅子，到现在他大腿到尾椎那一块都是青的，这种阴晴不定的人的友谊，谁想要谁去要，反正他不要。

傅骧忽然又回过身，祝余仓皇收回眼神，他径直走到祝余身后来。

祝余半偏过头："干吗？"

"我要走你后面。"

"为什么？"祝余是真的想知道。

傅骧将手插在裤兜里，低着头，像在踹地上的石子，他说："因为我只要不看着你，你就会跑掉。"

CHAPTER 08
/// 第八章 ///

做你的虎鲸

01

梁阁接连几天都没来学校，祝余猜测他应该是回 B 市继续上课准备冬令营了，这让他稍微宽了心。

第二节课下课广播里没通知做课间操，学生们乐得清闲，课间过半，突然通知上次模考前二十名去年级组办公室领奖品——这次模考都要来了，上次的奖品还没发。

傅骧伏在课桌上睡觉，祝余下楼时，和打完球上楼的简希在楼梯间狭路相逢。祝余登时不自然地垂下头，想装作没看到直接下楼去。

简希忽然开口："你跟梁阁怎么了？要绝交？"

祝余猛地抬起头来，眼里有一览无余的惊慌："什么怎么了？他跟你说什么了？"他又低下头，黑眼珠在眼眶里无措地乱转，口中不停喃喃，"没什么啊，我们没怎么。"

"你们到底说了什么？"简希看着他，又说，"你到底有什么事情，还不能说吗？"

祝余垂着头没答话。

"那个傅骧……"简希微妙地停顿了片刻,凝神观察他的反应,"你和他走得很近?"

祝余没有任何反应,他像是迅速镇静下来了,看向简希:"很快就好了。"他整个人紧紧绷着,自我开解般重复强调,"很快就好了,真的。你先帮我侧面和他解释一下好吗,我没有说过要绝交。"

可简希淡漠地挪开眼:"我不要,你自己说。"

祝余始料未及,伸手要扯她:"简希!"

简希握着篮球轻盈地从他侧面闪过去,上到楼梯的拐角,又回眸看他:"我不要。"她说:"我本来就觉得他幸福得碍眼,让他吃吃苦头挺好的,让他哭去吧。"

她上楼了。

傅骧端着没盖盖子的隔热水杯起身,晃荡着出教室,简希从后门进来,两人迎面而过,距离渐近即将擦肩,傅骧的水杯突然脱手,迅速降落,眼看要落到简希脚上,简希伸手一把接住了下坠的水杯。水杯里的水滚烫,顺着杯沿晃出来一些,溅到简希手背上,将白皙的皮肤烫出一片红。简希无动于衷,只抬起眼望了他一眼,直接将水杯又推回到他手里,用的劲大,水杯不稳又泼出水来,开水回敬了傅骧一手。

简希说:"拿好。"

这一切发生得很快,又是在教室后门,几乎没有人注意。他们若无其事地错身而过,傅骧回头看着女孩大步向前的背影,上唇稍稍掀起,"喊"了一声。

高三又组织了一次模考,不知道是心绪烦乱还是状态原因,祝余手感并不太好,做得非常不顺,考完出来他已经能预见这次成绩并不会好。这段时间他的精力大头也确实没花到学习上,乱七八糟的事纷至沓来,严重干扰了他的复习进度,也打乱了他的学习节奏,让他沉不下心来。

照旧考完当天的晚自习出了成绩，下课后大家一窝蜂拥去看成绩：班级和年级第一名都是姚郡，而祝余是班级第五，年级第十六名。

姚郡这次发挥得很好，每门分数都非常高，看完成绩后大家转过来起着哄夸她，看她时不免又看到她后桌的祝余，目光也不免起了些微妙的变化。从第一名到第十六名，一落千丈虽然算不上，但大跳水也是有的。

确实是个挺现眼的成绩，尤其在众人眼里他又折腾了那么多：不做班长，换掉座位，甚至性情大变，变得冷漠自我，埋头学习，谁也不理，到头来不仅没能守住第一名，还一连垮下去这么多，好可笑。

祝余做完两道阅读理解才收拾书包回去，傅骧又跟在他身后，但不再不声不响。他会和祝余搭话，祝余不应声他就会拽住祝余的书包，或者扯住他发尾，一定要祝余吃痛或者烦躁地回头瞪他。

有时候祝余也会佯装好奇地问："你这几年在干什么？读书吗？"

傅骧定睛看了他半秒，忽然笑起来，脸在路灯下显得苍白而艳丽："躺着。"

祝余像是没听清："什么？"

"就躺着，躺尸。"

祝余当他是不想说，继续往前走，听到他零碎地在后边嘟囔，仿佛在抱怨："我不喜欢躺着，好痛。"

祝余心不在焉地应声："是吗？那你站起来啊。"

傅骧大笑起来，祝余根本不知道他为什么笑，当然也不关心他为什么笑。

他回到家，打开灯，林爱贞还没回来。在客厅茫然站了一会儿，他还没想好怎么和他妈解释成绩下滑的事，门就又被推开了。林爱贞眼神痴直地进来了，她的头发被一个廉价的塑料大夹子夹在脑后，枯黄里泛着花白，两鬓散着乱发，才四十出头背已经有些佝偻了。她简直像淋了雨，失魂落魄的，神情恍惚。

祝余吓了一跳，连忙上前去："怎么了妈？"

林爱贞哀苦地看着他："车子被收了。"她手里拿着张单子，让明天去交钱拿车。

车子不是在鹿鸣门口被没收的，是在她平常偷摸去摆摊的那个公园，鹿鸣散完晚自习，她刚去那个公园，就被城管抓住了。

祝余柔声安抚她："没关系妈，明天交完罚款拿回来就好了，没事的。"

但林爱贞非常痛苦，她深觉自己犯了大错，像遇到了什么过不去的坎，不停地喃喃："怎么办？为什么我这么蠢，我以为十点多他们下班了，结果一过去他们就逮着我了。他们硬要把我的车收走，我太蠢了，满满，你怎么会有我这种妈？我想多挣点钱，我想给你买房的，我想……"从祝成礼去世起林爱贞就惯常性地魂不守舍，时好时坏，祝余分不清她现在是真的以为这是件大事，还是神经质导致她高度敏感和精神涣散。

他揽着他妈的肩，不厌其烦地一遍遍安慰。

好一会儿她的情绪才平静下来，又陡然想起些什么，问道："对了，满满你们今天是不是考完出成绩了？怎么样？"

祝余猛地怔住，然后告诉了她。

于是林爱贞立刻开始了新一轮的痛苦与焦虑，祝余站在那里，灵魂像抽离了，他不用去听也知道她会说什么，什么时候会哭。等他妈哭了两分钟，他才重新开始安抚她，跟她保证、道歉，他会发奋，会努力,下一次绝不会再是这种成绩。

等闹剧终于平息,他背过身反锁了卧室门,没有按亮壁灯,他踉跄地走到书桌前坐下,打开小台灯。祝余双手抓紧书桌边缘,深深地呼吸。然后闭上眼睛,慢慢低下头,额头抵住书桌。

他也想再跟之前一样下去长跑,或者发一会儿呆,但他动不了,心理上的疲惫与痛苦外化成肢体上的无力。他像摊烂泥一样倒在书桌上,压住自己两边的太阳穴,他感觉所有事都不顺,从孤立无援到四面楚歌,他战战兢兢地立在矛盾中央。他真怀疑傅骧是故意的,一定要挑他最关键的时候来害他,害完他中考,又想害他高考。把他的一切都搅得一团糟。

而且傅骧一直没动静,每天只跟着他上学下课,再没提过叶连召半个字,要是他失算了,计划落空,又该怎么办?他一动不动地在书桌前坐了许久后才开始伏案整理错题。

第二天清早祝余出门,在楼外没看到傅骧,走出小区才看到他踩着厚厚一层悬铃木落叶等在那里。悬铃木这种行道树,优点是美观,冬天虬枝疏朗,果实挂在树上像一个个圆圆的小灯笼,缺点是春夏季落果飞絮,又痒又烦人。冬天倒还好,只是落叶频繁,但偶尔风疾雪大,果实也会跟着掉下来。

祝余驻在原地眼神空空地看着傅骧,没动。

傅骧有些恼火:"你是不是每回非得让我走过去才开心?"

祝余指指他后肩:"这里。"

"什么?"傅骧回过头,没看到东西,于是走到祝余身前来,低下头,"你给我弄一下。"

他脆弱的后颈就这么暴露在祝余眼下,祝余指尖弯了弯,滞了片刻,才伸手从他颈后捡出那颗小小的悬铃木果实。

车窗后的梁阁收回视线，把掩下的口罩重新提到鼻梁上，后靠着车座，闭上了眼睛："走吧。"冷风从未阖上的车窗吹进来，吹起梁阁的额发和眼睫，凉得透骨，梁阁闷闷咳了几声。司机连忙把车窗升上去了，又忧心地看了他两眼："感冒还没好全就去上课啊？"

司机是梁译元的司机，比上回那个要年轻不少，二十多岁，梁阁每年寒暑假都被他爸拎去部队强制"军训"，和他算熟络了。

梁阁陷在车座里，似乎很困倦，眼下有淡淡的青，只闭着眼"嗯"了一声。

祝余一进教室，就看到梁阁课桌边挤满了人，只透过人腿的间隙看到梁阁书包上挂着的小玩偶，摇摇摆摆，时不时被男孩子修长的手指捏一捏。那是个毛线钩的粉兔子，是梁阁常用的那款粉红色表情包兔子，这种毛线钩的小玩偶高二时在他们班女生中时兴过一阵，少有钩得这么精巧可爱的。

他们正围着大惊小怪讨论的也正是这个小玩偶，主要是梁阁挂这种少女风小挂件，很难不让人产生些旖旎的联想："这是哪个女生给你钩的吗？"

"我弟钩的。"

众人大惊："你弟？！你弟弟不才一点点大吗？还以为哪个女生给你钩的呢。"

梁阁自嘲地笑笑，没说话。

祝余在原地站着，手脚冰凉。

整个早习，他都感觉有人贴着他耳朵在敲锣，脑子里嗡鸣阵阵。他都分不清自己是因梁阁的忽然出现慌乱不知所措，还是因为自己已经融不进梁阁身边而痛苦得五感全失。直到早习下课，班主任从前门进来："祝余来一下。"

祝余站起身，从前门出去，感受到周围一些若有若无的打量。

祝余一直觉得他们班主任很有意思，他看起来真的很不想当班主任。而且可能因为内向，他很不喜欢找人谈话。祝余早先就发现每次班会前，他都会四处搜寻优秀的教育沟通案例，摘抄一些引人深省、激励向上的教育语录，还要整齐地誊写在纸上，怕自己忘记。祝余托着脸听他把那些句子念完，最后以一句"你们还年轻，你们还来得及成为任何你们想成为的人"结尾。

但他又不是当得不好，他们班成绩、文娱、体育都很出色，他也不会死抠卫生和纪律，他总在疲惫又认真地奔走，有次祝余推门进办公室还见他贴着面膜倒在椅子上补觉。

但到了高三，他也不得不频繁找人谈话了。

"有原因吗？"他直接就问。

祝余低眉："状态不好。"

"什么原因状态不好？"

"自身原因。"

"不和你打哑谜了，你不想说也没关系。其实这个成绩不算差，想上哪个大学都还有余地，但是苗头要遏制住，不能再降。"班主任注视着他，"不要灰心，也不要太有压力，及时调整过来。高考确实促进阶层流动，你已经半只脚踏进新生活了，稳住。"

祝余不清楚他这些话是不是又抄的教育语录，但他确实舒坦不少。谈话很简短，说完班主任就叫他走了："有什么事尽管来找我。"

"谢谢方老师。"

不到八点，校园里的雾还没散尽，但依稀可见升起的橙红的太阳。祝余的心境难得开阔了一些，他站在走廊上，将冬雾吸进肺叶里，有种将很清新的冷。他准备回教室，抬头就看见梁阁从楼梯转角那儿过来。

祝余本能地无措，不知道该往哪儿藏，眼神生硬地瞥到一边，余光却还是没忍住悄悄投过去。他又和那个孟访一起，可能刚打完球上来，梁阁咬着根冰棍，没穿校服外套，穿了件灰色卫衣，脸上出了些汗。

他边走边和孟访说话，眼神直视着前方，但瞳孔根本不聚焦。他走路是这样的，眼瞳很黑，但眼神极散，把陌生人通通当障碍物，于是就显得尤其倨傲，目中无人。他没看祝余，甚至不是上次冷战时那种刻意的无视，就是无差别地对待不在乎的路人的漠视。

祝余的心像被狠狠捏了一把，原来不被梁阁放在眼里，是这种滋味。

梁阁似乎心情还不错，懒懒散散的，有什么物件被他掂在手里玩似的抛高，又接住，没多会儿又改成绕着食指甩，缠住又绕开。

距离慢慢近了，祝余垂下眼，要从他身侧过去。那物什倏然脱手，斜斜飞出去，正好击中祝余胸口，祝余惊了一下，倒不重也不疼，只是刚好落在他鞋边。他怔了怔，弯下身，把那物件拾起来，是块系了绳的玉牌，外边包了层不明材质的软壳，应该没摔坏，他踟蹰着直起身，正思忖该怎么递给他。

梁阁转身就走，淡漠地，几乎没有给他一个眼神："不要了。"

和他同行的孟访眼看他走了："欸！这……不要了？！"又看了眼祝余，然后跟着跑了。

祝余攥着那块玉牌站在那里，像一只被挤榨干瘪的橙子，难堪得全身骨骼都收紧发疼，他听到渐渐远去的孟访在问梁阁："怎么就不要了？我看也没坏啊，是脏了吗？"

祝余怔怔立着，嘴唇不受控地张了张，听到自己牙关在隐隐打战，他委屈得要溶解了。

下了晚自习回去时，傅骧又故技重施，要祝余给他换创可贴，他把手伸到祝余眼前。手背上的伤痕已经结成了一道浅浅的褐痂，就是这么一个微不足道的伤口。

祝余今天烦躁得要命，连敷衍他都没心情，不耐烦地说："你为什么不自己换？"

傅骧的眼神骤然沉下去，他出手就拽住祝余前襟，蛮横地将他拖到眼前，他说："是你要给我贴的，我本来不需要。"

祝余有种窒息感，不知道是被傅骧勒住了前襟，还是因为厌恶他而屏住了呼吸。

傅骧狠狠盯着他，又说，一字一顿地："是你要给我贴的。"

晚上祝余坐在书桌前，凝神端详着那块玉牌：除了雕了个精巧别致的牌头，玉面上再没其他雕琢痕迹，是块"平安无事"牌。不知道是什么玉，摸上去非常润，皮色很漂亮，也没有脏棉绺裂等瑕疵，就因为被他捡起来过，梁阁就说"不要了"。他偏着头趴在书桌上，心想：不要了，他又说"不要了"。

祝余先前一直担忧梁阁回到学校会和傅骧爆发冲突，但没有。他们几乎无交集，各踞在教室的一边，两个人都安分得懒洋洋的，上课下课都没闹出过什么动静，倒是相安无事。

而且梁阁并不常来，时在，时不在，祝余原本还以为他和之前一样是去机房了。

他好像又回到那个时候，想跟梁阁做朋友却又无法释怀自己的嫉妒的时候，他总是端直地坐着，像在心无旁骛地学习，可教室再吵，他都能清晰地辨听出梁阁的声音，心微微抽动。

任晴停在梁阁课桌边，她是个外向的女孩子，声音清脆："你昨天去打台球了？我在我表哥朋友圈看见你了。"

梁阁掀起眼看她:"你表哥?"

"嗯,尚师捷,他好像是练什么形意拳的。"她说着,快速地动了动拳头。

梁阁略有惊异,唇角稍稍往上扬:"尚师姐啊。"

"欸,你们还去酒吧了?保送真的好爽啊,羡慕!对了,拍照坐你旁边的那个……"她意味深长地停顿了一下,"是谁啊?"

梁阁说:"不认识。"

任晴不气馁,用手撑着他课桌,带着些少女的八卦与活泼:"不认识干吗挨着你坐?她好漂亮。"

梁阁低头做题,语气漠不关心:"不知道,乱坐的。"

傅骧最近也不常在了,上次他拽着祝余前襟闷闷地发完火,又好脾气地把祝余的衣服细细抚平,笑起来,神采焕然:"算了,以后我有的是时间教你。"然后他就开始忙了。

祝余有种预感,他疯狂地盼着好事快些发生,黑暗的日子赶紧过去。

02

周一第一节课开了集会,这次效率倒高,表彰了年级前二十名,并通知他们散会后去年级组领奖状奖品。

祝余刚到年级组,辜剑见了他,张口就劈头盖脸一顿骂:"你就是骄傲!你什么心态,你是不是觉得自己很能耐?你就适合被人压着,你当了第一,完蛋!你自满啊,得意啊,信马由缰啊!这什么成绩,什么成绩,当了回第一你不得了!"

辜剑是骂惯了他的,当班长的时候骂,当文学社社长的时候骂,现在照样骂,而且从来都是当着一群人骂,一点情面不留,唾沫横飞。还是年级主任把他按了下来,年级主任有点胖,教语文,说话抑扬顿挫,他和辜剑常年配合，一个红脸一个白脸唱得非常默契。

"及时调整过来就好了嘛，成绩有波动正常的。你看看祝余，最好的就是这点，不卑不亢，下回肯定上去了。"

祝余还是那个样子，稍稍低着头，乖顺又受教的好学生模样。其实他最知道自己什么样，他才不是什么不卑不亢，他又卑又亢。

从年级组出来，姚郡和他同行，两个人沉默地上楼去。

"你，"姚郡突然顿住，转过头，用一种平静但审视的眼光看着他，"为什么退步了？"

祝余心里烦得一团糟，搪塞着说："状态不太好。"

姚郡似乎很看不上他这个理由："你高考状态不好怎么办？你最好刷题刷到什么状态都能考好，状态不好是不够努力的借口。"但她看他半晌，又说，"打起精神来。"

祝余点头，有些感激地道："谢谢。"

两人没有再说话，继续沉闷地上楼去。

午休的时候，傅骧来了，他这几天差不多都这样，除了上下学照常跟在祝余身后，其余时间不定时消失。他和梁阁，一个是被交代了不用管的插班生，一个是保送了的竞赛生，缺课老师也不太在意。

天气预报连着几天说有雪了，结果下午反倒出了个太阳，冬日的太阳温暖澄明，走廊上有不少人。祝余出去接水，从后门进教室时，艾山背着个大书包出现在走廊那头，因为长期的室内封闭训练，他这次白了许多，浓眉大眼特别精神，发出热切的呼唤声："祝观音！"

祝余猛地睁大眼睛，迅速别过脸，闪进了教室。艾山怎么这时候回校了？艾山眼见他蹿进教室了，登时"嘿"了一声，麻溜地躬着身奔过来就要开展"猎杀行动"，刚逼近教室后门，差点让横伸出来的一条腿绊住——他紧急刹车，直直看向腿的主人。

傅骧斜靠着走廊墙壁，正和不知道哪个班的人说话，金色的阳光洒了他满身，眼睫毛密密的像把乌扇子。艾山身高接近两米，需要低着些身子来看他："你……你就是我们班新同学吧？"他还挺友好，"你好你好，我之前封闭训练去了，没和你打过招呼，我叫艾山，打篮球的。"

傅骧慢悠悠地撩起眼皮看他，挂着个浅浅的意味不明的笑。

艾山还要说些什么，猝不及防被人拽着后领直接拖走，差点被勒死的艾山自救地扯松领口，偏过头去，瞥见梁阁冷峻的侧脸，他被拖得趔趄了两步，那个漂亮的新同学就把他胳膊拽住了。梁阁倨傲地偏过头，和傅骧的视线相撞。

被两方争夺的艾山：？

梁阁瞳孔漆黑，懒洋洋觑着人的时候有点三白眼，看起来又冷漠又凶。

傅骧定定地看着他，笑意不达眼底，刚松开艾山的胳膊："我说你……"

梁阁侧过脸，拎着艾山直接走了，他天生懂得怎么目中无人。

傅骧被晾了个彻彻底底，脸色一阴，当时就要跟过去。身边和他说话的人连忙将他按住，低声说："他们家……你就快走了，别节外生枝了。"

艾山被梁阁拽过去坐下来，晃着脑袋左顾右盼了一阵："怎么了，这怎么了？还有祝观音怎么坐那边去了？"过了会儿，他又掩嘴在梁阁耳边小心地问，"不是，你们……怎么了吗？"

梁阁不说话，艾山于是也识相地不说话了。

风波终止。

晚上十点多回到小区，祝余进了楼，踏上楼梯，快到转角处的时候，傅骧站在下面忽然叫住他："喂。"祝余回过头，傅骧仰头看着他，眼角弯弯的，有点笑模样："你还喜欢虎鲸吗？"

祝余根本不记得自己什么时候喜欢过虎鲸，并不言语地立着。他呆愣的反应让傅骧的好心情瞬间变坏，神情变得不屑又厌烦。傅骧一直不说话，祝余都要回身上楼了，听到他在后面说："我明天不去学校。"

祝余的心怦怦直跳，兴奋的战栗感让他指尖发麻，就是明天了，一定就是明天，他沉静地说："嗯。"他回到卧室，背靠着房门，激动得呼吸有些急促，浑身燥热得发晕——马上就要结束了。

他又想起梁阁来：没事的，忍过这几天就好了，就这么几天了。

第二天祝余自己去的学校，清早天就阴得发黑，天气预报说今天晚间有雪。

第六节课是体育课，照旧是前二十分钟不让回教学楼。今天大家是在室内篮球场集合的，解散后男生们就地打起球来，祝余有些无所事事，不能回教室，又没有伙伴，于是他决定再绕着室内篮球场转圈。绕了两圈之后，他发现他们班球场周围的人多了起来，高一高二学生的课业还轻松，竟然有不少人来看他们班打篮球，男女生都有。

祝余站在人群后，听到前面的女孩问："梁阁手腕上戴的什么？蓝色白色的那个，不会是头绳吧？！"

同行的男生不太耐烦地解释："篮球手环啦，就是护手腕、防汗的。"

之前祝余刚学篮球时也问过这个问题："为什么要戴篮球手环？"当时艾山也是这么回答的："扣篮时可以保护手腕，也能防止汗流到手心。"似乎益处颇多。但是梁阁说："好看。"

祝余决定奉行视而不见原则，抬脚就要离场。忽然，场上不知道谁把球朝这边掷了过来，又快又猛，一群人齐齐后退，前面的男生仓皇间踩住了祝余的左脚，然后往后一倒。祝余狼狈地摔在他身下，全身都疼。

丢了球的男生跑了过来，摔在他身上的男生也立即起身，连连道歉："没事吧？对不起，对不起，我不是故意的。"

祝余坐在地上，动了动左脚脚踝，好痛："脚好像扭了。"他几乎有些挫败，怎么会这么倒霉？

其他人也蜂拥地围了过来，但梁阁立在原地，百无聊赖地垂下眼摸了摸指尖，直接走了。

被人扶起来的祝余死死盯着那个修长的背影，他看着梁阁利落地走出了室内篮球场。崴脚并不很疼，但梁阁的漠视和不以为意霎时将这种疼放大了一万倍，他觉得自己疼得要裂开了。

纵使这些天他态度生硬，待人冷漠，但班上的同学还是体贴关怀地问他能不能走，需不需要扶他去医务室。

祝余摇头："不用，谢谢。"

他再三拒绝后，身边的人也散开了。他失神地站着，看到校篮球队休息室的卷闸门已经换了新的，他想起上学期就因为他较劲想要偏着头过门，梁阁就非常配合地一起。

正恍惚间，大门口出现了个高高的人影，朝他跑了过来，祝余的呼吸只窒了一秒就看清了，是艾山。祝余真为自己心底的那抹失望而羞惭。

艾山跑上前来："没事吧，祝观音，脚疼吗？"

祝余赌气似的自暴自弃："疼死算了。"

他才十六岁，过年才满十七，不成熟、自以为是，他以为一切都在他的掌控之中，可事实上崴了脚，梁阁没来扶他，难过就铺天盖地。

艾山径直卷起他的左裤脚，触了触他肿胀的脚踝："能走吗？去医务室看看吧？"

祝余没说话，艾山站起身："算了，我背你去吧。"

祝余木然立着，被艾山背到背上起身时才反应过来。艾山很高，肩背宽阔而结实，真就像座山一样，稳稳地背起他。以前梁阁背他，他总好奇梁阁这样高，往下看的视野是怎样的，总要探头往下望一望，现在艾山比梁阁还要高，可他已经没兴致再看了。

天气阴沉沉的，校园里还是有不少人在闲逛，也有人注意到这里有个男生背着另一个男孩子，会好奇地看过来。

祝余听到艾山关切地问："祝观音,这段时间是不是发生什么事了？你有事就说，别自己扛着，多累呀，我们都会帮你的。"

祝余伏在他背上，鼻腔发酸，没说话。

"要实在不乐意告诉我们，那你就和梁阁说。"他说，"梁阁不会生你气的。"

祝余好一会儿才瓮声说："他已经生气了。"

"那不是你还没跟他解释吗。"艾山死命强调，几乎要拍胸脯保证，"他绝对绝对不会怪你的，真的，你还不相信我吗？"

真的吗？

艾山把他背到了医务室，医生看了看，说没事，就是软组织轻微损伤。

艾山没让医生开药："这些药我那儿都有，我拿给你吧。"

回去时，祝余没再让他背，是扶回去的。

第一节晚自习下课，班主任没在，有不少人在教室里说笑。

艾山突然在教室后排叫祝余："祝观音！"祝余写字的手顿了一下，不知道是不是他的错觉，班上忽然静下来了点，已经挺久没人叫他祝观音了。艾山继续呼唤他:"祝观音,你来这儿吧,我给你冷敷一下,再喷点药,我这儿宽敞。"

可能焦点效应作祟,他感觉班上的人都在若有若无地观察他的反应。

艾山把那些瓶瓶罐罐一股脑儿摆到桌上,又抽出条毛巾,往教室外去,催了一声:"快来呀!我先去给你弄一下毛巾。"

祝余放下笔,扶着两侧的课桌,慢慢移到艾山那边。霍青山的位子是空的,但离梁阁的座位非常近,于是他坐在艾山的椅子上。梁阁跟他隔着霍青山的课桌和一条过道,一点眼神都没偏过来,垂着眼专注地用一个小巧的螺丝刀在拧什么机械零件——是一个小型航模。

祝余敛下眼神坐了片刻,艾山就利索地跑回来了。

艾山用拧得半干的湿毛巾去裹他肿胀的脚踝,提前安抚着说:"有点冰啊。"

冬天被冷水浸过的毛巾贴上皮肤的一瞬间冰得人汗毛竖起,祝余哆嗦了一下,看着艾山用毛巾包住他的脚踝,小声说:"谢谢。"

"没事。"艾山不拘小节地说,"还有红花油、活络油、喷雾……这些你全拿去用吧。"他像猛然想起些什么,眼神悄悄往梁阁那边飘,"还是你每天过来两趟,我来给你冷敷喷药一条龙啊?"

祝余没忍住又抬头望了梁阁一眼,梁阁还在低着头专注地拧零件,祝余垂下眼,没应声。

晚自习下课时间二十分钟,冷敷要十五分钟。两边都不说话,艾山渐渐觉出些焦灼来,故意大刺刺说:"祝观音你瞅瞅梁阁,他又不要高考,也不正经上课,成天搁这儿鼓捣遥控飞机,多影响我学习啊,你说是不是?"

梁阁偏过头,阴郁无神地觑着他。

艾山看他终于看过来了，立刻讨好地笑起来："你不才组好一个吗？干吗又弄啊？"

梁阁就又回去组装零件了："炸了。"

"炸了？！炸了什么意思啊？祝观音你懂吗？"他明显想把祝余拉进话题里。

祝余一时有些犹豫："不知道。"他忐忑地抬起眼望向梁阁，"什么意思啊？"

梁阁垂着眼无动于衷，气氛霎时降到冰点。艾山正"啊啊"地要插话解围，梁阁说："就是坠地，碎了。"

艾山连忙说："哦哦原来是碎了啊哈哈哈……"

艾山费尽力气周旋其中找话题，梁阁仍然不怎么说话，只间或闷闷地"嗯""哦"一声，眼帘都没再掀起来一下，仿佛回应只是出于教养。

祝余从刚才问完那句之后再没开过口，但他视线也再没移开，他就那么持续地凝望着梁阁。他较劲般注视着他，直白而执拗地注视着他，几乎带着些郁闷。他想：你凭什么不看我？我又没有做错事，我就要成功了。那两句话就这么难听吗？那你再对我说一遍好啦！

明明是他自己想要梁阁不理会他的，结果梁阁真的不理他了，他又百爪挠心地难受。

艾山比他还难受，在两个人之间如坐针毡，一边周旋话题，一边干笑着调节气氛。

梁阁不知道是终于受不了祝余的视线了，还是艾山的喋喋不休实在让他意兴阑珊，他漠然地站起身，走到后窗，背对着教室玩手机："不说了。"

艾山只好讪讪对祝余说："祝观音，冷敷时间也到了，你先回座位吧。"

祝余"嗯"了一声，取下毛巾说了声谢谢，他抵开椅子起身，要一路扶着桌椅回去，动静不小。乓乓乓乓的，有鞋底摩擦地面的声音，他似乎已经离开了，梁阁这才握着手机回过身来，然后就对上祝余恭候已久的乌黑燃火的眼睛，梁阁都吓了一跳。

是时，教室灯管一闪，所有人眼前一黑——停电了。

这场停电简直是引燃枯燥繁冗的高三生活的一把野火，整栋教学楼齐刷刷一静，然后是声势震天的欢呼。

躁动得何止整个学校，整个地球都要被掀翻了，祝余在这热烈的狂欢声中笔直迅猛地朝梁阁扑过去，崴伤的左脚都妨碍不了他，他就是要抓住他。

他直直地，像颗威力巨大的小核弹一样冲过去，梁阁不期然被他吓了一跳，往后撤了一步重重抵上了后窗。祝余仍旧是那样凝视着他，只是距离更近了，他的呼吸温热地洒在梁阁脸上："今晚放学跟我走好不好？我有话要跟你说。"

高三到底不比高二时有恃无恐，高考在即，人欢马叫完一阵后又静下来些，代理班长周敏行上去主持纪律。

这次很快就来电了，灯重新亮起来的时候，祝余已经回座位了。梁阁还站在原地，也没有表情，半低着头，只一双眼睛黑漆漆地望过来，有种阴郁的消沉。

祝余原以为梁阁不会跟他走的，可下了晚自习，梁阁背着书包起身，停在了教室后门，似乎在等人的样子。祝余连忙收拾书包，不太灵便地跟了上去。

他们一前一后地下楼，楼梯间昏黄的灯光照出梁阁挺拔的身形，没有表情的脸,背着的书包上挂着个可爱的毛线粉兔子。祝余从后边看着觉得还怪萌的。

他们不言不语地走着,仿佛只是两个同行的陌生人,梁阁边走边低着头漫不经心地在滑手机,他漠不关心的沉默令祝余焦躁,在一起却没有任何交流的每一秒钟都叫他难以安宁。

不知道是不是顾忌他崴伤的脚踝,梁阁走得并不很快,祝余看着他手机屏幕光映出清肃的侧脸,眼神一暗,从花坛边过去时适时地趔趄了一下,仿佛身形不稳,伸手就拽住了梁阁的袖子。

梁阁猛然停住了,眼睑慢慢抬起来,定定地望着前方,但他没说话,也没有转过来,就这么站着。

祝余说:"我腿疼。"

他扯着梁阁袖子的一角,打定主意不放,耗了片刻,梁阁又开始走了,任他扯着。

没有等公交,也没有骑车,梁阁打的出租车。

梁阁懒散又沉默地坐在出租车后座打游戏,不知道是因为他搞信息竞赛,还是天生反应快、判断力强,他游戏打得很好。

祝余见他盯着手机打得入神,自己也很开心,从梁阁去 B 市集训起,今天最开心。

雪是在车上时下的,下车的时候雪势正大,有一片凉浸浸地落在祝余脸上,他抬起头,看见雪絮千点万片地坠下来,翩翩然的,像少女的裙摆。今年第一场雪没和梁阁一起看他还有些遗憾,现在这样也算另一种圆满了。

"梁阁,下雪了。"

梁阁在路灯下抬起头:"嗯。"

回到家时,林爱贞还没回来,祝余带着他进卧室。

祝余卧室不大，梁阁也来过多次了，从没有像现在一样局促过，两个高高的男孩子兀自立着，头顶的灯都显得不明亮了。

祝余正思索着怎么开启话题，梁阁忽然开口："说吧。"

说吧？说什么？他倏然醒悟过来，梁阁难道以为自己叫他来是要跟他解释吗？可他该怎么解释呢？傅骧还没走，现在解释些什么呢？他低着头，无意识地做了个吞咽的动作，明显有些慌乱起来，六神无主。

梁阁看了他半晌，拉开门就要出去。

祝余当即把他握着门把的手拨开，拦在门前："不要走，不准走！"他其实也不知道叫梁阁跟他回来干什么，他没打算要和梁阁说什么，也没想做什么，他只是想和梁阁待着。

手机在口袋里嗡嗡振个不停，祝余从头到尾都没有理会。

傅骧挂了电话，下着雪，高速上结了层薄冰，叶连召的车九点就上了高速。

03

第二天清早祝余出门，绿化带、街边、树上全铺了层厚厚的白雪，整个城市银装素裹，冷气迎面袭来。傅骧站在楼外，祝余没有看他，径直往小道上走，还稍微有点跛。

傅骧张口就是问罪："你昨天怎么不接电话？"

"我睡着了。"他嗓子哑得像被砂纸磨过。

傅骧的眉蹙起来："你声音怎么了？"

祝余听到这话，漠然地说："感冒了。"

街上的雪还没铲干净，雪铺得不厚的地方看得见底下枯黄的悬铃木叶子，祝余没能从傅骧那张脸瞧出端倪。那昨天到底有没有发生什么？他神情不属地在站台站定，清晨的街道上寒风肆虐，因为积雪反射的关系,天光反而比平时亮堂。傅骧走到他身侧来,手插在裤袋里,冷不丁说:"你跟我出国吧。"不是问句,是个恩赐般的吩咐。

祝余抬起头,眼珠黑漆漆的,像只警觉又呆滞的猫,他愣神了两秒,开口居然是:"你能让我上 MIT 吗?"

"MIT?"傅骧笑了一声,像听了个笑话,却不是笑他想上 MIT,他说,"你还想读书?"

祝余的眼神瞬间就冷了,整个人都冷下来,冷到从傅骧再见他起都没见他脸色这么难看过。傅骧这才想起来读书是祝余的命,可能是从小就把高考当成改变命运的登天梯了,傅骧决定先适当地哄骗他:"你要读书也可以……"

祝余直截了当地说:"我不去。"

傅骧像没听清,盯着他:"你说什么?"

"我干吗出国,我没钱出国。"他当然也不是真的想靠傅骧上 MIT,只是他听到国外本能就想起 MIT,也或许是他现在对国外也就那一个心结——梁阁可能会去 MIT。

傅骧很看不上他的穷酸庸俗似的,神色轻鄙:"要你那点钱了吗?"

但祝余看着他,平淡而坚决地说:"我不去,我喜欢这里,我要高考。"我喜欢这里,我要高考。他没再看傅骧的反应,说完径自上了公交——没有任何事能比高考重要。

祝余的脚还肿着,走起路来一抽一抽地钝疼,加上天冷积雪,进教室比平时晚了十多分钟。梁阁已经来了,艾山正坐在霍青山座位上躬着身探出过道和他说话,梁阁和之前没什么不同,低着头正在写字,又从桌兜里摸出根什么来,不耐烦地抛给了艾山,是根能量棒,艾山欢欢喜喜地接过,剥了包装开始啃——像昨天什么都没发生。

说不清失落还是不失落，祝余垂下眼，往自己座位去，抽出语文书摊开来，他自我告解般决定，不管了，至少以后在学校都只想读书的事。

第六节课，高三有个集会，请了往年高考命题组的教授开讲座，等讲座结束，第七节课也结束了。艾山和梁阁原本想去打篮球，可球场上的积雪刚被铲完，雪又疏疏落落下起来，渐渐大了。

高三生们蜂拥着回教室，走廊上人潮汇集，祝余不甚灵便地往教室走着，听得到后边艾山勾肩搭背地揽着梁阁，在大刺刺笑着和他说些什么。祝余真恨自己为何如此耳聪目明，在这样嘈杂的人群里那方的动静却仍然能清晰地传入他耳底，而且根本不因他的意志而转移。

他正躁乱，走廊上忽地响起一声暴喝，是辜剑的声音："你在搞什么？给我站这儿！"

走廊上的学生纷纷停下，视线看热闹般聚了过去。祝余迟疑片刻，也望过去，看见辜剑背着手一脸怒气地站在年级组办公室门口，面前是被他喝住的梁阁。

梁阁立在那里，眉间不明就里地敛一敛："怎么了吗？"

辜剑粗声质问："你打什么篮球，你很闲吗？"

梁阁甚至都没有边走边运球，他是单手向下握着篮球走的，也没有喧哗打闹，真的单纯就是从辜剑办公室外的走廊上走过去而已，不知怎么就撞他枪口上了。

梁阁说："现在是下课时间。"

辜剑置若罔闻，继续对他喷沫输出："我警告你啊，你是不是以为你竞赛拿了个头名，早早保送了，就很了不起，很牛气啊？"

梁阁手撑在走廊栏杆上，仿佛烦躁地侧了下脸，又转回来。他低下头居高临下地瞥着辜剑，不耐烦又嚣张的样子："不然呢？"一时间剑拔弩张。

辜剑立刻拍板:"好!那你就去拍学校那个视频吧!"

不止梁阁,走廊上所有停下来看热闹的人都没回过味来:"什么?"

"学校宣传视频缺个……男生,既然你这么闲又这么了不起,那就你去拍吧。"

祝余差点笑出声,这么九拐十八弯,吵吵嚷嚷迂回了一大圈,直说要梁阁去拍学校的宣传视频不行吗,小老头真够别扭的。

傅骧接起电话时接近半夜,整个城市万籁俱寂,电话那头是个严肃的女声,质问的语气:"你干了什么?"

"你不是知道了吗?"

然后他就听到他那从来自诩严肃优雅的母亲,压着火,歇斯底里地说:"你疯了,我告诉你,给我回来!"

"我过几天就回去。"

"立刻回来!"

傅骧充耳不闻,俯瞰着夜晚城市的软红香土,自顾自说:"我还要带个人回去。"

"你以为现在是什么时候?你能不能跑脱都是一回事,刚能下床你就给我跑回国,还惹……"

"挂了。"傅骧将手机一撂,倒进沙发里,眼睛一瞬不瞬地直视着黑夜,他要带回去,就是要带回去。

祝余这两天心里一直惶惑难安,一直想着要不要给叶连召那边打个电话试探一下,又怕反而有此地无银的嫌疑。从来都是叶连召那边单方面联系他,他极少主动联系,导致现在一点消息渠道都没有。搞不好傅骧根本没有想找叶连召麻烦的意思，从头到尾都是他在自作聪明自以为是。他决定不管了，是坐以待毙也好，还是坐享其成也好，干等着算了。

早自习下课，辜剑带了个三十来岁胸前挂了个相机的男人在高三教学楼各班探头探脑，然后停在了十班门口，男人指着抬起头的祝余："那个，一组中间这个男生，就他吧。"这是来给鹿鸣拍宣传片的摄影师，其实是从国际部那边来的，他说还缺个男生，要挑一挑。

辜剑问祝余："今天的自习课能不能匀出来？"

祝余不想耽误时间，推托道："我脚崴了，还没好。"

那个摄影师却像很属意他似的："不碍事，不用你干什么，很简单的。"还嘱咐他到时背着书包下去，"书包里最好装点东西，别太空了，看上去有点充盈感。"

祝余只得讷讷点头。

自习课一响铃，祝余就收了几本书装进书包里，起身出去了。

傅骧倚着课椅，看着他起身，闲适地敲着桌面，笑了一下。

这两天还在断断续续地落着雪，整个校园都披了一层积雪，从教学楼出来，白得虚虚幻幻，冷得清清醒醒。

他不知道这种天拍什么宣传片，可能是想拍校园四季。外边太冷，一行人正在礼堂避寒，可能分了几组在拍摄，他没看到梁阁。祝余没多少镜头，但他需要背着书包走过一段覆着雪的林荫道，他脚还没恢复好，走起来总有点跛。他真不明白，他都说他脚崴了，干吗还非要他来拍这些东西。

中途休息一会儿，祝余百无聊赖地等在那里。其他人围在摄影师旁边叽叽喳喳，摄影师三十来岁，发型是个蓬松的"狼尾"，下巴有片胡子，似乎说话很幽默，逗得几个女生笑语不断。他取下胸前的相机，说给她们拍照，又把祝余也叫去，一人拍了几张。祝余这次也跟在旁边看效果，然后完全被相机吸引了注意——是富士的中画幅，祝余还没上手过富士的微单，而且是中画幅，他有一点点好奇。

摄影师似乎看出他的兴趣，意味深长地睇了他一眼，笑了笑："想玩啊，会玩吗，要不要试试？"祝余接过来端详了一番，这个摄影师人真的很不错很大方，还让祝余出去拍着玩玩。

于是祝余出了礼堂，小心地端着相机，试着拍了几张落在树梢积雪上的乌鸦，成品特别惊喜。他难得有点开怀，端着相机漫无目的地四处拍了拍，镜头扫过勤学楼那排黄绿的小叶女贞，猛然窥见一个熟悉的身影。他心下一动，迅速调焦偷偷抓拍，在他按下快门的瞬间，梁阁警觉地偏过头，一眼望过来，祝余呼吸一窒。等他放下相机，人已经走了，他看着照片里梁阁漆黑俊秀的眉眼，笔直利落地望过来，冰天雪地里，锋利得像把开刃的剑。

他掩下遽然而至的紊乱心绪，回到礼堂还相机，只剩摄影师在那儿收拾器材，摄影师叫他把相机放那儿，直接去图书馆找另外一个拍摄人员。祝余原本以为他的任务就是走一段路，怎么还有图书馆？但他才玩过人家的相机，也不好说什么，没拿死重的书包，直接去了。

拍这些特别花时间，一直磨蹭到下节课都要上课了才搞定，祝余回到礼堂，礼堂里的人正乱哄哄地四处搜寻着什么，他急急忙忙提着书包要走，不知道是不是他的错觉，书包好像重了一些。即将出礼堂，摄影师喝住他："你站住！"

摄影师几步上前揪住他，蛮横地夺过他的书包，拉开拉链，然后当场拿出了那个富士微单。

礼堂里所有人都看了过来，祝余的脑海和神情同时一片空白，都说不上百口莫辩，因为他根本不知道发生了什么："谁放进去的？"

后来乱糟糟的，领导来了，辜剑来了，班主任也急匆匆赶来了。先是班主任单独和他了解了情况，他乍一见到班主任竟有些内疚，又给讨厌处理麻烦的班主任添麻烦了。

"方老师，不是我拿的。"

"好，老师知道了，你放心。"

班主任领着他进年级组办公室时，他听到了辜剑的声音，他嗓门大而粗哑："他不可能！他之前是我文学社的社长，要经手好多机子，他要拿早拿了。而且他特别踏实聪明一孩子，绝对是出岔子，误会了！"

"这能一样吗？他在学校读书，不见了东西查起来方便啊。我又不一样，我这要是走了之后才发现不见，他早带回家销赃去了，我找谁说理去？"

祝余走进去："我没拿，剑哥，你们调一下礼堂的监控就知道了。"

摄影师坐在椅子上："你明知道你们学校礼堂监控不开，故意在礼堂偷的是吧？"

祝余始料未及，他原本以为看过监控就能真相大白了，他还想着快点回去上课。他定了定神，开始捋时间线，耐心地和摄影师解释："我真的不知道谁放我包里的，当时我把相机还给你，你叫我放在椅子上，然后我直接走了。"

他原本想说，他把相机放下之后，就直接去图书馆了，那段时间他都不在礼堂，怎么可能偷了相机再放进自己书包里，谁知摄影师说："你什么时候还给我了？"

祝余猛然醒悟过来，他愣了一秒，然后望向摄影师——如此拙劣、烂俗的栽赃。

他几乎想笑，他想不出自己和这个人有任何牵扯瓜葛，他以前都没见过这个人，他宁愿相信摄影师是真的忘了，要不然他真想不通这人为什么要整他。

"你还给我了,那它自己飞你包里去的是吗?"摄影师看着办公室里几个领导和老师,"你们去问那几个学生,刚才在那儿是不是他一直盯着我那台富士,那个样子哟……我还好意借给他玩玩,结果他顺手牵羊直接给我顺走了。"

那个样子哟……祝余一瞬间真想穿越回去把自己眼珠剜了,他再也不要看别人的东西。

班主任说:"事情还没有定论,你注意言辞。"

"人赃并获还没有定论啊,老师要你说,怎么才算定论?那这都你们说了算呗,在你们学校发生的事,又是你们的学生,你们要护短直接不认账说只是不小心放进去忘了拿出来就想把我打发了呗。没门儿,我反正也要离职不干了,现在我就要个说法。"他气定神闲地看着放在主任办公桌上的相机说,"我直说吧,我这机身四万,一颗定焦两万,算金额巨大了吧,最少判三年。"

几个领导和老师一齐噤了声。他也看出学校不想闹大,更不想和公安系统扯上关系,不急不忙地说:"要私了也行,但我绝不姑息这种人,起码得开除吧,害群之马!"

辜剑嘴唇动了动,似乎要说什么。

"报警。"祝余平静地说,却掷地有声,"现在就报警,让警察来查。"

年级主任连忙打圆场:"马上祝余家长就来了,先不要急,学校内部了解一下事情原委。"

祝余的反应比刚才在他书包里找到相机时大得多,他情绪激动道:"为什么叫我妈来?!根本没证据的事凭什么叫她?"

主任说:"这件事太大了,需要家长在场。"而正好祝余妈妈就在校门外。

祝余开始焦躁不安。

摄影师说:"哟,这下急了?"

他妈该怎样失望?祝余简直不敢想象,他妈那么敏感神经质,把他当成人生的全部倚仗,成绩下滑一点她都要崩溃,她怎么能面对自己的儿子被指认为偷窃犯。他脑子里不断闪过那句"满满,你就是妈的盼头",还有他妈会怎样歇斯底里地痛苦,会怎样受不住地落泪。他甚至祈祷在林爱贞来学校的路上,世界就此灭亡。

世界没有灭亡,林爱贞很快就来了,她穿得很臃肿,踏了一双便宜的雪地靴,鞋面上溅了许多雪污,显得脏而旧。她看起来平凡苍老,她不是一个光靠外表和打扮就能给孩子争脸的母亲。

林爱贞有些诚惶诚恐地进来,十分低姿态地和各位老师问了声好,然后才转过去看着祝余,她说:"满满,没有吧?"

祝余摇头:"妈,我没拿。"

林爱贞点点头,站在他面前,下意识躬着身子,对满屋子的人说:"他没有拿,他说他没有拿。"

摄影师说:"在他包里找到的。"

"在他包里找到的也不一定是他拿的啊,你们学校的监控呢,会不会是别人放进他包里的?"

"大姐,难道还有人栽赃他啊,你以为拍电视剧吗?"他耸着肩膀笑了一声,以示不屑。

但林爱贞辩驳道:"为什么不可能?电视剧这么演,现实生活就不可能发生吗?"

"能讲点理吗,狡辩什么呀?"

"我在讲理啊,你说是在他包里找到的,可是他说他没有拿,我就想有没有可能是其他人放进去的。可能你们都是高素质的人，周围也都是些素质高的，不清楚这些，这种事很多的，你像我出摊就经常收到假钱，还有人故意往别人摊位里掺东西……"

她不是一个会吵架的人，也不像有些中年妇女一样泼辣爽利，她甚至只读过小学，没什么文化，从祝余小学三年级开始学分数起，她看到作业本就要说：满满好难哦。就算她就在鹿鸣门口摆摊，她也从来都不进鹿鸣，她怕给祝余丢人。她那么笨拙，又小心翼翼低姿态地尝试和人讲道理。

祝余简直不落忍，他受不了他妈这样认真说话，却被人看戏一样地鄙夷，他几次想拉住她，但林爱贞拨开他的手，固执地护在他面前："没事满满，妈来说。"

摄影师坐在椅子上，喝了口面前杯子里的水，一副啼笑皆非的便秘模样："你那什么，什么摊子，和这事有什么关系啊？大姐，我说实话啊，其实我看你就知道你们家孩子为什么偷了。"他又说，"这种家里穷、成绩好但是品行低下的学生我见得多了。眼红嘛，心理不平衡，手脚就不干净。"他露出那种轻鄙的神情，"前几届不就有一个吗？惯偷。"他上下打量的眼神就像剐鱼鳞的刀，生生要从祝余身上剐下一层自尊来。

班主任和辜剑同时出声喝止，祝余一瞬间恼得身体都绷紧了，但林爱贞比他更生气，她怒不可遏，呼吸一下重起来，面红耳赤地看着摄影师，语气也变得咄咄有力："他没有偷！你要说是他弄坏了，多少钱我都赔给你，但你说是他偷的，那绝对不可能，他不可能拿的！你们以为我成天在学校外面支个摊子我们家就很穷是吗？可能没你们那么有钱，但我挣得不少的。"

"我每天五点就起来，晚上十点多才回去，我都是为了他，你们知道吗？他特别努力的，又聪明，还勤快，别人家孩子占一样就很好了，他样样都好。"她叩着自己心门，嗓子眼被泪意涨得疼，声音都在颤，却没有哭，"他还有一个我这样神经病的妈，他又要上课，还得顾着我，老有人来问：'阿姨你是我们班长的妈妈吗''阿姨你是我们社长的妈妈吗'……都知道我儿子长得好又优秀，他到底哪里不好啊，你们就认定他是贼？"

祝余觉得自己胸口闷疼得要不能呼吸了，他恍惚像又回到那一天，在那个旧市场，所有人都在看他和他妈的笑话，他该怎么办，哪里再有一块碎了的水泥砖让他操起来砸过去？他觉得自己罪该万死，他妈为什么要因为他来遭受这种羞辱。他背过身去，对着墙壁，眼珠极力往上瞟，他怕眼里有水漫出来："妈，不要说了，你不要说了。"

"穷是他的错吗？"林爱贞指着自己，"穷是我的错！他哪有什么错，他就是好啊，他就是品学兼优啊，上学期方老师给他的评语上也这么写啊。"

她转头看向祝余的班主任，用一种近乎卑怜的口吻："方老师，是你写的'品学兼优'啊，你说他品学兼优的，'祝余同学聪敏刻苦，品学兼优'……"她反复地念着"品学兼优"四个字，像抱住一块救命的浮木。

班主任只好连声安抚她："是的祝余妈妈，您放心，一定会查清楚的，我们都相信他。"

摄影师悠闲地坐在那里："开始演苦情剧了？现在的贼是不是都会这一套。怎么？我弱我有理？"他说这话的时候，瞥到林爱贞身后的祝余，只见祝余的黑眼珠正一动不动地盯着他，那股阴阴的狠劲，像条蛰伏的毒蛇，尚还幼小，但一定会找准时机，一口咬断他喉咙，他竟无端有些发瘆。

林爱贞气得浑身发抖，音都破了，但仍然没有哭："你们查，你们现在就查！真要是他拿的，我和他一起去坐牢！但是事儿没搞清楚前，你们敢再骂他一句贼，我什么都做得出来！"她目眦欲裂地盯着摄影师，带着股狠辣的坚忍，进门时那个怯弱的中年妇女霎时无影无踪，"你，就是你，你再敢胡说八道一句试试？"

　　满屋子领导老师吓得马上围过去安抚她，也可能是为了按住她。办公室乱成一锅粥，走廊有迭起的脚步声，渐渐近了，很快，梁阁出现在办公室门口。他不知道从哪儿跑过来的，一身冷冽的寒气，稍稍有些气息不匀，他在众人愕然的目光中缓步走进办公室，还是辜剑率先回过神问了句："你干什么来了？"

　　梁阁没应声，仿佛无知无觉，他径直往里走，停在那摄影师面前。摄影师仰头望着这个长相清冽的高个少年，对上他冷冷落下来的目光，无意识咽了下口水。梁阁指着桌上的相机，看不出情绪，问他："这个吗？"

　　摄影师一时间都有些蒙，不知道这个人怎么忽然出现，又为什么问这个，但他下意识呆呆"嗯"了一声。梁阁点了点头，然后拿起相机往地上一砸，"砰"的一声巨响，在场所有人都吓了一跳。梁阁语调毫无起伏地"啊"了一声，是一目了然的敷衍的惊讶："不小心摔坏了，我来赔吧。"

　　摄影师傻眼了两秒，噌地从椅子上蹿起来："不小心？！你们都看到了吧，他举起来砸的！"他仿佛受不了梁阁这样明目张胆的猖獗，气极了，上蹿下跳，"他就是故意的！他在干什么，你们学校怎么回事，你知道我这个相机多少钱吗？！"

　　任凭摄影师气急败坏，学校领导们看着碎裂的相机，豁然领悟到矛盾主体已经被转移了，祝余拿没拿相机好像不那么重要了，因为梁阁直接把东西砸了，翻篇了，是新的矛盾了，正是和稀泥的好时候。摄影师也似乎回过味来了，他指着祝余："别以为这事就这么完了，你说你没拿，那我相机长腿跑你包里去的？"

不期然地，梁阁说："我放的。"

平地惊雷，所有人都惊讶地望着他，又是辜剑率先问："你放的？你为什么放他包里？"

梁阁却自顾自走到办公室饮水机那儿，拿纸杯接了杯热水，小心地端给林爱贞："阿姨喝水。"从林爱贞进来起，两方就开始争执，都忘了接杯水给她。

林爱贞怔了怔，伸出双手接过去："谢谢。"

梁阁这才应声："我看他拿着拍了照，我以为那是他的。"合情合理，似乎很说得通。他说完又往饮水机那儿去，抽出纸杯又重新接了一杯，水声汩汩。

摄影师大声否认："不可能！"

梁阁走到祝余面前，把水递给他，没有说话。祝余对上他深黑的眼瞳，指尖隔着纸杯触到一点点温热，心里雪崩似的哗啦作响，他知道绝对不是梁阁放的。

梁阁等他接过去，才慢条斯理地偏头去看摄影师："为什么不可能？我也去过礼堂。"

摄影师却斩钉截铁："就是假的，你撒谎！"

"那报警。"梁阁走到摄影师跟前来，没什么情绪，"现在就报，看是他因为偷窃罪进去，还是你因为诬告陷害罪进去，你来报。"

梁阁个子太高，比摄影师高大半个头，摄影师几乎被笼罩在他的阴影里，虚得又坐回到椅子上，叫嚣着说："干吗啊，逼我啊？"

梁阁一动不动地立在他面前，影师喉结滚动几下，眼珠乱转："你别以为我不敢报啊！"他慌里慌张地站起身，想逃似的灵活地从梁阁身侧钻过去，被梁阁拽着后领子又直接掼回椅子上。梁阁手撑在他椅背上，俯下身，一双眼睛黑沉沉地压向他："报啊。"梁阁劲太大，摄影师被扔在椅子上摔得后背一片麻，还在挣动着想起身。

梁阁径直从摄影师口袋里掏出手机来，右手按在他挣动不休的额头上，面容解锁，居高临下地睨着他，声线彻底沉下去："我让你报。"

等林爱贞谢过各位老师和领导，又嘱咐祝余和梁阁快些回去上课，便匆匆往校外去了。领导和老师们开导了几句也散开了，梁阁正转身要出教学楼往校外去。

祝余拦在他面前："谢谢。"于情于理他都该说的。他神色苍白，那么失意又那么落寞，像风吹一下就要碎掉，只一双眼睛忑忑又乌亮地瞅着。

下课铃响了，是第八节课，学生们拥出走廊。梁阁又一次无波无澜地从他身侧过去，错身而过的瞬间，祝余的心微微一动，听到他说："嗯。"

04

这事虽然最终没对祝余造成什么影响，但当时在礼堂目睹摄影师从他包里翻出相机的人不少，三个年级都有，多少是要传出些风声的。学校对这类事件从来是大小事皆化了，把事无声无息平了就是大功德一件了，不可能特意为他澄清。

祝余没去吃饭，他敛下心神提着书包慢慢跛着上楼，其他人差不多都去吃饭了，楼梯间很空，有人正从楼上下来，祝余视线往上一抬，和王洋的眼神撞个正着。王洋一见他立刻停在那儿不动了，像一只被吓得逼到墙角的大仓鼠，他鼻子上的伤已经好了，还是那么白白嫩嫩的胖。他非常局促，祝余看出来了，祝余未必就不局促，甚至还多一层内疚和落寞，这是一个曾经非常喜欢他的同学。他每看见王洋一次，对自己的怨和对傅骧的恨就多一分。

王洋无措地抓着楼梯的扶手，如临大敌般，支吾道："班……祝……"似乎不知道该怎么叫他，一眼扫到他手里的书包，又期期艾艾地问："需……需要我帮你提书包吗？你的脚……"

祝余说："不用了，谢谢。"又怕王洋觉得自己是不想搭理他，"你要去吃饭吧？快去吧，要晚了。"

"哦。"王洋应了声，逃似的跑下楼。

祝余说不出心里是什么滋味，顿了顿，又提着书包慢慢跛着上楼，走到楼梯的拐角处时，忽然听到身后软糯糯一声："班长。"

他一愣，回过头去。王洋站在楼梯下，鼓足了勇气似的，笔直地站着，两只眼睛亮晶晶地望着他："我知道不是你拿的！肯定不会是你拿的！你绝对不会拿！"他看看祝余，像个忠诚的士兵，憨憨地笑起来，本来就小的眼睛笑得都看不见了，"因为你是非常好的班长，我知道的，我已经和他们说了，不是你拿的，我还会和所有人说，就不是你拿的！"

祝余心尖像被掐了一下，喉咙里像哽着团棉花，半晌说不出话，他听到自己牙关隐隐打战，不知道眼圈红没红，他对着王洋笑起来："谢谢。"

王洋低着头嘻嘻笑了一下，有些羞涩："那……那我去吃饭了。"

祝余提着书包上到三楼，用背抵住墙壁，闭着眼睛靠了会儿，才回教室。

第二天清早，祝余出门上学，傅骧居然没等在楼下，也不在小区外——傅骧没来。怎么回事？他独自坐车去了学校，今早醒来脚踝已经不怎么疼了，冬天早晨六七点钟的光景，鹿鸣校门口已人头攒动，穿着千篇一律臃肿校服的学生汇聚成流。

忽地，从校门口拥挤的人潮中冲出个仓皇的人影来，直直扑倒在祝余跟前，然后深深鞠了一躬，停在原地久久不动。周围所有人包括祝余都惊得滞住了，他下意识退了一步，不知道来人是谁，踟蹰着不知该不该去扶起来。

是个成年男人，戴着口罩，看不清面容，祝余一时间没想起他是谁，直到他弯下腰去，祝余看到他脑后的"狼尾"，才意识到是那个摄影师。祝余惊惶的目光当即冷了下去。他冷眼瞥着摄影师对着他鞠了几个躬，戴着口罩祝余只看得到他赤红的血丝遍布的眼睛，形容狼狈，像脖子后放了把铡刀，呼吸急促地不停念着："对不起，对不起，对不起……"

吃早餐的，进校门的，说话的，四面的目光都聚过来。祝余也作出个惊慌失措的模样，校门口驻足的学生都看着这个秀挺的男孩子无措地站在那儿，被人不停地鞠躬，几次想上去搀人的样子："什么事？怎么了吗？"

直到保安听到骚动，迅速挤开人群过来，摄影师慌忙起身，低着头跑了。

等保安和热心同学问过祝余有没有事，人群被轰散开，周遭探究的视线仍然若有若无，祝余强自镇定地继续进校。

学校主林荫道两旁栽着樱花和国槐，有人聚在国槐前定神张望议论着什么，祝余凑过去，看到树干上贴着张纸：

本人孙以侃，昨日于鹿鸣中学蓄意栽赃诬陷某高三学生偷窃……

四处都张贴着同样的内容，树干、转角、公告栏……没有提及祝余的名字，但指向性明显。过不了多久，等学校发现，就会把这些尽数清理掉。

祝余不知怎么，猛然间回想起高一时蒋艺和他说起梁阁："附中的小混混在校门口排队跟他打招呼……"他那时听到只以为是有人讹传。

是梁阁吗？会是梁阁吗？梁阁会做这种事吗？

他骤然疾奔起来，吁吁往教室跑，艾山正躲桌兜里看手机，周边一暗，吓得他立马将手机往里一推，打开书撑着头做刻苦状。

祝余喘着粗气问："梁阁呢？"

艾山见是他心率才降下去，往一边瞥了眼："还没来呢，你俩和好了？"

祝余没作声。

艾山仔细打量了他几眼，拉住他的胳膊嘘寒问暖："吃饭没祝观音，你咋都瘦了，这小巴掌脸看得哥哥真难过，拿点吃的走吧，这个要不？"

祝余摇头要走："我吃过饭了，不用。"又瞥到艾山手里是前天梁阁扔给他的那种能量棒，一把夺过，"谢谢。"

一整天，梁阁都没来学校，傅骧也没来，祝余格外焦躁。早自习时班主任和年级组领导还一起来找了他，关于校门口的事，祝余只说他也不知道怎么回事。

晚上祝余火急火燎地回到家，窝在自己的小书桌前忐忑地看着手机，按捺半晌，拨出了叶连召的电话。"嘟嘟"的拨出音一声又一声，祝余急迫又紧张，口干舌燥，一直没人接，马上要自动挂断的时候，电话接通了，可接通了却又没人说话。

祝余定了定，试探着问："喂？叶叔叔？"

对面是个陌生的男声，声线很年轻："你是谁？"

祝余心头一跳,用一种懵懂无知的语气反问:"你是谁,我找叶叔叔。"

那边静了静:"他没空。"

没空?祝余心口突跳,半真半假地问:"为什么没空?他答应我的。"然后他听到那边长吸了一口气,似乎把手机话筒捂住拿远了点,只依稀听到在嘟囔着什么"三叔""小男孩儿"的,过了会儿,对面换成了另一个公式化的男声,以出国公干正在开会为由打发了他。

这么刚好出国了?祝余不太相信。他笃定有事发生了,实在没有消息渠道,于是他上网搜了叶连召的名字,什么也没搜出来,又另辟蹊径,在新闻资讯那栏搜了下"叶某",也没搜出什么东西。

第二天早上,傅骧还是没有出现。

他长长地呼出一口气,整个人都轻盈起来,很有些志得意满,他忽然很想见梁阁。

可到学校的时候梁阁座位没人,早自习下课,他仍然没来。

他等了又等,只好去问简希:"简希,梁阁呢?"

"他?"简希看了他一眼,不甚在意地说,"参加冬令营去了吧?"

偏偏这时候去冬令营了。

祝余的心倏地沉了下去:"哦。"

这周高三放月假,周五的晚自习只上到八点,很多家里住得远的同学都早早回去了,走廊上的同学也三三两两地走完了,教学楼的灯只孤零零剩着几盏。祝余留到最后锁教室门。

教室后门的大锁沉甸甸的,冬天冰得冻手,他呵了两口气将大锁取下来。

教学楼又冷又静,间或有寒风刮过,天气太冷手指僵直,几次都没能把铁锁穿进门栓里让祝余有些烦躁，金属的撞击声在静夜显得格外明显，有人悄无声息地抵在他身后，祝余一下毛骨悚然，还没出声就猛地被捂住了口鼻。

05

祝余是被冻醒的，头晕且乏力，他被扔在某个墙角。

这是个教室，冬天晚上的空教室非常冷，没开灯，外边有光泠泠地泻进来，静悄悄的。傅骧正坐在一张课桌上，手撑在身侧，上仰着头，伶俜而悠哉地等他醒来。傅骧笑着瞥了他一眼："醒了？醒了我们就走吧。"傅骧走到他面前来，俯下身看着他，像在宣布什么盛大愿景，"我来做你的虎鲸！"

傅骧本不想这么干的，他原想让祝余被学校开除，心灰意冷再顺势带出去，没想到那个摄影师那么不中用。而叶家又很快就要查到他头上，把他母亲急得电话不停，昨天都叫人把他捆了直接带出去："你真的疯了，你再不回来，李频都不一定能把你捞出来！"但傅骧还是又回来了，他本身回国也不是为了什么叶连召，他是为了祝余回来的，他要带走祝余。

祝余最后的记忆还是锁教室后门，为什么傅骧会在这里，他要干什么？

祝余蹙着眉："我要回家。"

像十分扫兴似的，傅骧的脸瞬间阴了下去，挂着些明晃晃的厌烦与嫌恶："你真的很讨嫌，你能不能闭嘴。"傅骧手插在裤袋里，朝他旁边的墙上不以为意地蹬了一脚，"就这儿，你就在这里抡了我一下，然后你就跑了。"

这是清泉——祝余才发现这是清泉，傅骧为什么带他来清泉？

傅骧半蹲下去，专注地盯着那面墙看了半晌，似乎有些遗憾，又站起身来："算了。走吧，你想去哪儿，先去东南亚怎么样？"

祝余一时间惊恐到极点。

祝余踉跄着起身，他扶住身侧的墙面，悄悄往后退，瞪着傅骧："我不可能跟你走。"

傅骧脸上的笑意顷刻消失殆尽："为什么？！"

祝余还有些眩晕，他死死咬住舌尖保持清醒："你去哪儿都想把我带着，没我不行还是非我不可啊？"

傅骧烦躁地闭了下眼，一脚蹬翻了椅子，他看祝余还在不断后退，又是一阵烦闷："你搞什么？我都说要做你的虎鲸了。"

"我不要虎鲸。"祝余说，"我要回家，我要高考。"

傅骧非常看不上祝余这一点。要不是因为祝余，他绝不可能再去学校。

傅骧讨厌按照别人的秩序做事，他想做什么就做什么。他才不要做工蚁，就算是上等的工蚁他也不要——傅骧要做鸟，做风，做祝余的虎鲸。

他漂亮的凤眼在黑暗中阴恻恻地睇着祝余，黑得发亮："你真的很蠢，叛徒。"

他叫祝余叛徒。

祝余抬起手触到教室后面黑板挂着的板擦，握在手里，然后狠狠朝着傅骧的脸掷了过去，板擦命中傅骧的鼻梁。他转过身打开教室门就跑，玩命地跑，他一路跑走廊的声控灯一路亮，冷风刮着他的脸，他听到傅骧跟着追出来的声音。

他一路跑到楼梯口，楼梯间的灯坏了，昏暗中，楼梯上正有人拾级而上，影影绰绰的，祝余仓皇间跑下楼时正撞到那人身上——是那个问路的笑眯眯的男人？是傅骧的同伙。

祝余一瞬间恐惧得汗毛都竖起来了，走廊上传来傅骧渐近的脚步声，怎么办？大叫会不会有人听见？清泉周末有没有守校老师？他在这种恐惧中忽然想起高一的寒假，梁阁和他连麦打游戏："如果你害怕，就叫我的名字。"

梁阁。
他祷告般喃喃念出梁阁的名字。
身前的黑影低下头看他："嗯？"
嗯？祝余遽然抬起头来。
梁阁的脸近在咫尺："怎么了？他欺负你啊？"
真的是梁阁吗？是不是恐惧导致的幻觉，他凑上去，看清楚了，真的是梁阁。
他呆呆的，听到梁阁笑了一下："算了，你别跟他计较。"梁阁将他揽到身后去，又抬起眼来，"我跟他计较一下。"

CHAPTER 09
/// 第九章 ///

毕业快乐，祝满满

01

清早不过八点，祝余就踟蹰地站在保安室前，想起昨晚还恍如一梦，或许根本就是做梦。可他分明还记得昨天晚上梁阁把他带出清泉，上了车，车上居然有他不见踪影的书包，车前座还坐着两个人，开车的祝余见过，是去年寒假梁榭口中的"司机伯伯"，另一个二十多岁，都高大而沉默。

他下车时问梁阁："你去清泉是为了叶连召去找傅骧的吗？"

梁阁敛起眉："关叶连召什么事，我当然是去找你的。"

祝余的心怦怦跳："你怎么知道我在那里？"

梁阁俯下身觑着他："只要我想知道，我就对你了如指掌。"

——别骗我。

祝余稳下心绪抬步往门口走，被门口的保安拦住，祝余鼓起勇气给梁阁打电话，可连打了三个他都没接。他只好又打给简希，简希似乎还没睡醒，听清楚是他态度才缓和点儿，只说："给保安。"

他被放了进去，却仍然犹豫着该怎么上门，在寒雾中站了好久。

突然,有什么从他身侧风一样刮过去,原来是个漂亮小孩被一条巨大的银灰色毛绒狗拽得满草坪乱窜,拖都拖不住。祝余将视线投过去:"梁榭?"

不知是跑的还是冻的,梁榭脸蛋红红。他实在是个非常好客的小朋友,祝余每次见他,他都会热情地发出邀请:"小哥哥你来我们家玩吧!"这次也是。

梁榭这些年养的宠物大抵已足够在家里开个小型动物园,而活过两个月,或者说现今尚存的只有傻狗有傻福的发财,因为养在别处而逃过一劫的元宝,以及被梁阁看护的两只幼年巴西龟和一条不知道什么原因还好好活着的森王蛇——也还在幼蛇期,细长漂亮,梁榭喜欢就非要买,虽然买回来了,但他不能碰,一般是梁阁在盘,活跃期时这蛇常缠在梁阁手腕上,冰冷的黑鳞滑过皮肤,危险又瘆人,像个活物做的手镯。

但以上这些通通被梁榭喜新厌旧地抛弃了,他颠颠把祝余牵到一个玻璃方缸前,应该说是个方形的水族箱,水深大概三十厘米,装点得十分别致,苦艾藻石斑斓点翠,里头笨拙地游着条……金鱼?应该是金鱼,身子短而肥,体形大,圆滚滚的,红头蓝身,游动时摇摇摆摆,憨态可掬。

"这是什么鱼呀?"

"兰寿金鱼,小哥哥你叫它小胖鱼吧,它胖嘟嘟的,像我哥哥小时候一样,哈哈。"

祝余弯下身瞅着偌大的水族箱,问他怎么只养一条。

梁榭泄气地噘嘴:"哥哥给我买了十条,现在只剩它一个了。"没过一会儿,他又高高兴兴说,"它以后就是我的宝贝了!"他趴在水族箱前,漂亮的眼珠隔着玻璃充满希冀地盯着游来游去的胖兰寿,"我以后就不上学了,我就在家里照顾它!"

"你不是要读博士吗?"

梁榭气呼呼地说:"那是我哥哥骗我说要读完博士才能当保安,梁阁诓小孩的!"

祝余差点笑出声,他眼神悄悄往梁阁卧室去:"你哥哥还在睡觉吗?"

谁知梁榭说:"嗯?我哥哥不在家呀。"

祝余晌午之前就到了西园,手里还提着梁榭给的礼物,他实在是个周到的小主人,听到祝余要回家,立刻牵着他满屋子转悠,顺手拎了个蘑菇包,把采购的零食、戳好的羊毛毡,还有梁阁书包上挂的毛线小玩偶……林林总总塞满了一袋子。

他把祝余送出门,不知道学的谁,双手叠在身前,低下头去:"小哥哥,谢谢你来做客。"

祝余像在陪他玩一场扮家家酒,笑着低头配合:"感谢招待。"

袋子提着还挺沉,是个棕色的儿童托特包,上头印着个红伞白底的蘑菇,祝余没细看,以为只是梁榭幼儿园发的袋子。

他上前敲门,唐秉章正出来,穿着登山服背着登山包,看上去就五十多岁,很斯文矍铄,他和煦地和祝余交谈了几句,领着他进来。

今天出了点太阳,不算大。梁阁正站在园子的台阶上削苹果,听到动静时掀起眼帘望了一眼,又继续削苹果。他手又快又稳,皮长长的不断,皮的那头被一匹洁白毛绒的羊驼欢实地抿着嘴咀嚼,梁阁边削它边勤勤恳恳地吃皮,形成一条滑稽的产销链。

梁阁对他的出现没有什么反应,几乎是冷落,祝余舌根发苦,自顾自朝他走过去,分明是来求和的,却带着股问罪的架势。走到跟前时,梁阁手里的苹果正好削完，刀尖挑开果皮，白生干净一个果子，随手递给了祝余。祝余怔了怔，接了过来。

梁阁的外公外婆要出门徒步登山，老夫妇优雅体面，带了个青年人，临出门前嘱咐梁阁好好看家，招待好小同学。

等人一走，梁阁就反身要进去，祝余拿着没吃完的半个苹果，连忙叫住他："梁阁！"

梁阁侧过头："有事？"

他开始解释，有些语无伦次："傅骧昨天把我弄到那里去，是因为他想带我一块儿跑，我真的不知道他为什么非要带着我。他就是脑子有病，他太危险了，王洋鼻子就是他踢的，我怕他伤害其他人……"

梁阁把食指点在祝余嘴唇上："这是什么？"

祝余有些懵懂，讷讷地答："嘴巴。"

"干什么的？"

"说话。"

梁阁半躬下身，看着他："你也知道嘴能说话啊？"

祝余不期然噎了下，说不出话来，梁阁看了他半晌，径直进去了。祝余回过神来，连忙追上去，跟着他穿门过堂，一直进到里边一间屋子里，应该是梁阁在他外公家的卧室。

"你早上为什么没接我的电话？"

梁阁将削完苹果的刀扔在书桌上，咣当一声："我以为我们绝交了，你不是嫌我烦吗？"

"没有绝交！我没有说过绝交！"祝余看着他，"艾山说，你不会生我气的。"

梁阁眉梢挑起，神情冷淡："哦？我生不生气他说了算？"

祝余简直要对他的冷漠和无所谓无计可施，可他望着梁阁半晌，忽然将左手袖子撸高到手肘处，让整个小臂都露出来，梁阁瞥见时眼神瞬间黯下去了。

"你看到了吧？我心情不好，压力大就喜欢这样，你应该知道的。"

梁阁先是不错目地盯着他的伤口，再去看他，显然已经生气了，梁阁从来能一眼洞穿他的心思："非得这样吗？明知道我会拦你。"

祝余有恃无恐地说："那你别拦啊。你要我说什么？你要我怎么说？"

他讥诮地笑了下，神情嘲弄，破罐破摔地说："我就是坏啊，我不是什么单纯无害的高中生，你不是早就知道吗？后悔了？晚了！你自己先来招惹我的，我再坏有对你做过一点点坏事吗？你凭什么就要跟我绝交了？"

他呼吸急促，情绪过激的红从脸颊一直延到脖根，眼珠乌黑像燃着簇冰冷的火，看起来脆弱又疯癫。

可他说完又迅速痛苦起来，哀哀地望着梁阁："你不要讨厌我，好不好？"

梁阁对祝余来说太不一样了，是独一无二的那种朋友，祝余生活的一切斑斓都从梁阁和他做朋友开始，梁阁在他生命中占比太重，他需要的绝大部分情绪价值都从梁阁那里得到。

梁阁出现的点太妙了，从他灰色压抑无人问津的少年时期，到他骤然失父的彷徨痛苦，他永远在祝余最需要他的关头出现，甚至包括昨晚和大前天，祝余没有办法不对他产生依赖，导致他后来所有无助、痛苦、难以排遣的时刻都会想起梁阁。

顶着巨大的精神压力，这一个多月，他都靠着"等事情结束，他和梁阁解释清楚就好了"的信念一天天耗下去。

梁阁怎么敢说绝交？

02

傅骧在做梦，他梦到自己浸没在浴缸温暖芬芳的温水里，有人在念诗，是很温和的少年音，喉咙时不时会发出些脆亮的笑声，柔风一样拂过傅骧湿漉漉的发丝，一只手伸过来玩也似的揉他耳朵。

傅骧醒来时，病房里空而亮，有刺眼的白光从窗户漏进来，他全身没有一个地方是不疼的，断的都差不多了，要不是李频来得及时，他估计已经废了……又是李频。

他和李频说他要见祝余，无论如何他都要见到他，他才不在乎会不会给李频找麻烦。

"我要见他，我有事要问他。"他甚至保证，"我现在什么也干不了，我只是问他。"

傅骧自己都不知道自己为什么对祝余这么执着，从小就这样，傅骧对他总是既不屑又要管着，隔太近了就嫌他烦，跑远了又要把他招回来，以至于所有人都觉得他们形影不离。

傅骧后来回忆起来他最可爱有趣的时候，还是小学到初一那段时间，每天他都围着傅骧转：

"傅骧！傅骧，你什么时候来的？

"傅骧！傅骧，你的字好漂亮，我爸爸都说你那个字很有功底的！

"傅骧！傅骧，你知道陈家洛和香香公主吗？我觉得你有点像香香公主耶，骧骧公主哈哈哈……"

琐事林林总总的一大堆，但有件事在他记忆里却一直生动而鲜明。

傅骧家族里有个姐姐，是他堂伯的女儿，生在这种家庭里居然有个非常天真朴素的教育梦想，要当祖国花园的园丁，她甚至靠自己在傅骧的小学找到了一份实习工作，就安排在傅骧他们班当实习班主任。

傅骧没什么意见，也没什么反应，甚至没人知道新来的班主任是他亲戚，尽管他和这个堂姐关系还算不错。新官上任三把火，他这位抱着美好理想的堂姐甫一当上班主任，就开始着手家访，还挺务实勤恳，快七点了还没回来，于是傅骧和司机一起去接她。

那天刚好家访完祝余，当时祝成礼还没有因病而被学校开除，他们还住在一个算是不错的小区，但在傅骧眼里这样的居住环境已经算非常恶劣了。

车停在巷口，他远远瞧见堂姐，小高跟噔噔作响，身上那条裙子都抵她半年实习工资不止，施施然地抱着那堆家访材料上车来。天色近晚，街道有些昏黑，堂姐简单和他说了两句，从车窗探出头："祝余老师回家啦，你也快进去吧！"傅骧一愣，回过头去，看见祝余站在街边，短袖短裤，抱着一只橘黄色的肥猫，在朝这边挥手。

"他养了猫？"

车开始前行，堂姐边对着手机镜头整理头发边回答："也不算吧，流浪猫，他想养呢，他爸爸过敏，他只好在外边养着喂。"

傅骧嫌恶地蹙起眉："脏死了。"

他又回过头去，从车后窗看见祝余还站在昏黑的街边，吃力地把那只大肥猫贴着脸抱着，还在不停朝车挥着手，笑得见牙不见眼："傅骧，我看见你了！"头顶的老路灯乍然亮起来，昏黄的光照在他身上，暖洋洋的。

傅骧一直记得这一幕，尤其他那几年只能躺在床上的时候，老是一遍遍地想起——夏天闷热的傍晚，一个小男孩站在路边，抱着一只肥猫朝他挥手。

祝余肯定不记得了，他就是个没良心的叛徒，他根本不记得他们之间的任何事，不对，或许还记得傅骧对他的坏。

傅骧厌恶自己的记性这样好，他什么都记得。

祝余从小就吃得非常多，他总是不厌其烦地告诉傅骧他爸爸给他取名叫祝余，就是希望他每天都能吃得饱饱的，永远不挨饿。

又是一天吃饭，他问："傅骧！傅骧，你最喜欢什么动物？"

无聊又幼稚的蠢问题，傅骧正琢磨着该说狗还是猪呢，祝余就抢先说："我最喜欢虎鲸！"他囫囵把饭吞下去，傻笑着说，"你知道虎鲸吗？它们每年都要从南极洄游到赤道附近，在低纬度的暖流里蜕皮，再游回去，有一万五千公里呢！我好想有一头虎鲸，我要骑在他身上环游世界！"

环游世界吗？傅骧也有点兴趣，从哪里开始呢，东南亚吧！他乜斜着祝余身上胀鼓鼓的棉袄和里面三四件里衣，其中一件还是他妈自己织的。

傅骧从来没考虑过升学这种事，一是他不在乎，二是他理所当然就该上最好的，他讨厌格调低的人和地方。直到某一天，祝余眼角耷拉着，情绪低落地告诉他，他们不能上一个初中了，因为他爸爸生病了，而且最好的中学离他家太远。他看着傅骧，好难过好落寞："我们以后是不是都不能见了？"

绝对有外星人在那一瞬间篡改了傅骧的脑回路，反正鬼使神差地，傅骧和他一起去了清泉。

清泉环境奇差，校舍破烂，师资平庸，生源更是完全不行。傅骧到那里的第一天就全程臭脸，哪哪都嫌恶，连带着看害他来这儿的祝余都不顺眼。

可偏偏正是这种地方的人最是欺软怕硬，傅骧在这种环境中反倒如鱼得水。很长一段时间，他都把祝余忘了，直到那天从年级组出来撞见祝余在走廊上等他，那一刻他竟有些微妙的内疚。

护士小心地把他的床调高,他倚靠在床上,等着。

病房的门被推开,祝余慢慢地走进来,他静穆地站在床前,并不言语地看着他那些伤口,像是专门来看他有多惨的,两个人都不说话,沉默在病房里蔓延开来。

傅骧问:"我给你的那本书,《恶之花》,你看了吗?"

那段话就在第二页,他怕祝余不细心看,还特意把那页纸揉皱了一点,只要祝余打开就能看到那段话——

你的目光善于潜入深渊,愿你读我这本书,愿你……

祝余说:"没有。"

傅骧定了定,仿若不在意地点了点头,他穿着病号服,浑身都是伤。他看着祝余,像忽然想清了什么:"你故意的是吧?"

祝余像是没听懂,无辜又惊惶:"你说什么?我不知道你什么意思。"可他忽然又用极低的声音说,"我舍不得。"

"什么?"

傅骧一动不动地看着他,舌根泛起些苦味儿,傅骧偏过头,笑了一下,又转回来,呼吸不可抑制地变得紊乱浊重。

傅骧发现,自己真的不喜欢这个人,甚至是讨厌。他后悔了,他后悔把祝余变成这个样子了,他真正想要的是那个在街上抱着肥胖的大橘猫,每天叽叽喳喳追着他叫"傅骧!傅骧!"的小傻子,那个小小的聒噪的八岁到十三岁的祝余。

祝余才不在意,他说:"我要走了。"

明知道他不是自己想象中的样子,可眼睁睁看着他走开,傅骧还是痛苦又不甘。

"喂!"祝余触到病房的门把手,听到傅骧在后面说,"他有什么好的?我想学一学。"

祝余回过头来,望了他一眼,那一眼那么轻,那么不经意,像手拨开湖水。

傅骧的喉头不自控地收紧了。

祝余看着他,突然低下头干呕了一声,扭头就走了。

03

姚郡初中时很不喜欢雨天,因为她的伞是一把充话费时营业厅送的伞,上面还有营业厅的标志,用得很旧了,脏兮兮的,伞面的支架处都渗出锈黄色,在女生们或可爱或鲜艳的伞里,穷酸得打眼。

她特意挑晚点人已经走得差不多的时候下楼,刚撑开伞就听见一个正在经历变声期的粗哑男声说:"你是五保户吗?"

她羞恼地偏过头去,几个男生正哄笑成一团。说话的是班上成绩常年被她压一头的男生,家境不错,长相也白净,聪明招人喜欢,身边总聚着一伙朋友,不知道是不是总被姚郡抢风头的原因,他总是对姚郡挑刺,被朋友们嘲笑没风度也不在乎。她的脸一点点烧起来,撑着伞急急步入雨中。

"喂!你要是真穷得买不起伞,我可以送你一把!"

她下了公交,回家的路上要经过一个旧市场,里面摆着许多摊贩,姚郡每天都要从那里走一遭。今天放学前考了一套英语卷子,姚郡腹中空虚,看见几个和她差不多大的中学生站在一个饼摊前。

姚郡很早之前就注意到了那个饼摊的阿姨,她扎个马尾,很爱笑,干净又漂亮,正笑着和那几个中学生说些什么,手上动作麻利,摊子上热气腾腾,雨天湿润的空气中有食物香辣扑鼻的气息。

她脚步停了停,几个人抓着饼说笑着从她旁边走过,开始大口地吃,廉价的油混着面饼,金黄的蛋液,加上香肠和鸡柳,葱花和生菜,再刷上一层辣酱。她回忆着刚才那几个人如何一口咬下，然后大口咀嚼，唇齿间油汪汪的香，叫人直咽口水。她很少馋，但此时她馋得像胃里要伸出只手来，她用力吸紧肚子，怕它丢人地叫出声来。

她口袋里只有明天坐车的两块钱了，回家问她妈要五块钱吧，应该可以要到吧，她很少要零花钱的，五块钱的话就不加鸡柳了。

回到家时，她妈正在做饭，屋子里很暗，只厨房里开了盏黄灯，她妈听到她回来叫唤她去帮忙，她洗了菜，又拿了碗碟，才开口问她妈要五块钱。

她妈停下手中的活，问道："要钱干什么？"

"我想买个饼吃。"

她妈不高兴了："你爸接完你弟回来马上吃饭了，吃什么饼？"

可姚郡说："我想吃。"

她妈一下撂了刀："你想吃就要吃啊？你是哪来的大小姐？你晓不晓得挣钱有多苦，马上吃饭了，你硬要买个什么饼吃，什么饼你带我去看看，我看是能升仙还是能长寿！"

她只是想要五块钱去买一个饼，她站在那儿没有动，像在犟。

她妈妈瞪着她，然后撩开围裙掏出十块钱给她，嘴上还不放过她："去吃去吃，你去堵上你这张好吃嘴！"

"我不要了。"

姚郡拿上那把旧伞夺门而出，听到她妈还在后面气恼地喊："冤孽啊！真的是冤孽，一天天地来害我！"

姚郡一直跑，她自己都不知道怎么又跑到了那个饼摊前，她站在那里，一动不动地看着。其实她根本没有在看，只是出神地站着，不知道站了多久，客人走了又来，正到饭点，饶是雨天客流也不少。

不知何时，饼摊的阿姨淋着细雨站在了她的伞前，弯着身温柔关切，姚郡看见她头顶的发绳上卡着个蝴蝶结："怎么了妹妹？是不是和家里吵架？还是迷路了？吃过饭没有？"

她叫她妹妹，不知道是哪里的方言习惯。

然后她把一个刚做好的饼塞到姚郡手里，隔着纸袋都热得烫手："先吃东西，先吃东西好吗，好冷的。"

有客人在喊，她又急急忙忙回了摊子，姚郡呆呆地又在那里站了好久。她看着手里的饼，饼皮被雨水打湿有些发潮了，可一口咬下去仍然是香辣美味，料多扎实，里面甚至给她放了最贵的牛排，可能太香了，她的眼泪一下被呛了出来。

后来姚郡再也没去过那个旧市场，每次都多走两条街刻意地绕过去，她每每回想起那件事都觉得丢脸，那跟乞讨有什么分别，她怎么会做出那种事。

她也后知后觉地觉得自己蠢，骂都挨了，钱也给她了，她偏偏不要了。

初中毕业后她没选离家近的讼言，她去了鹿鸣，很远，住校。鹿鸣对优等生很厚待，学杂费全免，生活费补助加奖学金够她如鱼得水。

她是高一下学期才发现校门外那个饼摊的，尽管先前就零碎地听说过"祝英台""十班班长的妈妈"这些。她一眼看出来那是之前饼摊的阿姨，几年不见，她看上去苍老了好多，那些涌上心头的善意又丢人的回忆让她后背像有热刺在扎。

她逼自己刻意去忽略，直到又一个周一，她终于上前，内心忐忑，声腔发紧："您好，要一个饼，加鸡柳。"

"好的同学，七块哈。"阿姨没认出她来，和对所有人一样笑着把饼递给她。

她接过来，放下一张二十元的纸币，然后匆匆挤进人群中离开，走出去十几米听到身后喊:"同学!忘记找钱了!同学!等一下!"

还有男孩子清润的嗓音:"怎么了妈?"

"满满,妈忘记找钱了,人都走了!"

"什么样子?我去追一下。"

"短头发的,是个妹妹。"

……

高三新学期,姚郡走在进校的林荫道上,清早的校门口嘈杂又沉闷,忽然传来车轮碾过道路的声音,有两个男孩子骑着车进校来,飞快地从姚郡身侧过去,清爽恣意得像一阵风。

山地车上的祝余霍然回过头来,乌黑发亮的眼珠望着她,将右手抬到眉边:"郡哥,早上好!"

梁阁也骑着公路车侧过身来,同样将右手抬到眉边,冷峭懒散的样子:"早上好。"

姚郡险些也被传染得将手抬起来敬礼,被她的理智生生压下去,稍许有些赧然:"早上好。"

梁阁的右手没放下,探过去拎起祝余背上的书包,虚虚提着:"你好慢。"

他们应该是一路猛踩过来的,祝余白净的脸颊都泛起了红晕,还有些气喘不匀:"是你骑太快了,我很累的。"

"好可怜,祝满满。"

……

看来和好了啊。

姚郡继续走着,又到三月,鹿鸣夹道的早樱已枝叶扶疏,风拂过脸颊都带着些湿润的暖意,天清无云,放眼望去,校园里绿荫如盖。

每个冬天的句点都是春暖花开。

04

新学期祝余重新就任班长，当了两个月代理班长的周敏行得以解脱："好多事，真的，为什么这么多事……"他的脸上都显出些疲惫，他拍了拍祝余的肩膀，"辛苦你了。"

班主任还安排祝余做了个就职演讲，基本是他的致歉现场，让他给全班道歉。

班上大多数人性格都很好，并不介怀，女孩子们尤其宽容，但也有口头上不太买账的男生，比如黄奇。

但霍青山就站在讲台旁边——他下山过完年后没再回庙里，高三最后一学期，他要给简希陪读当后勤。"欸欸欸，干什么？"他胳膊搭在祝余肩上，头皮还只有些青茬，笑意盈盈地觑着某处，用一种诙谐又警告的语气，"说归说，闹归闹，别拿我大班长开玩笑！"

梁阁立在祝余另一侧，点了下头："嗯。"

祝余再次被他们簇在中间，眼底聚起些酸涩的湿意。

他也特意和王洋道歉，王洋好脾气地摇头，怯怯地露出个笑脸："没有关系的班长，每个人都有心情不好的时候，你又要学习，又要当班长，如果还要顾及着我那点小事的话不是太累了吗……"

"不是的！"祝余连忙说，他紧紧握住王洋的手，"王洋，你是我非常重要的同学和朋友，真的非常非常对不起。还有……"他真挚地注视着王洋，"谢谢你。"

王洋愣了愣，羞赧无措地低下头去，白胖的脸一点点红起来："啊，哦……嗯！我知道了，班长。"他又笑起来，"那明天换座位，我坐回到你前面好不好？我喜欢坐你前面。"

所有的一切都在重新回来，祝余压住颤动的喉头："嗯。"

新实验楼的空教室里,看得见楼外青翠郁茂的香樟树,梁阁坐在一张课桌上,祝余站在他面前,低着头生闷气,翻起旧账,一桩一件怪罪他:"那个玉牌,我刚给你捡起来,你看都不看一眼就说,不要了;你还跟其他人一起玩那个飞牌;还有那天我崴了脚,好痛好痛,你直接就走掉了……"

梁阁像是记不清:"什么你捡起来,我说不要了?"

祝余简直不敢相信他做了这些坏事竟然还忘记了,立刻气呼呼翻出那块玉牌,铁证如山拿给他看。

梁阁掂起那块平安无事牌,三两下卸了那层软壳,戴在了祝余脖子上:"送你的。"

祝余一时有些错愕,嘴唇翕合几下,呆呆地问:"为……为什么?"

"本来就是要送你的。"

第二天做完课间操上来,祝余有些燥热,脱了校服外套,从走道过去的简希掠见他脖颈上环挂的玉牌,眉梢挑了下,忽然意味不明地呵笑一声。

"班长,你是这个。"她对祝余竖起大拇指,祝余颇有些受宠若惊。

简希瞥了梁阁一眼,笑着对祝余说:"我的意见是,没事多吵架。"说完就走了。

他问梁阁:"她说什么?"

梁阁说:"说你厉害。"

艾山近来似乎手头十分吃紧,吃饭、零食、饮料通通刷梁阁的卡,祝余不过吃饭时随口过问了一句,艾山当即开始摆功劳。

那天祝余扭了脚,梁阁出了篮球场去找艾山,看起来又冷又烦躁:"你去一下,他脚崴了。"

艾山一时还犯蒙:"啊,谁啊?"又后知后觉地回过味来,"哦,祝观音啊？他怎么崴脚了，摔……"

梁阁攒着眉，撂了句"左脚，带他去医务室"就走了，于是艾山任劳任怨地去了。

"你说说，你说说！我付出多少？没我能行吗？我吃点喝点怎么了？"

祝余忙不迭将餐盘里的鸡腿也夹给他："多吃点儿。"

但是艾山极少挟恩图报，他从来都是最阔绰最大方的那个，动不动就"走，我请客"，对此艾山终于不得不承认，他没钱了，全花给他在游戏里认识的一个网友了。

据艾山描述，对方是个在海外务工的小偶像："我看了她们的演出，她唱得一般，跳得也一般。"

真的不是网络诈骗吗？和偶像明星做朋友这可能吗？

"所以你就把钱都给她了？"

"差不多吧。"

祝余惊骇不已。

定了定神，祝余还是斟酌着措辞提醒艾山，可能是网络诈骗。

可艾山掷地有声地表示："没有确凿的证据前我不想怀疑她，那是对她的不尊重！而且就算她是骗我的，她带给我的陪伴和快乐也不是假的，我不后悔！"

祝余瞠目结舌，半晌才道："霍青山他们庙里供的是你吧？"

梁阁侧过头，低低地咳，艾山还没来得及发难，霍青山拎着食盒来了："什么我们庙，祝观音你编派我们庙什么呢？！"

祝余开始怀疑周围都是些什么人。

也有人谈起傅骧："他怎么一下又走了，真就是来体验高三生活的？"

"他为什么来我们班?"

周韬老神在在地说:"我早跟你们说了我们班是最好的班。"

"为什么?因为姚郡和祝余都在我们班吗?"

周韬表示:"因为我在我们班。"

"你?就你?你在我们班能……"

周韬深沉地说:"我是年级主任的外甥。"

众人一致静默,然后开始疯狂吐槽:"你居然现在才讲!"

"怪不得你总跟个八卦篓子似的,什么都知道!"

高三生活仍在忙碌紧张地继续,可是随着天气越来越温暖,班上的氛围反而要比上学期活跃些。

晚自习前的傍晚,祝余和梁阁一齐倦懒地伏在教室后窗,阳春三月,校园里春景骀荡,桃红樱白,绿枝柔蔓,肆意生长,打开了窗,晚风熏然地拂过来,祝余惬意得真想昏睡过去。

有人感慨:"哇,天空好漂亮!"

身后喧杂起来,有细腻的女孩子举着相机记录晚霞,祝余正想着是伏得更低些,还是回座位,总归不好遮人视野。梁阁碰了碰他的手肘,祝余偏过头去,不期然被梁阁按着肩膀朝后一扳。祝余小陀螺似的跟着他旋了半圈,晕晕乎乎,有什么轻轻压在他头上,他一抬眼,正好被摄进钟清宁记录晚霞的镜头里。

钟清宁有些错愕:"欸……"

她垂眼看着相机,看见教室后窗外漫天的粉云,两个男孩子站在窗前,穿着校服,都挺拔又漂亮,祝余站得稍前一些,乌眼珠懵懂地望着镜头,一脸茫然的样子。梁阁的手贴在他头顶比了两个兔耳朵,嘴唇薄薄地抿着,居然在笑。

钟清宁愣了愣,也笑起来。

高考前学校安排了体检,定在四月中旬。体检的前一晚,祝余在小区外的药房门口量身高,顶着收银阿姨亲切含笑的眼神,连着上去下来量了四五次,都是一米七九。不服气不信邪,回家又测一次,反倒还又低了零点五厘米。

他也不算贪心,他只想要一米八,可偏偏只有一米七九,这种差一点点的感觉,非常非常磨人。

体检当天他心灰意懒地站上身高尺,然后就看见医生利落地写下"181cm"。

那一刹那祝余真切地体会到被神明眷顾的滋味,像有束金光不偏不倚地打在他身上,喜从天降,这也算是神为他弄虚作假了吧?

艾山也替他高兴:"行啊祝观音,长高了,蹿个儿了,都一米八了!真棒!"

一整天祝余都像踩在云朵上,晚自习结束后,他和梁阁从天桥往实验楼走,这条路光线昏暗,也很少有人绕这一圈下楼。祝余落后一步走着,懒洋洋地拽着梁阁书包上挂着的毛绒小兔,心情夷悦,陡然听到梁阁问:"长高了?"

梁阁昨晚从他在药店量完身高到睡觉前都一直在听他絮絮不休地生闷气:

"我只有一米七九。"

"你当然觉得一米八不重要了,因为你有一米九!"

考试失利都没见他这么耿耿于怀过。

祝余稍有些心虚,松了毛绒兔子,垂着眼嘴硬说:"对啊。"

"一晚上高了两厘米?"

祝余视线持续游移，学梁阁那么含混地，不知道是"嗯"还是"啊"地应了一声。

梁阁停下，侧过身看他："这次长高不比吗？"

祝余支吾片刻，硬着头皮说："那就比啊。"

两个男孩子又面对面站着，祝余屏住呼吸，竭力抻长脖颈，秀挺笔直得像棵即将长成的新树。

梁阁忽然说："踮脚。"

祝余以为梁阁说他踮了脚，辩白道："我没有踮脚。"

梁阁说："我让你踮脚。"

祝余愣了愣，还是听话地踮起脚，梁阁拍了拍他的脑袋："恭喜长高。"

05

到了四月底，春日渐去，夏日即来，白昼又开始一天天变得漫长。

祝余靠窗坐着，偶尔眼睛干涩时会眺望对面的高一教学楼，走廊有人来来去去，趴着、说话、打闹，远远看着仿佛无忧无虑，他坐在那里像在窥探一段宝贵的往日时光。

离高考愈近，节奏也就愈紧凑，考生们自然是家里的重中之重，送饭的家长已然成了大军。

祝余意外地也频繁见到姚郡的妈妈来送饭，提着一堆东西，零食牛奶水果，光从姚郡家来鹿鸣，坐车都得要两个多小时。

姚郡所有精力都在学习上，她急着上去复习，都不找地方坐，就站在那里抱着保温桶吃。她妈妈就也站在那里看着她吃饭，看着她沉默大口地将饭菜送进嘴里，有时候会不自觉地笑。姚郡吃得太快，饭粒和汤汁不慎沾在嘴边，她妈拿纸给她擦嘴，姚郡侧过脸避开了。

她妈僵了僵，又把纸塞她手里："自己擦干净！这么不讲究。"

不是不爱，但人会烦，会被境遇左右，会有更爱。

五月过去一半，好像全世界都在谈论高考，天热得闷燥起来，人都心烦意乱。

黑板一角有同学们每日分享的励志语录，今天是：既然已经走了那么远的路，不妨再走远一些。

也差不多是这个时候拍了毕业照，五月热却热得还不烦人，九十点钟光景，太阳光洒在深绿的叶面上，光线金灿灿的，明亮温暖得刚刚好。

其实三月时也照过一次，因为三月的鹿鸣实在太漂亮，校长在校园走了一遭，然后就任性又浪漫地叫高三学生下去拍照，只是那张没有老师和校领导。

所有任课老师、年级组老师和校领导都聚在第一排，然后是女生们，再是男生。祝余站在右上角那一块，梁阁、霍青山、艾山和王洋都簇在他周围，跟初中毕业照一样拍了两张，但祝余再也不是一个人孤独冷漠地盯着镜头了。

霍青山拿着毕业照坐在课桌上，啧啧点评："祝观音眼睛笑得跟俩豆角一样。"

拿回家林爱贞也说："满满这张拍得好。"

到了六月，高一高二离校放高考假，校园里空了大半。

方杳安背了一书包的笔上了漉山，在山顶的书庙奉香祈福，笔每个同学两支，有一百多支，还又从山上带下来五十多个福袋，有心又好笑。学生们笑着问他："方老师，人家是不是以为你去庙里进货的？"

方杏安也跟着笑，他说："到了这个时候努力好像已经有点晚了，也要靠一些玄学，我不能让大家输了玄学。不管结果怎么样，高考不是唯一的标准，也不是成功的唯一途径，我知道大家都很聪明优秀，但要问我对大家的期望的话，我只希望大家方方正正写字，堂堂正正做人。"

全班霎时被一股感动又不舍的离愁别绪笼罩了，好些同学都红了眼眶，只有祝余握着笔伴作不舍，心想，又在念摘抄语录。

课间方杏安回到办公室，准备上课的项曼青问他："会不会舍不得？"

方杏安沉默良久，才"嗯"了一声。当初选择当高中老师算是逞一时之气，可后来他渐渐爱上这个职业，他像将一支支箭射出去的弓，学生到哪儿，他就能到哪儿。

但他不会再当班主任了，太费心力了，从早耗到晚，突发状况层出不穷。这学期高考复习吃紧，他几乎已经没空回家，家属没办法只得跟着他搬过来。

高考前一周出了考场安排，祝余运气并不好，没有分在本校的考场。林爱贞对此担忧不已，一直絮叨不满这个考场安排，她生怕他环境不熟悉或者受某些低素质考生干扰，因此失利。祝余还好，他不至于换个地方就考不好了，像姚郡说的应该要"什么状态都能考好"。

高考前的最后几天，很多人都在适当地放松了，但祝余仍然每天按计划看书备考，梁阁敲了敲他的后肩，他偏过头去，梁阁往窗外指去。

六点多钟，天还没暗下来，烟花在江边上空炸开，白日焰火，不那么盛大，却仍然绚烂，祝余的背抵上梁阁的课桌，悄悄地说："好漂亮。"

梁阁左手支着脸，右手轻轻按捏他僵硬的后颈："嗯。"

高考当天，林爱贞一早上就不停地嘱咐祝余，好好考，认真看题，祝余被她念得有点心慌，就算变数不多，但每年高考总有那么几个。

梁阁和林爱贞一起来送考，到考点学校的时候不到八点，考生已经来了大批，他把祝余带到周边一棵僻静的幌伞枫下。

祝余今天完全是高考考装，穿得很清爽休闲，只颈上还戴着梁阁那块平安无事牌，他肤色白，佩玉很得宜。人养玉，玉也养人，祝余明显没去年冬天时那么消瘦阴沉了，两颊有肉，眸光清澈，人群里一眼看得到的清俊漂亮。

那天他们吃完饭从天桥回教室，祝余指尖抚过玉牌，不太自在地问梁阁："这个要很多钱吗？"

"没有啊。"梁阁蹙了下眉，居然说，"不要钱。"

祝余惊诧："不要钱？"

梁阁点头："嗯，我外公给的，不要钱。"

这块平安无事牌梁阁从三四岁开始戴，一直戴到上高中前，是块顶顶好的带皮色的籽料玉牌，找名家雕了个牌头，他外公亲手戴到他脖子上，祈望他平安、顺遂、如意。

这是不要钱吗？

祝余想到外公的期盼，脖子上像拴着一千斤："被我弄碎了怎么办？"

"碎了？"梁阁稍作思忖，说，"就当它帮你挡劫了。"

梁阁手心托起那块无事牌，轻轻抚过牌面，又抬起头，祝余对上他深黑的眼瞳，梁阁说："不要怕。"

祝余有瞬间的眼热，他用力地点头："我会考好的。"看着梁阁，笑起来,"你去哪儿,我就可以去哪儿。"

六月暑气沉沉,八点已经开始热了,热气像胶水一样黏在皮肤上,送考的家长在警戒线外站得乌泱乌泱。

祝余真正进到考场,开始第一场考试后,反而心境很平和,也得益于鹿鸣高强度的考试训练,光模考就有十次,全按照高考流程来。

他坐在那里几乎忘记自己在高考了,像是第十一次模考,而且题目也没有太难,至少化学就远没有方杳安出的难,每考完一科,他心里就更有底一些。等到最后一科考完,祝余清楚地明白他的人生从这里开始,将真正踏上一个新台阶。

走出考场,热浪立刻涌上来,走廊上已经有人三五个聚在一起说笑吵闹对答案,商量去哪里旅游,好多人狂奔着拥出校门。祝余也跟着急躁起来,他想快些出去,也有人在等他。

校门口聚着许多亲友,举着很多条幅,有一条祝余看得非常清楚——

不管考得怎么样,爸爸妈妈都爱你。

林爱贞等得火急火燎,一眼看到他,急切地上前抓住他的胳膊:"怎么样满满?考得怎么样?题目难吗?都做好了吧?"

祝余恍惚片刻,笑着安抚她:"很好,手感很顺。"他说着眼神上抬,往人群里顾盼,他看见梁阁高高挺挺地站在人潮中,还是那个清俊出尘的模样,拿着手机似乎在打电话。

祝余和他视线对上的瞬间,梁阁对着手机"嗯"了声,同时手指朝身后指了一下,祝余随着望过去,看到对面商场的外置大屏,在他目光抵达的刹那,"高考加油"忽然变成:

不管考得怎么样,梁阁永远都在。

大概只停留两三秒,转瞬就没了,但祝余清清楚楚地看见了。他失神地立着，然后直直朝梁阁走过去，走到他身边时有风吹过，清冽馥郁，像吹来了一个春天。

梁阁轻轻对他说："毕业快乐，祝满满。"

06

八月。

A市的八月比六月更为燥热，太阳灼辣得烫人，几乎没有一点风。露台热得待不了人，日间光照旺盛，显得室内宽敞明净。客厅里冷气宜人，骨瓷杯底磕着杯托不时发出些清脆的细小动静，有人在说话。

"藤校尤其MIT最青睐这些大奖得主了，内地要拿MIT的本科offer多难啊，IOI金牌这么好的敲门砖……"

今年七月梁阁出国参加IOI，队伍成绩卓然，包揽全球前四。

唐棠倚在沙发上喝着茶和人聊天，对方是她同事，A大老师，同小区的，一块做过几次美容，也算熟络。唐棠对扯家常兴致缺缺，但客人上门了，总不能往外轰。

"他不去。"

"那你就由着他？"

唐棠懒得管："省得以后说是我逼的，他爱怎样怎样吧。"

同事摇着头感慨："无心插柳柳成荫，有时候放养的孩子反而比鸡娃的更出色，全看孩子个人。"

唐棠不说话，但她可不同意自己是放养，她自认为在教育方面是极有规划的，琵琶、武术、竞赛，不管是自主招生还是特长加分甚至提前录取都能有加成。但看孩子个人这句她同意，梁阁确实没让她费多少心，小时候不说话装哑巴除外。

同事还在惋惜，卧室传来动静，有渐近的脚步声，唐棠支着脸眼神瞥过去，说："叫人。"

同事一愣，看见偏厅站着个男孩子，很高，极俊，应该午睡刚起，还有些没睡醒的样子，眼睑惺忪地半敛着，看起来有些低压，他立在那儿，望过来时眼神清明了一些，低了下头，喊道："阿姨好。"

同事笑着应声："你好你好。"

"这孩子你看看真是。"她凑近了唐棠，小声说，"好高哦，比他爸爸都高吧？得有一米九吧。现在孩子一届比一届高，我们那会儿一米八真是顶高的了，现在，个个一米八。"

两人又细碎地聊起来，没过多久梁阁又出来了，他似乎很快地冲了个澡，湿发黑漆漆的，用毛巾擦着头发往水吧走，一直走到冰箱前。他开了冰箱门，低下身，一手扶着冰箱顶，一手去拿冰过的电解质水。

唐棠就说："冰箱里有什么吃的，拿过来招待阿姨。"

同事正说不用不用，梁阁就直起身回过头来："阿姨喜欢吃甜食吗？"

"哦，都……都可以呀，我不挑。"

他说了个"好"，走进西厨，没一会儿就端出来了，他弯下身，眼睫一并覆下来，瓷碟轻轻搁到茶几上，是一小块绿葡萄芝士蛋糕，碟子上放着小银匙，另有一个长碟，放着四枚芋泥奶酪球，极别致可爱地做成了雪白的毛绒小狗状，他低声说："芋泥有点甜。"

人家孩子。

等梁阁再出来时，又换了身衣服，板型宽松的短袖白衬衫和休闲长裤，他湿发已经半干了，手里拎了个大纸袋，打开冰箱，开始依次往纸袋里装：盒装的猫咪蒸糕、小羊椰蓉奶酥球、草莓熊果酱夹心曲奇……琳琅满目得叫人吃惊，差不多装满了一纸袋。他拎着袋子，边低头按手机边走到玄关，似乎要出门的样子。

/275/ 毕业快乐，祝满满

同事出声问:"这么热的天,出门啊?"外头太阳烈得光看着都烤人。

唐棠也问:"干吗去?"

梁阁高高地立在玄关,收了手机,一眼望过来,薄唇抿了抿,虚虚朝后指了一下:"去修电脑。"

啊?

唐棠看着儿子出门,露出些轻鄙的神色来:"瞧他那样儿。"

鹿角园。

"我就说让你来试一下,我想你不是学电脑的吗,满满可着急了,说梁阁是学计算机的,不是修电脑的!我知道呀,我就是想你成天和电脑打交道,可能也会修呢,对吧?你要是正好假期里清闲,就麻烦你来试一试嘛。"

祝余听他妈学他说话,莫名有些脸热,我有这么激动吗?

"阿姨就知道你会!不会也没事,阿姨也想见见你嘛。"

梁阁抬起眼,眉梢挑了一下,略有些羞涩又夷悦的样子:"阿姨想见我啊?"

林爱贞说:"嗯!当然想啦,你们读高中,我天天能见着,这等上了大学,天南地北的,连满满都只寒暑假能见着。"她殷切地嘱咐说,"你们俩大学隔得近,那就多往来,不能生疏了。梁阁你没事儿多跟满满回来吃饭,阿姨见你就高兴。"

梁阁低下头,咳了一声,含混地说:"那行。"

等他们出门,太阳已经渐渐西沉,没白天那么热了,空气中仍残留着些酷夏的灼热。

林爱贞对梁阁确实是十分喜爱,一方面是梁阁确实优秀有教养,自然招家长喜欢;另一方面,林爱贞极其热爱一些可爱的小玩意儿,梁阁来他们家从不空手，要不就是他弟那些可爱、充满童趣的小手工，要不就是一些别致精巧的甜品，林爱贞总是很不好意思又实在喜欢，当然一见他就高兴。

林爱贞的改变从高考放榜那天开始，她不再高度敏感焦虑和神经质，整个人明显松弛下来。拿到录取通知书的当天她就大马金刀地带着祝余回了祝成礼老家，揣着录取通知书给祝成礼上坟，又是哭又是笑，要不是报到还得有通知书，她真恨不得烧去给他。

"祝成礼，你看看，你看满满，满满多争气。我没有把满满养歪，他考上最好的大学了，比S大还好呢，你高兴吗？"她笑了下，又哭出来，"回来看看，看看满满，也看看我，祝成礼……"

祝余直直跪在那里，眼眶涩疼，一句话也说不出来。

鹿鸣今年高考大捷，理科状元是姚郡，祝余是第四——全校第二，全市第三，全省第四。怎么也不算一个坏成绩，可他偏偏只差探花两分，祝余觉得自己这个"余"字就取得很有意韵，听起来就是剩下的，多余的，赶不上趟的，第四名的……

关于志愿填报，林爱贞满心希望他能当医生或是当老师，一是对于这两个职业，社会传递的价值观都非常正面，而且确实饭碗硬，其次可能也是受祝成礼的影响。

但祝余填了法学，不是因为他对法律感兴趣，事实上，他根本没有感兴趣的专业和方向，他只是认为他可能会适合，而律师也比较符合他对未来职业的期待。

梁阁也觉得好，甚至说"有人"——说的是霍昱。

他们班高考成绩非常之好，大多都发挥正常，十几个top2，方杳安还受到电视台采访，稍有失常的是周敏行，他最终被录进A大。

高考完当晚他们班就聚餐办了欢庆会，考得怎样暂且放到一边，高中生们乍一脱离学校的樊笼，简直无法无天，闹闹哄哄的，酒都叫上了桌。祝余被艾山当众揭露说他喝酒只红脸，真要喝起来十个人都喝不倒他，闹了好一阵，大家排着队来灌他。

直到有人开始上台，是饭店小厅自带的舞台，刚开始还只是说笑话，唱歌，讲恐怖小故事，嬉闹着插科打诨，后来表演完的同学渐渐会说一些离别寄语。

孙沛佳被任晴鼓励着推上去："加油佳佳！"

她是个腼腆的女孩子，脸有些红，握着话筒："我想送大家一句话，是前年遇到一些不好的事情时班长写给我的，他说写错了，我觉得没有。我送给我们班每一个人：希君生羽翼，一化北溟鱼。祝愿大家从今而后，生出羽翼，高飞远举，同时互帮互助，扶摇共上九万里。十班永远是个闪闪发光且不放弃任何一个人的集体。"她一下红了眼眶，女孩子哽咽着说，"我喜欢我们班每一个人……"

祝余眼眶热涨地看着，他可能将永远怀念这个时期，怀念他璀璨可爱的高中生活——他前半段阴暗逼仄，后半段甜与苦都鲜明的少年时代。

他和梁阁不紧不慢地走在广场的环形路上，广场上好多人，悠闲而热闹。街道的下沿有个篮球场，简希率先瞧见他们，下颌抬了抬，霍青山和艾山等得无所事事，扭过头站起身朝他们喊："梁阁，祝观音，干吗呢你俩，快点儿！"

祝余笑着喊："哦！马上！"脚步渐渐快了些。

夏日黄昏，天穹像烧着了一样，鳞状的红云一径铺到天际，一轮巨大的红日在城市边缘降落，日与夜正在拉锯，整个城市都浸没在落日的金辉里。

环形路的前方有两个小孩子，不过五六岁的样子，紧紧牵着手在放肆地朝前奔跑："快一点，太阳在前面！快跑！"

祝余弯着眼睛歆羡地望着："好想和你这样。"

梁阁不解："什么？"

祝余牵起他的手，而后拥抱世界般高举起双臂来，恣意而自由地，像招手又像在告别。他闭着眼睛，看见漫长热烈的白昼，浓绿宽大的叶片，路灯下昆虫的鞘翅，是夏天了。

叶子飘走，浮云游散，相聚又离别，春天终会过去。

"想和你蹦蹦跳跳朝夕阳奔跑。"

春天终会过去，梁阁永远会在这里。

＜全文完＞

图书在版编目数据

樱笋年光. 完结篇 / 夏小正著. -- 武汉：长江出版社, 2025.6. -- ISBN 978-7-5804-0115-1

I. I247.5

中国国家版本馆CIP数据核字第2025840TR0号

本书经夏小正授权同意，由天津漫娱图书有限公司正式授权长江出版社，在中国大陆地区独家出版中文简体版本。未经书面同意，不得以任何形式转载和使用。

樱笋年光·完结篇　夏小正 著
YINGSUNNIANGUANG.WANJIEPIAN

出　　　版	长江出版社
	（武汉市解放大道1863号　邮政编码：430010）
选题策划	漫娱图书　马　飞
市场发行	长江出版社发行部
网　　　址	http://www.cjpress.cn
责任编辑	江　南
执行策划	李子若
总　策　划	两脚猫工作室
装帧设计	吴　彦　罗　琼
印　　　刷	武汉鸿印社科技有限公司
版　　　次	2025年6月第1版
印　　　次	2025年6月第1次印刷
开　　本	880mm×1230mm　1／32
印　　张	8.5
字　　数	242千字
书　　号	ISBN 978-7-5804-0115-1
定　　价	46.80元

版权所有，翻版必究。如有质量问题，请联系本社退换。
电话：027-82926557（总编室）　027-82926806（市场营销部）